冀版精品图书

葫芦峪

一合 ◎ 著

花山文艺出版社

图书在版编目（CIP）数据

葫芦峪 / 一合著. —石家庄：花山文艺出版社，2016.12
ISBN 978-7-5511-3041-7

Ⅰ.①葫… Ⅱ.①一… Ⅲ.①报告文学－中国－当代 Ⅳ.①I25

中国版本图书馆CIP数据核字(2016)第270765号

出　　品：	冀版精品出版工程办公室
书　　名：	葫芦峪 Hu lu yu
著　　者：	一　合
责任编辑：	卢水淹
责任校对：	李　伟
装帧设计：	果亚楠
美术编辑：	胡彤亮
出版发行：	花山文艺出版社（邮政编码：050061）
	（河北省石家庄市友谊北大街330号）
销售热线：	0311-88643221/29/31/32/26
传　　真：	0311-88643225
印　　刷：	大厂回族自治县正兴印务有限公司
经　　销：	新华书店
开　　本：	710×1020　1/16
印　　张：	15
字　　数：	220千字
版　　次：	2017年4月第1版
	2017年4月第1次印刷
书　　号：	ISBN 978-7-5511-3041-7
定　　价：	30.00元

（版权所有　翻印必究·印装有误　负责调换）

目　录

卷首语 …………………………………………… 1

卷一　山 …………………………………………… 5
1. 把家建在水库边上 ……………………………… 7
2. 图腾 …………………………………………… 12
3. "我持彩练当空舞" ……………………………… 17
4. 一见钟情 ……………………………………… 22
5. 神灵在召唤 …………………………………… 26
6. 好日子 ………………………………………… 30
7. 风波 …………………………………………… 34
8. 人+山=仙=名 ………………………………… 38
9. 红色西柏坡，绿色葫芦峪 …………………… 41

卷二　马 …………………………………………… 47
1. 葫芦梦 ………………………………………… 48
2. 数字的魅力 …………………………………… 52
3. 文化的力量 …………………………………… 58
4. 航空母舰 ……………………………………… 62

5. 丑小鸭变成白天鹅 …………………… 65
6. 一匹快马 ………………………………… 69
7. 一号文件 ………………………………… 74

卷三 鞭 ……………………………………… 78
1. 当头一棒 ………………………………… 80
2. 八年苦读 ………………………………… 83
3. 扎根 ……………………………………… 87
4. "我的大学" ……………………………… 92
5. 慈母山 …………………………………… 97
6. 内与外 …………………………………… 101
7. 峪里的年轻人 …………………………… 107
8. 黄色挂毯 ………………………………… 112

卷四 鞍 ……………………………………… 119
1. "老太太万岁!" ………………………… 120
2. "核桃仙子" ……………………………… 125
3. 铆钉 ……………………………………… 129
4. 临危受命 ………………………………… 134
5. 九龙潭 …………………………………… 139
6. 借钱还债 ………………………………… 145
7. 再上葫芦峪 ……………………………… 148

卷五 惊 ……………………………………… 153
1. 大吃一惊 ………………………………… 154
2. 黄玫瑰 …………………………………… 161
3. 步步惊心 ………………………………… 166
4. 井绳不是蛇 ……………………………… 168

5. 惊后速度 …………………………… 172
6. 献礼 ………………………………… 176
7. 反哺 ………………………………… 181
8. 永远的向亮 ………………………… 186

卷六 天 ………………………………… 191

1. 消夏晚会 …………………………… 192
2. 水往山上流 ………………………… 197
3. 白面红 ……………………………… 201
4. 太行鸡蛋 …………………………… 207
5. 一双姐妹，一对夫妻，两位长者 …… 210
6. 雨后春笋 …………………………… 218
7. 上天梯 ……………………………… 221
8. 刘海涛其人 ………………………… 227

卷末言 …………………………………… 232

有一种"魔水",它可以让太行山裂变,荒山秃岭眨眼间变成青山绿水和金山银山。

——题　记

卷 首 语

河北省平山县有一个方圆几十公里状似葫芦的现代农业产业园区，叫作葫芦峪，那"魔水"就是"葫芦峪模式"。

因为这个模式，葫芦峪变绿了，变成了绿色之峪，生态之峪。

有了这个模式，小农小户承包的小块农田和荒山坡地，成方连片变成了大的生产园区。个体农民势单力薄，小本经营，不能大规模治理和开发，水土流失，环境污染，山场撂荒。大园区统一规划，科学治理，市场运作，生态环境是青山绿水，经济效益是金山银山。

早就提绿化荒山，但大部分荒山依旧。不要看上报的数字，上报数字说每年栽了多少棵树，但实际栽了吗？活了吗？没有。

已故河北省省长解峰对下边汇报的人说，如果把你每年汇报的数加起来，太行山早就绿化好几遍了，早就没处栽树了，总是植树不见树，表面上看是走形式，实际上是水土条件太差呀！如果早就看到了金腰带，那么人们现在来到葫芦峪，还会感到新奇，还会有那种史无前例的震撼感吗？不会的。

但是现在，凡是来过葫芦峪的人，第一个脱口而出的词汇就是震撼，春天是绿色的海洋，秋天就变成了一片金色。

刘海涛要开发荒山，必须先修路，一条从山脚下到山顶上的路。过去山顶上的三个村没有路，下不了山，现在有路了，开车下山了，高兴地给刘海涛送对联：送走三村苦，恩来二海甜。刘海涛的小名叫二海，他哥叫大海。但是县里有关部门与群众的观点不一样，说谁在那里开山修路，破坏植被，罚他的款！其实刘海涛修了路，正是让人们能到山上去，大型机械能开到山上去，并且改造荒山，给它真正盖上一床植物的被子。

无怪乎刘海涛气愤地说，有些代表政府的部门是：离不开，靠不住，惹不起。

葫芦峪如果不是刘海涛出资开发，现在肯定还是荒山依旧，而现在却是：灰白色的水泥路绕着绿色梯田转，每个山头都顶着一个蓄水池，像戴个大檐帽，无数条地上地下的提水、输水管道把水库、塘坝、蓄水池和果树、作物的根部串联起来，实行滴灌。山坡上是散养的鸡，山沟里是放养的猪，山场上是圈养的梅花鹿。而一片银白色的则是设施农业的蔬菜大棚。一派规模农业的大气象！

现在的个体农民，是很难被组织起来的。宁可让山荒着，让浇不上水的梯田长点低产作物，也不肯集体干。还是一家一户地守着吧，付出得多，收入得少，累死累活，混个温饱，也就知足了。噢，是老年人和妇女在守着，青壮年都进城打工去了。村庄里已经没有多少人，十室九空了，农业不要了。

刘海涛也没有号召力，他想开发荒山，别人说他是傻子、疯子、有钱烧的。但他还是坚定不移地干，用各种方式从农民手里得到荒山经营权，先期投入资金1.78个亿，向荒山要地，向荒山要粮，向荒山要果，向荒山要健康，发展有机农业。

他成功了。园区取得了6个乡镇27个村5万亩荒山荒坡和部分耕地的经营使用权，使4074户的14957名的农民成为公司的产业工人。

中共中央政治局委员、国务院副总理汪洋到葫芦峪视察，充分肯定葫芦峪模式，政策上给予支持，发挥模式的裂变效应，太行山改造再次提速。

刘海涛掌握了"宝葫芦的秘密"，使它变成了一个可以复制的东西。有了政府的支持，他就把第一个复制的宝葫芦率先挂到了革命圣地西柏坡，实现了红绿连线，然后又在阜平县、曲阳县、唐县复制这个模式，趁打造京津冀经济圈的大好时机，整个太行山、燕山山脉的荒山，他都要挂上宝葫芦，把环绕京津的贫困带换成金腰带，让"政府得绿，公司得利，农民得富"。

2015年9月20日，河北省委书记赵克志考察葫芦峪现代农业产业园区，他看了塘坝水利工程和核桃种植区，并登上山顶了解造地工程和园区未来规划情况，听取了刘海涛的介绍和下峪村干部群众代表发言。赵克志充分肯定了供销合作社推进葫芦峪现代农业园区建设的做法并指出，供销合作社抓得好，葫芦峪"规模化开发、园区式建设、循环式利用、产业式扶贫"的荒山开发模式，比较好地找到了依靠社会力量推进山区绿化和扶贫开发的成功路子，有关部门要认真总结经验，支持葫芦峪产业园区做大做强。他指出，葫芦峪的经验可复制、可推广，各地要认真学习借鉴，创新现代农业发展方式，鼓励土地向家庭农场和园区集中，吸引社会资本参与农业开发特别是山区开发，促进农业发展、农村繁荣、农民富裕。

正是因为有了葫芦峪的开发模式，有了河北的良好区位优势、人口优势、市场优势、政策优势和产业配套优势，又面临京津冀协同发展等重大机遇，阿里巴巴集团董事局主席马云、中国银泰投资有限公司董事长沈国军于2015年10月3日来到河北。河北省政府与阿里巴巴集团签署了《互联网+扶贫合作备忘录》，与中国银泰投资有限公司签署了战略合作协议（此前银泰已与葫芦峪达成注巨资开发意向），搭建"互联网+"现代农业、大数据工程等平台，开创创新发展、协调发展、绿色发展、开放发展、共享发展的新局面。马云感谢省委、省政府对双方合作的积极推动。他表示，阿里巴巴集团的发展战略适应河北发展需求，双方已取得可喜的合作成效。我们将在大数据、智慧物流、农业现代化等领域加大对河北投资合作力度。沈国军表示，这次双方签约必将对河北太行山等浅山区现代农业发展注入新动力。我们将努力把双方合作项目打造成农业生态的典范、创新农业的典范、美丽乡村建设和农村扶贫开发的典范。

葫芦峪农业综合开发园区位于太行山向华北平原过渡地带的平山县王坡乡。2007年以来，平山县葫芦峪农业科技开发有限公司瞄准现代农业发展方向，通过"规模化开发、合作式经营、园区式建设、产业式扶贫"，探索出一条在浅山丘陵地区，"坚持高标准工程造地，绑定建设现代农业园区，带动区域农民发家致富"的发展之路。截至目前，累计投入资金4.356亿元，流转荒山土地5万多亩，完成高标准造地3万亩。这个数字还不包括园区以外的几大基地和阜平、曲阳等县的。葫芦峪园区先后被评为全国有机产品生产基地，河北省农业开发重点龙头企业、农业综合开发示范区、农业产业扶贫龙头企业，石家庄市重点龙头企业。

红色西柏坡是革命圣地，新中国从这里走来；绿色葫芦峪则是现代农业产业园区，中国农业的新常态从这里走来。

太行山的铜墙铁壁，在战争年代发挥了红色堡垒作用；太行山的浅山丘陵，则在和平年代把绿色还给农民。

制造和撒下"魔水"的人是刘海涛。

他站在葫芦峪最高的山峰上，望着太行山那条数百公里长、数十公里宽的浅山丘陵的狭长地带，目前还只有葫芦峪这一段是绿色的，大部分还是荒山秃岭，怎样使葫芦峪这条绿色的彩练，缠绕在太行山和燕山上，为京津冀打造一条绿色的安全带？他慷慨激昂，心驰神往。

问农耕大地，谁主沉浮？"葫芦峪模式"难道不是一个很好的选择吗？噢，"魔水"，"魔水"的配方——宝葫芦的秘密是什么呢？

卷一　山

山是什么？是人们赖以生存的环境。这个环境很不好，植被稀薄，荒山秃岭。多少年来人们在改变它，但收效甚微。传统和现实的巨大阻力难以突破。刘海涛来了，要跟它掰掰腕儿。

改变环境的掰腕儿需要毅力和技巧，秘密就在其中了。它们是：

"转、股、租、换"的土地流转方式。

推进土地流转，破解一家一户土地、山场分散所有，与企业集中连片开发的矛盾，这是葫芦峪公司首先要做到的。如何取得大规模的土地呢？他们因地制宜地采取了"转、股、租、换"的方法。公司通过这四种方式整合土地资源，实现土地高效流转，解决了园区建设的土地制约。转，对集体经营的山场和农户耕种的土地，一次性给予经济补偿，把经营权转到公司名下。股，动员农户以地入股，按股分红。租，对区域内的地块荒坡，采取租用办法获得土地使用权。换，对仍愿自己耕种，既不入股又不出让的农户，将其在项目区内的土地置换到交通便利、靠近村庄的地方。

山、人一体的精神支柱。

山不在高，有仙则名。

哪里去找这个仙？

刘海涛生在山下，太行山下。

在外面创业多年，忽然想到长生不老。

他去了北京白云观，问道长养生之道。道长说："生你的地方最适合养生。"

于是他便回到生他的地方——河北省平山县王坡乡下峪村的山里，希望寿比山高。

但他家门前的山并不高，严格地说属于浅山区，往东边一点儿，又接近丘陵区，更低了；往西边一点儿，山才逐渐高起来，接近了深山区。

看来也只能因地制宜，把自己长在这片不太高的山上了。

目前山上普遍荒着，长些草和老头树。何为老头树？就是几十年，几百年也不能长高的那种干巴瘦小的树，但年龄都不小了。

他也要长在山上。

长在山上！思路一下打开了。

把自己长在山上，把剩余的生命献给家乡，与家乡的山水同在，这是最好的养生，自己养生，众人养生，全国养生！

他就"转、股、租、换"地成了荒山的主人。

老头树被移栽进了"敬老院"，成了独特的盆景，代之而起的是一片矮化核桃树、苹果、寿桃、苜蓿草、中药材、五颜六色的花卉、一片洁白的大棚。

当然有动物了，猪、鸡、牛、羊、梅花鹿。

这样的山很好看，很热门。

刘海涛可以很有兴趣地长在山上了。

山不在高，有仙则名。

他把自己长在山上，变成人和山的组合，这不就是个"仙"字，他不就是"仙"了吗？

刘海涛汇报：

中央连续十二个一号文件，今年的农业园区摆在首位，政府只要是能保持政策的稳定性，政府机关有这个诚信力，用这个葫芦峪模式在太行山的浅山丘陵区域可以造出500万～1000万亩土地，这就不是聚变，而是裂变了！

从葫芦峪到西柏坡，形成了一个生态走廊，做成一个生态带、致富带、稳定带，这儿是樱桃园，那儿是苹果园，老百姓想不富都不行。这就是通向红色西柏坡的绿色长廊。一个红柏坡，一个是绿葫芦。

1. 把家建在水库边上

在北京创业的刘海涛经常回家看看。家在县城，但不回县城，而是回下峪。下峪是他出生的老家。这是一个沿着河谷、傍山而建的小村子，有170多户，600多口人。河谷里有些耕地，山坡上开了点梯田，也都浇不上水，靠天吃饭，产量很低。大部分是长些杂草和老头树的荒山，有11000多亩。

刘海涛回到下峪，是住在焦书堂家里。焦书堂一儿一女，儿子成家了，女儿还小，老婆长得很高大健壮，好像有使不完的力气，但就是没有什么活干。笑问刘海涛："叔，能给我找点活干不？"刘海涛说："那就跟我到北京去吧！"她说："到外边去不行，就在家里给我找个事干。"焦书堂在一旁插话说："竟想美事！"

刘海涛却没有接话，而是陷入了一种沉思。如今座谈时，焦书堂给我描述了当时的情景。他说："当时我猜想，那时候刘叔就可能想到要在家乡干一番事业，让像我老婆这样的劳动力都有活干。"

现在他老婆已经正式成了葫芦峪农业科技有限公司的产业工人，每天骑着摩托车到不远的生产基地去上班，中午骑着摩托车回家做饭。正说着，只听院子里摩托车响，他老婆中午下班回来了。

大家谈笑风生，很是喜悦。回想当年创业之时，焦书堂虽然感到非常艰苦，却充满了前无古人的自豪感。

他个子不高，也不胖，生得很有筋骨，很紧凑，留着两撇小黑胡，显出精明强干和颇有主张的样子。

我到葫芦峪采访，遇到的大部人都不同程度地以不同方式表现了自己的自豪感，有的层次较高，畅谈宏伟远景，有的是深谋远虑，讲如何把农业做大做强，有的则是浅层次的满足，每天干活拿钱，还有股份和补偿，乐得合不上嘴，等等，焦书堂则以开创者的姿态跟我座谈，豪情满怀，劳苦功高。

正因为自己参与干成了这样伟大的事业——葫芦峪的成果已经成了一种模式，在全省推广开来，外省的企业家也前来寻求合作，在这样的大成就面前，自己过去的学习不沾，爱逃学，只上到初二就不上了，反而成为一种可以炫耀的东西，那意思好像是说，别看自己小时候这么不着调，但现在却能干成大事。

我说："你很聪明啊！"

他说："聪明个啥！都是向我叔学习的。"

他很实在，有啥说啥。原来那时候家里穷，也就是八几年吧，他20岁左右，就到平山县城去找刘叔讨生活。刘海涛那时候正在四强集团当老总，四强集团是国营企业，利税大户。刘叔就让他当了一名维修工。他不仅很快学会了技术，而且还要更进一步，学习说话和办事。他说："我刚到县城来，就像傻子一样，跟人家没法交流。可是我叔就不同了，既会说家乡的土话，又会说城里的官话，大会上讲话，全场鸦雀无声，只听我叔一条一条地谝。我就在下面跟他学，他说一句，我说一句。后来我就敢在人前说话了，谁也不敢小瞧我了。还有办事，也学我叔，大大气气，言必信，行必果。"

后来刘海涛到北京去创业，他却没有跟着。他很有自知之明，他一看跟着去的10个人都是精英，大学生居多，自己远远不够格，快别浪费指标了，还是留在四强干吧！

他说："我留在四强干还有一个理由，那就是照顾我婶子。她骨股头坏死，行动不方便，我得揣着遛遛啥的。一边在四强上班，一边照顾我婶子。有时还把婶子接到下峪老家住上一些日子，让我媳妇伺候她。"

他婶子就是刘海涛的老伴周凤婷。

这时候我直言不讳地说："怪不得有人说你是刘海涛的大管家。"

他说："岂止是大管家，他把我当儿子看待。"

说这话时焦书堂很动感情，证明这是真实的，不是一句好听的话。我多次接触刘海涛，知道他不仅是个事业型的人，也很有情商，爱动感情，尤其是对农民。他有三个闺女，唯一的一个儿子也去世了，为什么不能把焦书堂当儿子看待呢？

当刘海涛回下峪老家住在焦书堂家时，焦书堂说："叔，我把村里的水库包下来了。"

刘海涛说："好！花了多少钱的承包费？"

焦书堂说："3万，20年。"

刘海涛说："不贵。这么着吧，我出2万，你出1万，1万拿得出来吗？"

焦书堂也没有推辞和客气，好像理所当然似的说："没问题，我拿1万，你出2万。"

那是2006年的事。村北山后边有个不大的水库，就那样闲着，山上是荒坡，不必引水灌溉，山下是低产田，也不屑于大老远地引水灌溉。老支书刘岁喜为了使它产生点效益，就决定承包给个人养鱼，收个承包费。几个村民争着要承包，但出的承包费都没有焦书堂出得多，纷纷败下阵来。

但大家也对焦书堂有了看法，他怎么敢出这么大价钱来承包？有什么企图吗？这水库除了养鱼，还能干啥？让人们花钱来钓鱼吗？这倒可能是一笔不小的收入。大家对他有点摸不透了。

唯有老支书对他的行为有一个充满希望的估计。刘岁喜当了30多年支书，当年都快70岁的人了，党员和群众还拥护他当支书，可是他又没有带领大家改变落后面貌，总觉得心有不甘，对不起众乡亲。正在这个时候，在北京干事的刘海涛经常回家来，也跟他探讨过带领村民致富的方法，帮他出过主意，例如要致富，先修路等等。可是他老了，心有余而力不足。为此他就做海涛的工作，希望他能回来接他的班。他说："你在外面闯荡多年，有见识，也有关系，回来准能改变村里的落后面貌。"刘海涛沉吟良久没做回答。这可是个重要的问题。重要不仅在于改变落后面貌是自己绝对不能推辞的责任，而且还在于怎样介入这个问题，如何切入这份责任，才更为有利和明智，这才是他思考的重点。

村支书带领村民致富，这种模式太现成了，成功的例子不是没有，但不多。因为会有各种条条框框在限制着它。

那么以什么方式来切入呢？

但不管刘海涛怎么考虑，刘岁喜已经积极行动起来。他走乡上县，要把刘海涛要回来，最后就要实行民主选举了，上面却传来消息，说刘海涛的党组织关系没在县里，而在北京，选他当村支书属于不符合章法。

这就没有办法了，只得作罢。

刘海涛继续谋求参与改变家乡面貌的新的切入点。

这时刘岁喜见焦书堂这么积极地承包水库，是不是跟刘海涛有些关系？如果有关系，那就太好了，证明刘海涛已经起动了自己的计划，要为改变家乡面貌出一把力了。但是他又有疑惑，承包水库怎么能成为切入点呢？他带着巨大的期盼和疑虑关注着这件事情。

焦书堂这个人似乎真的得到了刘海涛的真传，办事大胆，一往无前。他根本没有什么钱，却敢一口价打败了所有竞争对手，取得了水库的承包权。他算好了刘叔肯定会支持他，哪儿有儿子办事，老子不支持的呢？再说这件事办得大体不差。他知道刘叔一趟一趟往老家跑，不是没有原因的，他想在老家养老，又想帮家乡做点事情。来了就往山上转，找乡亲们谈，不是要干点事，又是为啥？所以他才毅然决然地包下了水库，与其说是给自己包下水库，不如说是给刘叔包下了水库。

　　但包下这个水库干什么用，他就没想太多了。养鱼当然算一项，可他又隐约感到，这水库的作用不会只有这一项吧，这是一个水利工程，当年学大寨时把它建成，实际却没有发挥作用，刘叔能不能让它充分发挥作用呢？至于怎样发挥作用，那就是刘叔要考虑的事，而不是自己考虑的事了。自己要做的就是坚决把它包下来。刘叔不出钱，自己再在老支书那儿打退堂鼓也不迟。

　　但正如自己预想的那样，刘叔出了大头。刘叔出了大头之后，也没有说自己的打算和计划，好像是专门给焦书堂承包的，这使焦书堂很不好意思。他就忍不住问道："叔，咱包这水库干啥呀？"这时他们正走到村北的山上，来视察自己承包的水库。刘海涛指着那一潭碧水说："多好的水！养鱼呀！"焦书堂更不好意思了，刘叔出了大头，给他承包养鱼，当然养鱼也会有收入，说把收入分给刘叔点，怎么说得出口呢？刘叔会看上这点小钱吗？他就进一步问："除了养鱼难道没有别的用处了？"

　　这时刘叔站在山头上，豪情满怀地说："莫道昆明池水浅，观鱼胜过富春江。这不是别的用处吗？"

　　焦书堂文化不高，不知道这是毛泽东答柳亚子的诗，但却能记住，并复述出来，可见此人极为聪明。但他再聪明，也不知道毛泽东此诗的寓意，是让柳亚子留在北京养老，别壮心不已，掺和别的事情了。也更不知道，刘海涛决心退隐江湖，要到下峪来"养老"。

　　这正是刘海涛到白云观问计于老道，对道长"生你的地方最适合养老"的说法坚信不疑之时，他要在这里"观鱼"和修身养性了，这难道不是水库的最大作用吗？

　　刘海涛没有工夫，也没有必要，跟"儿子"详细解释，只是让他知道，自己对承包这个水库十分满意就够了。果然在他的情绪感染下，焦书堂也放下了包袱，既然叔这么高兴，那就证明自己承包水库没有错，别的就不要瞎考虑了。

但是不考虑还不行，刘海涛马上对他下了命令："到城里找个有资质的施工队，到山上来给咱们建房子。你建一处，我建一处。就在这水库旁边。"

焦书堂一听高兴了，在水库边建房子，你一处，我一处，哪儿找这好事去？可是万万没有想到，刘叔的闺女、女婿、外甥们不高兴了，不仅不高兴，还群起而攻之，阻止他在山上的水库旁边建别墅，不让焦书堂到县城去找施工队。

他们说得很在理，您都六十多岁了，身体又不好，住到这荒山野岭，有个病上医院都来不及，再说我们都在平山县城和石家庄市安了家落了户，难道还要陪您回下峪老家来住吗？这不是为难做女儿、女婿和外甥的吗？您老还是好好考虑一下，别为难女儿、女婿和外甥们了。县城咱们有现成的房子，不愿意住，还可以到石家庄买套别墅。人往高处走，水往低处流，您怎么把自己流到水库里来了？

刘海涛等后辈们把话说完，便从焦书堂手里拿过一卷纸来，摊开在一块大石上，原来是一幅设计图纸。他指着图纸说："这是我亲手设计的一处庄园大别墅，在石家庄可买不到这样的别墅。瞧，这是城堞式的围墙，这是别墅的主体建筑，石砌的墙，长长的廊，高高的落地窗。这是前花园，这是后花园。这是一座假山，不，真山，要留一块真山在院子里，山泉从上面流下来，流进我的水车里。笑什么！守着水库还缺水吗？还笑什么？你们是说屁股大的山头，没有这么大面积吗？我告诉你们，削平这个山头，可出来5亩地的面积。不信？当然不信，因为削下一半山去，也没有5亩大。但是你们不知道我的办法，我要把削下去石头填到山坡上，这不就出来面积了吗？这是一个完美的设计，怎么样？"

大家目瞪口呆。焦书堂在描述这段时，不仅惟妙惟肖地学说了他叔的上述原话，还用"目瞪口呆"对晚辈做了形容。是的，他们目瞪口呆了。他们想不到父亲、舅舅有这么大的决心，也想不到他对开山造地有这么大的才能。那时候他们还不知道葫芦峪会有今天，如果知道，那么父亲、舅舅的造地5亩，不就是大规模开发荒山的预演吗？

晚辈们知道阻挡不了父亲和舅舅了，只得听天由命，下山而去。

焦书堂请来了施工队，他老婆上山来给做饭。刘海涛宏观指导，焦书堂监工督造。几个月之后,一座极有品位的,质朴、高雅、休闲,却不显豪华的庄园别墅,坐落在水库之畔,山丘之巅,紧挨着它的是一处农家小院,即焦书堂的新居,身份相符,和谐共存,两个人拉开了联手创业的序幕。

2. 图 腾

2014年5月,一个风和日丽的下午,在平山县委宣传部干部范会成的陪同下,我第一次进入了葫芦峪。

那时候距离葫芦峪这个典型被世人所知,恰好整整是一周年。打个不恰当的比喻,一周年之前,葫芦峪就像是一个没娘的孩子,没人疼,没人爱;一周年之后,不仅找到了亲娘,而且成了天之骄子。

这个功劳应该算在平山县委宣传部主管新闻的副部长齐庆三头上。如今齐庆三已经因为积劳成疾,清贫克己而去世了。我正是因为采访齐庆三的事迹,才发现了刘海涛的典型,决定给他写一部书。那时我并不了解葫芦峪在外界有多么出名,我只是对刘海涛的几个"归零"深感兴趣,最后归零到生他养他的家乡,干出了一桩惊天伟业。

刘海涛是很重视文化宣传的,但是很有骨气,你不来宣传,我绝不会去找你,求你。他对齐庆三有所耳闻,知道这是一个既有干部的政治素养,又有文人的豪放热情之士。如果说有的部门只会锦上添花,不会雪中送炭的话,那么宣传部门更不会例外,谁不追逐好的典型呢?你这样随便租借土地,开荒造地,破坏植被,符合国家政策吗?好多有关部门怕跟着沾包,避之唯恐不及,有的还上门罚款,宣传部门敢沾你的边吗?哪怕是齐庆三。

但是他估计错了,他站在山丘上,听到了一种叫作桑塔纳的汽车的马达声,车上坐着齐庆三。

那时候的刘海涛是孤独的,虽然他指挥着自己团队,在风风火火地干着,但没有政府的关怀和支持,总像个没娘的孩子那样,心里不踏实。也许自己在国企里干惯了,虽然后来归了零,重新创业,民营运作,但那种天然的对国家的依赖感总是摆脱不掉。

所以当他听到那种代表县委宣传部的声音时,心里暖乎乎的。

他站在一个山丘上，望着其他无数个山丘，是那样的光秃。小片的山坡已经栽上了树苗，但能否长成？而且还能继续扩展下去吗？他有一种孤立无援之感。

听到汽车的声音，他知道齐庆三又来了。他知道，他不会每次都出现在他面前，他要在满山上转，有时会停下来，也像他似的站在山丘上看，还跟干活的人说话，长谈，有时也到村子里，跟许多人说话，长谈。他在深入采访。

听到那汽车的马达声，他的心就好像有了着落。

当我与刘海涛座谈时，他详细描述了第一次与齐庆三见面的情景：

齐庆三从车上下来，很吃力地爬到了他站着的山丘上，表情相当亲切，好像早已心心相印似的，两个人几乎是同时伸出手来握住了。

他说："我是县委宣传部的齐庆三。"

老刘说："齐部长，久闻大名，平山大笔杆子！"

齐庆三说："要说名气，我不值一提，你才是个大名人啊！说实话吧，刘总，你过去在外面的创业，庆三佩服，但最使我动心的还是你回乡之后所做的一切！"

刘海涛迫不及待地问："你觉得还可以吗？"

齐庆三说："拿不准。因为过去改造荒山失败的例子太多了。你这葫芦里卖的什么药？我还得好好考察考察。"

刘海涛说："爽快！我知道庆三老弟——不称你部长了，走遍了平山的山山水水，对每座山，每道岭，都有详细调查和研究，你就说说咱这葫芦峪吧！"

齐庆三说："要说见多识广还得数刘总，你去过73个国家，什么发展农业的模式不知道？我只是来帮你总结经验的。"

就这样，经过一段时间的调查研究，一篇《荒山开发的葫芦峪模式》在《石家庄日报》头版头条刊发了。但是齐庆三觉得还没有把文章做足，影响还不够。2013年5月，他又邀请《河北日报》三名记者，到葫芦峪采访，随后在《河北日报》头版头条和显要位置，连续刊发了三篇通讯。

就这样，由于齐庆三的深入调查了解，把刘海涛的所作所为，客观地报道出去，才有了省委领导的过问和支持，才得到了政府的认可，刘海涛才从"水深火热"中挣扎出来，出人头地，正大光明，大踏步地前进了。

每每想到这一节，刘海涛都有点感慨唏嘘，更加认识到宣传舆论的重要。

我在采访齐庆三事迹时认识了刘海涛，当时约定一年以后我来给他写报告文学。好典型是不怕放一放的。但我还是保守了。

有一天我到省作家协会去开会，作协党组书记魏平对我说："有一重要题材不知你能不能去写，愿不愿去写？这是省委宣传部下达给省作协的任务。"

原话大体如此。文学为人民书写，为时代放歌，又是一个"命题文学"。

然而魏平却没有命令我，而是用商量的口气。我心头一热，向她投去感谢的目光。

她说："我也做了调查了解，这可是个好题材啊！你不写可别后悔。"

原来她并不是盲目的。我有点佩服了。

但我还是比较谨慎："什么好典型啊？"

她便热情澎湃地向我介绍了葫芦峪。与其说是她向我介绍，不如说是我在考核她对葫芦峪的了解程度。我有点吃惊了，她居然说得大体不差，而且分明地有了些许偏爱和感情。为了鼓励她的"说服能力"，不挫伤她的热情，我故意没有暴露我对葫芦峪已经有所了解，而是痛快地说："这么一个好典型我写定了！"

她大为满意。

但我第一次踏上葫芦峪，还是在采访齐庆三时的2014年5月份，不是后来领命写葫芦峪而上山采访的6月份。那天沿着弯弯的盘山公路上去，连绵起伏的山丘尽收眼底，梯田层层，草木茂盛，果菜飘香，满眼皆绿。许多山丘上有圆形的水泥蓄水池，滴灌的长龙般的管道缠在山腰上。每个山丘上都有几个白色的小屋，那是鸡舍，成千上万的鸡都在山上散养着，此刻正在吃核桃树下的苜蓿草。还有一排排的蔬菜大棚……我不由得感到了一种震撼——无数参观者的共同感觉。我看着这样一大片一望无际的山川，在统一管理的整治下，显得那样错落有致，有条不紊，绝不是一家一户能够办到的，没有土地流转的集体经营，就没有眼前的一切。

一个叫赵美合的中年人接待了我，掏出名片来一看，两个职务，一个是葫芦峪农业科技开发有限公司副总经理，一个是葫芦峪生态农业专业合作社理事长，前一个职务管的生产经营，后一个职务管的是利润分配。

当时他正在卖鸡蛋。他管产品销售。为了接待我，扑拉着手从销售部的房子里出来，热情地跟我握手，像自家人一样。个子不高，看上去有四五十岁的样子，爱眨眼，嘴角还跟着往上一抽一抽的，看上去好像很匆忙，片刻也不肯停歇，急着想去干某件事情。但是我立刻发现，这是一种错觉，一切都是习惯动作和表情。

但那种匆忙感还是不离他的左右，动作匆忙，说话也很急速。他说："你来碰到我算碰巧了，碰对了，再晚一点儿，我就要到市里去了，那边还有好多销售点，不是碰到我，碰到别人，我这一大块情况，你就不知道了。"

又是那种葫芦峪人的自豪感。

我很欣赏这种自豪。一个团队，人人有这种自豪感，就是一笔巨大的财富。

他说着就掏出那张名片递给我，我非常感叹地说："我真是碰对人了！赵总，快给我介绍介绍。"

赵美合抽动了一下嘴角，非常谦虚地说："没什么！不瞒你说，我是刘海涛的亲外甥，好多事情我能不管吗？"

我更感到自己碰对人了。因为当时还没打算正式采访，便说："赵总，我正准备给葫芦峪写一部书，到时再好好聊，你先领我大体上看一看吧！"

赵总说："好的，到时你就找我吧！我可以给你谈上两天两夜，艰难啊！现在情况好了，问题反而更多了，这就是辩证法。"

他上了我们的车，在他的指挥下，汽车开上了一个至高的山头。我非常惊奇，去任何一个山头，都有光滑的水泥路，把你毫不费力地送上去，当然为了使你不必走得太陡，产生不安全感，而需要在山腰上多绕几圈，你正好可以多看几眼那些令人震撼的现代农业。

这个山头显然有着浓厚的宣传成分。由此我便问赵美合："过去这个山头也这样吗？"赵美合说："过去哪儿敢宣传，眯着干还怕别人找麻烦呢！这都是齐庆三给宣传后，才立了这些牌子。"

我就看那些坚固耐久、厚实威武的水泥宣传牌。一个写着"葫芦峪现代农业示范园"，不过在"葫芦峪"前面又加了一个单位的名称，反客为主了。又一个牌的题目是"社企联手，互利双赢"。事都是好事，宣传也没有什么错，但跟过去葫芦峪的无人问津相比，我总觉得有点过分。也许这就是中国特色吧。锦上添花总比无人问津要好。更何况严格地说起来，葫芦峪还只是初创成功，虽有无限生机，广阔前程，但还远远没有达到"锦绣"的程度。因此也谈不上锦上添花，还属于雪中送炭。外界的支持宝贵得很。所以不管怎样，得到援助总是好的，至于牌匾之类，真不值得斤斤计较。

  山顶中间是一个两米深的蓄水池。如果不是后来听了焦书堂的介绍，我真不知道这个蓄水池有多大，现在我却可以准确地告诉你，它的直径是20米，盛水2000立方米。蓄水池的周围已经架设了一圈竹竿走廊，里面要栽种葫芦，过不了多久，这里就是满走廊的青枝绿叶黄葫芦了。

  山顶往下一点，则是一块圆形的水泥地面的停车场。这很重要，不仅可以停视察领导的小车，还能停参观和旅游群众的大轿子车。

  离这里不远的山顶上，立有一个葫芦的纪念塔，在高高的需要拾级而上的汉白玉做栏杆的底座上，放着一个栩栩如生的大葫芦，好像是从天外巨枝上摘下来放在那里的，因为葫芦顶上还有一段弯曲的蔓。围栏的三个角上，有探照灯对着它，夜晚一定会大放光彩。可是我住在山上，夜里这个山头一直黑着，什么也看不见。我想可能是为了省电，不到重要日子不会打开探照灯。六一已过，我就盼着七一的到来。可是还没等到七一，它就大放光彩了。那是在峪里的一个山谷中开消夏晚会，全公司的人都来了，还有村里的群众，当然主角是上级领导。从低处的晚会现场回头一望，那个山头便豁然飘出了一个宝葫芦。金黄色的，闪闪放光，不是宝葫芦又是什么呢？

  在葫芦峪里，挂葫芦的地方，有葫芦形状的地方，还有很多处。但我们还是一不做二不休，把葫芦峪大门也设计成葫芦形状吧！

  葫芦成了葫芦峪，成了刘海涛的图腾。

  那是我正式采访的第一天，我与刘海涛同车到了葫芦峪的入口处，有设计师拿出一张图画让他看，那是葫芦峪大门效果图。他一看，不中不洋，否定了。设计师说："那么就按江南水乡，小桥流水，或者徽派艺术，青砖灰瓦来设计？"刘海涛还说不行。

  那晚我住在山上，夜深人静，突发奇想，大门有了！就给它做成一个大葫芦的形状，遍体金黄，肚子镂空成三个小葫芦，是为门。让来葫芦峪的人，第一眼就看到一个巨大的宝葫芦，第一印象比什么都重要。

第二天见到刘海涛时，我向他说出了自己的创意。可惜他的感情没跟我同步，不过也没有否定，他还要研究研究。

也许他的思想已经走得很远很远了。从后来的谈话中我知道，他把葫芦作为图腾的思想是没有边界的。之所以叫葫芦峪，是因为包括他的老家下峪村在内的王坡乡9个村，行政区划就恰好是一个葫芦的形状，从南到北的一个大葫芦，下峪村正在南边的底座上。这本是个有边界的形状，有边界的图腾，但是他把葫芦峪模式复制到了西柏坡，复制到了阜平县，等于把这个图腾，这个宝葫芦，扩展了，分散了，没有边界了，你再设计个葫芦的大门，让大家钻进来，就显得有点封闭和狭窄，所以他才没有马上赞同我的设计。

啊！了不起的图腾和野心勃勃的刘海涛！

3. "我持彩练当空舞"

我正式采访葫芦峪是从2014年6月3日开始的。司机石全红开着现代越野车把我从石家庄接到位于平山县城南部的葫芦峪农业科技开发有限公司。由于处于县城边缘，看上去有点荒凉，破旧，门前的马路上不断有拉运建筑材料的重型卡车经过。院子和楼房也是陈旧的，是四强集团旧址。现在四强集团已经不复存在，但房产还是国有，作为原集团总经理的刘海涛，借用这里办办公还是可以的。但也只是在2013年5月份出了名之后，才可以，以前却不敢有借此办公的想法。只能在水库边上自己新建的家里办公，或者是到处跑的"背包政府"，后来在山上建了一栋二层的办公楼。最后终于到县里来了。

形势一片大好。

在小会议室里，我跟刘海涛见了面。他说咱们这就下去。下去之前到走廊上，又到大会议室察看，都是新粉刷的墙壁，新配的桌椅，墙上挂着风景画和宣传中国传统文化的《弟子规》什么的，图文并茂。

一派新气象。

我和海涛坐上了越野车，向葫芦峪山上开去。在路上他说的最经典的一句话是："时间不在表上。"

开始我不解，过了半晌，我问他："时间为什么不在表上？不在表上，在哪里？"

他说："在心里，在你的欲望里。表上的时间没有多大意义，只是个客观记录。不会加快，也不会减慢，总是那样有板有眼，墨守成规，不紧不慢，四平八稳。以表上的时间来计算，一年有8760个小时，如果我再活15年，80多岁了，不小了，那么一共才13万多个小时。按这个时间算，我不会干成什么，太短了。所以时间应该在我的心里，由我随便地拉抻，把我心中的时间用到各个地方去，可以让它挂在那里不动，停下来，直至我们把一切都做好。"

我说："这倒是个很有意思的想法。现在你的时间挂在哪里了？"

他说："山上，葫芦峪的山上，西柏坡的山上，阜平县的山上，整个太行山和燕山上。"

我说："你简直是个诗人。"

他说："诗人谈不上，但开始改造荒山时，别人都说我是疯子、傻子。可正是因为这样的疯傻，我把事情干成了。我打破了时间定律。时间由我指挥，造不成地，太阳不下山，时间不到点。"

又一个霍金吗？把黑洞面积的定理，即随着时间的增加黑洞的面积不减的定理反过来了，他那个荒山造地的"黑洞"不断增加，而时间不减，不动，不变。这让我怎么说，怎么评价呢？凡是创造奇迹的人都是奇人吧？

他坐在你面前，说话不紧不慢，有条不紊，而且可以随时停顿下来，倾听你的忠告，微笑着，欣赏着，鼓励着，然后再按自己的思路说下去，不急不躁，但落地有声，丁是丁，卯是卯。

他并不感情激动，虽然内心无比火热。

他不必包装自己，更不用伪装自己。有些单位在山上做标语牌，那是他们自己的事，与他无关。改造荒山，碌碡砸山——石打石（实大实），来不得半点虚假。他把话扔在那里了："向荒山要地，向荒山要果，向荒山要粮，向荒山要健康。"这是关系国家粮食安全，关系人民舌尖上安全的大事。他搞的是有机农业。

我们到了葫芦峪，来到刘海涛与焦书堂最早承包的那个水库边上，高高的石坝，水却不是很多，因为2014年太旱了。水库南面的山削下了一半，那正是刘海涛的别墅和焦书堂的房屋。北面则是我们现在到达的公司接待站，坐北朝南的一溜平房，房前有宽阔的长廊，放着圆桌和藤椅，人们可以坐在那里品茶谈话，到了饭点会有女接待人员端上饭菜来。看着山景，乘着凉风，吃着别具特色的平山腌肉打卤面，抬眼一看，走廊的梁上挂满了大大小小的葫芦，心旷神怡，如在仙境。

我第一天就受到了这样的招待。刘海涛先把我领到最东边的一个房间，他说这是我的卧室，你就住这儿吧！条件不好。我一看有空调、电视、卫生间，有何不好？接着他要会见的两个朋友就来了。一个是原平山县县长韩保深，一个是石家庄市水务局的李怀甫副局长。李局长已经退休，韩县长属于二线，现职是市政协农业委主任。

韩保深跟刘海涛是老朋友，他20世纪90年代在平山当县长，刘海涛正在四强集团当头。两个人除了工作上的交往，性格上也有相似之处，那就是都有点不甚外露的浪漫情怀，也就是说，看上去很严肃，很正统，但骨子里却有很顽固的革命浪漫主义精神。

比如有一年在开一个什么会的时候，会议散了，刘海涛却没有走，等着从主席台下来的韩县长。韩县长就过来了，问："海涛，你还有什么事？"

刘海涛说："没什么事，就是想问问你，'鹅卵石孵出白天鹅'这句歌词你是怎么琢磨出来的？"

韩县长说："就是去年我组织乡书乡长到邯郸市馆陶县参观学习，我同大家一起坐在大巴车上想出来的。当时只想出四句：'黄土地热山坡，巍巍的太行山，奔腾的滹沱河，鹅卵石孵出白天鹅。'"

韩保深万没想到，一个整天忙得不可开交的企业家，竟有心思琢磨他的歌词，颇有遇到知音之感。

这时只见刘海涛认真地听着，他刚一说完第一段歌词的这四句，刘海涛就紧接着给他背诵第二段歌词："这山这水，养育了倔强的我，搬迁上山岗，创业筑新窝，黄麦秸烧热了老土炕，车轱辘碾出了一道辙，石磨盘喜鹊窝……山险偏修路，蹚水愣过河，辘辘把打不干井里的水，鹅卵石孵出白天鹅。"

背罢歌词，两个人相视无语，好像都被歌词感动了，沉浸在那艰辛而优美的意境中。

韩县长接着说："转山的时候，看到满山沟的鹅卵石，想着渴望致富的山民，他们需要脱贫致富，必须精神富足，我们有责任帮助他们完成这样一个过程，让贫苦的山民变成白天鹅，振翼高飞。"

刘海涛会意地点了点头。那时候他正在搞企业，绝不会想到晚年回到葫芦峪搞农业大开发，"山险偏修路，蹚水愣过河"，最后让荒山变绿洲，"鹅卵石孵出白天鹅"！但是精神在那里了，浪漫在那里了，时间不在表上。20年后刘海涛在葫芦峪修的路，当时已经唱进了韩保深的歌词中。

饭后也不休息，刘海涛就带上我们看他修的路去了。就是那条著名的几乎被罚款的26公里的路。汽车先是在浅山、丘陵地带绕行，全是葫芦峪开发的荒山，层层叠叠，梯田水坝，美不胜收。因为韩保深请来的这位新朋友李局长是搞水利的，所以刘海涛主要说的是引水，到关键处，还领着李局长下车查看，虚心听取他的意见。李局长确实有见识，提了一些蓄水、保水的办法，总的来看，对葫芦峪的水利设施和水源情况比较满意。

但是刘海涛今天的主题又好像不在水上，他一直领我们向山上爬，他说："现在我们已经到600米以上了，进入半山区了，不能造地了，要进一步加强绿化。刚才过阎王爷鼻子是不是感到很陡？修路时那才险呢，现在推平垫宽了。"

又走了很长时间，耳膜发生变化，已经海拔1000多米，进入了深山区。他说："深山区就是风景区。你们看这山势，这树木，这凉爽，这透明，是不是特别地被吸引，要到山上来住，来玩，这就是我发展旅游的地方，山下看完人造美景——观光农业，再到山上看天然美景——王母娘娘的后花园。"

浪漫情怀慢慢地上来了。

我们在二架梁处下了车，这里海拔1200多米，路也修到尽头了，山风吹来，凉爽无比。韩县长指着东面更高的山峰说："那是王母观山，相传那是王母娘娘住的地方，是天界，海拔1500多米。咱们站脚的地方，就是王母娘娘的西瑶池。"

李局长说："多好的神话！人间天堂啊！"

刘海涛说："咱们就是要打造个人间天堂。"

这时我们坐在方形石桌旁的四只石凳上，看到有许多人在施工搞建筑，旁边还搭有工棚。刘海涛问高局长来了吗？回答说今天没有来。刘海涛给我们介绍说:"老高是县旅游副局长,退休了,自愿到葫芦峪,帮我搞旅游开发。他很痴迷,肯定能搞好。有人向我建议,海涛,别搞旅游这玩意,费力不讨好,只能给地方增加GDP,政府欢迎,你自己不会有多大收入。我说,这就对了!增加GDP不就指给周围老乡围绕旅游创造了许多就业机会吗,开饭店,搞运输,当导游,卖土特产,卖纪念品,地方税收上去了,农民富起来了,就是葫芦峪的目的。过去这里流传着一句歌谣,'山清水秀实在好,只有哥哥没有嫂',说的是穷,娶不上媳妇。"

这时韩保深补充说:"葫芦峪园区建成后,解决了周围农民的就业问题!特别是山顶上有三个村,过去下山没有路,发展不了经济,现在刘海涛修的这条26公里的路,成了这三个村的致富路,所以人们给海涛送对联:'送走三村苦,恩来二海甜。'他是老二,去世的大哥叫大海,他叫二海。"

刘海涛忽然站起来,走到悬崖边上,大家也跟着站过去,山下葫芦峪园区尽收眼底,那是多么的美啊!

刘海涛居然背诵起毛泽东的一首词来:

赤橙黄绿青蓝紫,
谁持彩练当空舞?
雨后复斜阳,
关山阵阵苍。
当年鏖战急,
弹洞前村壁,
装点此关山,
今朝更好看。

毛主席的这首《菩萨蛮·大柏地》,对于我们四位这个年龄段的人来说,不算陌生,海涛能够背诵也不足为奇,关键是此情此景,令人感动。葫芦峪那些盘山的绿腰带、金腰带,在淡淡的薄雾中翩翩起舞,而王母观山上残存的日军碉堡群,不仅装点了此关山,还使人联想到钓鱼岛。尤其是刘海涛在朗诵完全诗后,又加了一句:"我持彩练当空舞!"把大家的豪迈之情提升到一个新的高度。

然而，还没有完。

他又说："我们要在王母西瑶池铺两条环山路，绿化好，我就是持着这两条彩练当空舞啊！"

4. 一见钟情

当晚我就住在了接待站刘海涛的卧室里。吃过晚饭后，天色尚早，我就把服务员叫过来说："刘总临走时说，我可以让你们领着到他家去看看。"

那女子一笑说："好的。我是刘总的外甥女，叫武利华，我这就领您去。"

我跟着武利华，穿过南北方向的水库大坝，到了水库南面的山坡上，因为已经铲平，所以也没有什么坡度，而且是水泥路面，很好走。走了几步，拐了一个小弯，便见一个大门，可以走车。进得院去，花木葱茏，小桥流水，尤其有水从高高悬起的竹筒里滴下来，滴在水车上，只是一个造型，水车并没有转。有山泉从东面劈开的山坡上流下来，这水的来源显然属于人造，但给人的感觉却是自然天成。除了东面的"山壁"，西面、南面、北面，则是灰色的城堞式的围墙。5亩大的地方，除了中间的主体建筑，四周全是花草、树木、亭台、流水，为了不混为一谈，分出层次，有月亮门和小木桥相间，错落有致，前后花园，左右游乐，休闲赏景，各有去处。

我忽然产生了一种很革命的思想：这跟过去的大地主有什么区别，刘文彩也不见得有这么阔吧？

但仔细一想，又觉得自己有些盲目，有些极左，且不说大地主是否完全应该否定，罪该万死，就说现在的刘海涛，他一不是官员，二不是官商，自食其力，艰苦打拼，挣的全是光明正大的钱，办的全是有益于人民的事，他拿出钱来给自己建了一处好宅子有什么不可？人们到底应该向穷看齐，还是向阔努力？这的确是个方向性问题。

在改造荒山之前，刘海涛曾经想自己出资改变下峪村的村容村貌，但面对这样的好事，有的村民就是不同意，他们留恋自己的老屋旧房，喜欢那种窄窄的街道，一夫当关，万夫莫开，我不同意，谁敢动我！这不是观念问题又是什么？

所以刘海涛就故意建了个有模有样的大别墅。的确吸引了眼球。村里稍微有些实力的户，也在荒坡上开了地，造了房。虽然不及刘海涛的气派，但也小康水平，令人羡慕，刘书国就是其中之一。连省委书记视察葫芦峪都住在刘书国家里。这可是榜样的力量。下峪人的观念在转变。刘海涛下一步改变村容村貌的蓝图已经有了实现的可能。

在武利华的带领下，我绕过花园，穿过水池，来到了主体建筑前。这是一个正方形的建筑，只有一层，不像一般别墅那样有两三层，上下错落，看上去很灵动，而是看上去很笨拙，像一个大的四方盒子摆在那里。

这样的设计完全是为女主人考虑的，因为她腿脚有些问题，她是刘海涛的妻子，而设计者正是刘海涛。为了方便妻子，他把所有的房间都设计在一个平面里，立志要做大地的主人——"大地主"的男子汉，难道在妻子身上还吝惜那点土地吗？何必叠床架屋地造个鸽子楼，像城市人那样小气。客厅、餐厅、厨房、卫生间、各个房间和卧室都在一个平面上，都在平地上，不用在自己家里还让老婆爬山。客厅是超常地大，而且全是落地窗，让外面的美景和屋里的美人融为一体。

噢，我终于懂得了，刘海涛特别关照我要到他家看看的目的，当我第一眼看到周凤婷的时候，我就明白了。原来妻子的美貌也是刘海涛的一种骄傲。她雍容华贵地坐在木榻上，傍晚柔和的光线通过落地窗洒进来，配上红木家具的优雅雕饰，她好似欧洲古典名画上的贵妇一样，神情安详，仪态万方，微微俯首，说道："你来了，请坐！"

刚才我故意慢走一步，让武利华先进屋做了通报。

的确称得上美女，虽然老了，但皮肤白皙，没有皱纹，眉眼清秀，神采飞扬，说话不紧不慢，声音柔和。

我自我介绍后，便请她随便谈一谈。

这时我坐在八仙桌旁的太师椅上，周凤婷坐在宽大的木榻上，全是红木制作，工艺考究。

她说："你想听啥？"

真的，我想通过海涛的妻子知道些什么呢？他有这么漂亮的妻子，真是幸福之至？不，这些都不是我要关注的问题，我只关心刘海涛的主要生活轨迹。

我说:"就谈谈你们是怎么认识,怎么结婚的吧!"

她苦笑了一下说:"从前我可不是这个样子。现在我们对面说话,我却连你都看不清楚,你好像是在雾里。我患了视网膜色素变性。"

我说:"我眼睛也不好使,戴着眼镜呢!"

她说:"戴着眼镜吗?我怎么看不见!没戴!"

说罢眨动着眼睛,显出顾盼神飞的样子,仿佛回到了她的年轻时代。

她说:"还是他第一眼就看上咱了呗!"

现在随着年代的前移,她已经变成十八九的大姑娘了。

她说:"他大姐是我们村的婆家。他有四个姐和一个妹妹,还有一个哥哥。我有六个妹妹和两个弟弟,我是老大。那个年代在农村就得多生孩子,好多分口粮啊!长大了还能多捞分儿,就是多挣工分。所以人口就多了嘛。他大姐跟我说,我有个弟弟很不错,你们见个面怎么样?我说听你的。我跟他大姐挺好。那天他就来了,在屋里坐着。大姐小声对我说,进去看看!我就把两根大辫子一甩进去了,怕他个啥,他又不是老虎!进去一看,嚯!人很高,浓眉大眼。猛一见我,也不会说啥,只说,你来了。我说,可不来了咋的,你就是大姐的弟弟?他说是,我叫刘海涛。我说名字倒不难听。他说是,你的名字也好听,凤婷!这时我看到他嘴上眼里都挂着笑。坐了一会儿,我就出来了。大姐问,你觉着我弟弟咋样?我说行吧。她说那你同意了?我说,还得跟家里老人商量商量。过了几个月,我们就结婚了,就这么简单。"

我说:"不简单,你们是一见钟情。这很难得,没有私心杂念。"

周凤婷说:"这你算说对了!一见钟情就是互相看对眼吧?我们就是互相看对眼了。那天我走后,大姐又找到我,说凤婷,海涛临走时让我专门转告你,他非你不娶!就看你的态度了。当时我心里一热,说那我也非他不嫁!"

我很感动。

周凤婷让外甥女扶着站立起来,一步步往窗前挪动,我也上前扶她,她说:"谢谢!我现在是不行了,股骨头坏死,年岁大了,海涛也不敢让我做手术,只能保守疗法。唉!"

我安慰她说:"那你就安心静养吧!现在也有这个条件了。"

她走到窗前,看着夕阳辉映下的东南方向的山坡,那正是新葫芦峪的田园风光。她惋惜地说:"我不能再给海涛当一回社员了。"

武利华在一旁纠正说:"是公司员工,不是社员。"

她说:"我知道。但我对过去当社员的事,永远也忘不掉。那时候多么苦啊!心里却总是甜的。"

她扶着外甥女的肩膀,一边遐想着,回忆着,一边原地活动着两条腿,也许这是她每天都要做的锻炼吧?

她一边锻炼,一边对我说:"我们是1967年结的婚,我18岁,他也18岁,他在生产队干活,我公公给生产队开粉坊。家里房子很破,没有桌椅板凳,连炕桌都没有,柜子箱子更没有,我带来的衣服都叠好了放在炕角上。后来他当了第六生产队的队长,我当社员,每天他给大家分配活,当然也给我分配活。日子艰难,心里高兴。再后来他到公社当协理员,日子才一年比一年行点。开始每月挣36块钱,交队里18块,记工分,我则是天天出工。再后来就联产承包了,家里分了15亩地,公公去世了,我一个人干,还有一头牛,一挂车,我赶着。"

看着她兴奋激动的样子,我知道她对过去的社员生活充满怀念。这怀念有对集体劳动的留恋,更有对海涛的爱情。集体化没有错,只看怎么组织和管理。现在的公司不又集体劳动了吗?所以她站在那里,抚今追昔,感慨万千。

最后她回坐在木榻上揉着腿说:"开始改造荒山我还反对他呢,实践证明我反对错了。"

这事我知道。第一次采访刘海涛时,他就说给老婆留了100万养老费,自己就把所有的钱都投进去了。最后支撑不下去了,老婆又把钱还给了他。这应该是周凤婷的一个亮点。

她为什么能做到这一点?我便这样问她:"给你的100万元养老费,你都捐出去了?"

她说:"怎么是捐?我根本就没有想要。"

我很吃惊。

她解释说:"改造荒山过去政府号召过多少次,但没有一次成功的,他说改造就能改造了?所以大家都反对,亲戚、朋友、同事、老百姓没有一个同意的,说啥的都有,狂热,疯子,好大喜功,拿钱烧的,有钱没处花了。但我最知道海涛是个什么样的人,他想干的事,九头牛也拉不回来。虽然从道理上讲，我也反对，但从感情上我还是跟他站在一边的，夫妻怎么能够分离？不过当时的形势对他很不利，不说外人反对，连孩子们也都反对，他要硬坚持下去，效果肯定不好。为了给他一个台阶下，我就向他要80万元养老费，他一高兴给了我100万。这对孩子们就算有个交代了。事情就不那么僵了。我这是为他好。所以真到危险关头，我当然要把钱拿出来支援他。"

这就是一见钟情的爱恋结出的丰硕成果！刘海涛给妻子盖了这么大一座别墅，值！这是他的根基。虽然他局面大了，日夜操劳，为了便于工作和应酬，晚上要住在县城的大女儿家里，但这里永远是他的养生、调息、享受、依恋之地，哪怕是在接待站会见各级领导、重要客人、合作伙伴、外国客商，他也要抽出时间，跑到他命名的这座别墅"峪和园"来，躺在爱妻的木榻上，小憩片刻，眯上一会儿。

5. 神灵在召唤

一见钟情的还有这山。

从他哭着喊着降生在山上，到后来与其说是听了北京白云观老道的箴言"生你的地方最适合养生"，不如说是自己心灵的呼唤，回到生他养他的山上，这是对山的一片未了之情，这是山神对他的召唤。

刘海涛说，当时我建造别墅时，请来村里很多人来干活，其中就有康玉美。康玉美是我的同龄人，从小在一起玩的小伙伴，就像鲁迅先生的小伙伴闰土一样，当然我不是鲁迅，康玉美却像闰土一样可爱，头上也套着一个圈儿，但不是金项圈，而是铁项圈，而且更大。那是乡村孩子玩的铁环，用一根一头是用铁丝弯成的凹槽，一头是木棍或竹竿的把手的东西，推着那铁环满街跑，比赛。他就经常跟康玉美比赛。那家伙跑得飞快，总是赢家，嬉笑不已，热气腾腾的小脸就像刚出锅的馍一样可爱。

然而康玉美的成为神灵不只是因为这个，而是因为他用手接过刘海涛给的600元工钱时的那种眼神。那是一种什么眼神，刘海涛也形容不好，总之他看了那种眼神之后，才知道农民是多么渴望金钱，渴望财富！

正是这种代表农民渴望的眼神成了他的神灵，他发誓要改造荒山，带来财富，熄灭农民眼中那望眼欲穿的火焰。

我为什么有意忽视对康玉美的采访呢？因为他的形象已经在我脑海中定型，少年的戴着铁项圈的闰土，老年的刻满慈祥皱纹的《父亲》——不是有一幅出名的摄影作品叫《父亲》吗？我怕看到真的形象，反而把这两幅美好的图画破坏了。

但我还是忍不住在结束采访的前一天，见到了康玉美。

果然一切都破灭了。他是一个干瘦、佝偻的小老头，两眼无神，面无表情，耳聋严重，你大声喊半天，他只发出一种声音："啊？"

领他来的人说："他是光棍一个，但有自己的房，自己做饭，自己照顾自己。"

就是这样，夫复何求？

但刘海涛就是在这样一个农民身上，寄托了无限的深情和尊重，把它担在肩上，永不放下，成了他开山造地的动力。

目标和理由不见得都那么光辉灿烂、顺理成章，有时候看上去，它会是那样其貌不扬、平平常常，甚至有些丑陋不堪，但仍然是目标和理由，一如既往，不懈追求，决不后退！

刘海涛和焦书堂在山上建造了别墅和农家院，焦书堂说："把婶子接过来吧！"

刘海涛说："先等等，踢开头三脚再说。"

焦书堂一听有戏，果然叔承包水库是要干大事。他洗耳恭听。

叔说："这别墅先作为会议室和指挥部用一下。明天北京的人就来，过几天再把闺女、女婿、外甥叫来，都来看看，都来议议，咱们的事能不能干？"

焦书堂小心地问："什么事？"

刘海涛说："没跟你说过？我记得你都同意了。噢，是在梦里。治理荒山，你不会反对吧？"

焦书堂坚决地表态说："叔说干啥就干啥，我绝不反对！"

第二天北京的人就来了，他们都是四强集团的老人。说是老人，但年纪都不大，一水儿三四十岁的少壮派。只是少壮不等于思想解放，全不同意刘总的做法。闫春海说话最直，他上来就说："想不到刘总真要把在北京的想法变成现实了，要我看，这是不会成功的，非常冒险！投入会很大，而收益却不得而知。"

他是管财务的，投入产出比他不得不算算账。

"张剑你怎么看？"他知道，这个人你不问他，他是不会自己开口的。只会干事，不会表白。

张剑说："我看不行。"

"咋不行？"刘海涛有点着急了。

"没有实践，没有先例呗！"

"咱不实践，永远没有先例。"

"那就让别人先去实践。"

"都不做第一个吃螃蟹的人？"刘海涛说。

"都不做就不做呗！"

对这个橡皮子弹，老刘算没有办法了，他就问张贵双，这人比较聪明："贵双，你看呢？"

张贵双说："咱们在北京各县考察那么多地方，跟咱们下峪好像都对不上号，而那些都是成功的经验。"

刘海涛说："对不上号，就不可能是最成功的经验吗？"

"可能性很小，而失败的可能性却很大。"张贵双说。

一个个征求了意见，北京来的人全盘否定。

北京的团队走了。当时他真有点怀疑，这还是不是自己的团队？他看着孤独站在一旁的焦书堂，看来自己在下峪的团队只有他一个人了。

这时候焦书堂适时地提示："还有亲属团呢！"

刘海涛立刻又来了劲头，常言道，打虎亲兄弟，上阵父子兵，叫！

亲属们叫来了，住在别墅里心情不错，可以作为避暑胜地了。

但刘海涛可不是让他们来避暑的，而是让拿意见的。

他先心平气和、循循善诱地说："大家都说别墅好，那就住这儿。但光有这水库的风景太单调，是不是还得添点别的风景？"

女儿说："除了荒山上的老头树和一些杂草，还有什么风景？"

父亲趁机说："那咱们就给荒山变个样！"

大家一听，知道又回到老问题上来了，便一致反对，说要看景儿哪儿没有？苍岩山、天桂山、驼梁、汤汤水，何必要到下峪来？

他们说的都是附近的著名风景区。

父亲说："下峪有他独特的风景！我要让荒山变绿，栽上苹果和寿桃，还要养一群梅花鹿……"

大家不等他说完，就笑他，女儿搂着他的脖子说："老爸，别幻想了，我们会陪你游遍全国的大好河山！"

他说："我只喜欢下峪这一片的大好河山！"

那时候还没有"葫芦峪"这个词，或者说这个词还不被大家所熟知。是后来刘海涛和张书芳研究历史，查看地形，翻阅老县志，才发现、确定下来的。

大外甥赵美合也来了，他觉得这事没有把握。

三外甥刘建中也来了，他说得很灵活，说自己手上还有公司，放手不管，到山上来造地，是不是有点本末倒置。

女婿们则没有表态。

总之大家的情绪告诉他，支持他干这事已经是不可能，允许不允许他干这事也不好说。

这时候大女儿刘增平说："我妈同意你干吗？"

这个问题问得很突然，同意怎么样，不同意又怎么样？他有点拿不准了。正在犹豫间，刘增平说："如果妈不同意，那就对了。如果妈也同意，说明她拿您没办法，我们更得反对您。"

一听这话，刘海涛高兴了，心想还是妻子深谋远虑啊！早就把问题想到前边去了。于是他就绘声绘色地说了起来："那你们就别反对我了，因为你妈拿我很有办法。"

大家嘻嘻笑起来。

气氛不错。

他接着说下去："你妈说，你要开发荒山也可以，但得把咱们俩活到80岁的生活费都算出来，一共需要多少钱，一分不少地交给我！"

小女儿刘卫平赞赏地说："妈真有办法！"

见大家情绪很好，老爸说得更生动了："我说活到80岁干什么，要活就活到100岁！好，让我来算算，按吃最好的来算。好了，80岁是80万，100岁是100万，我给你100万！"

女儿们迫不及待地说："老爸说话算数？"

他说："当然算数，我都把钱打到你妈账上去了。"

刘增平立刻给母亲挂电话，周凤婷说："你爸是给了我100万，他要干就让他去干吧!要相信你爸,他是不会错的。我相信了他一辈子,我享了一辈子福,你们相信他,还会有更大的福享。"

手机是打开了扬声器的,听着爱妻的这番话,刘海涛泪流满面。

6. 好 日 子

家庭和亲属的问题解决了,北京那帮人就好说了,他们是服从命令的,想不通也会执行。下一步就是跟村里做工作了。

他让焦书堂把刘岁喜、焦社增等人请来了。

那是2006年秋天,大家坐在院子里,皓月当空,山峦起伏,凭几品茶,各抒己见。年近七旬的老支书刘岁喜最为激动,他说:"我当了30多年支书,没有带领乡亲们治住这个穷字,我心中有愧啊!现在我把班交了,但责任没有交,我不想让后来人指着我们的脊梁骨说,这帮老家伙没办成啥事。我要帮着社增再拉拉套。我把接力棒交到他手里了,我没有跑多远,我让他跑远着点。要不后边的年轻人就有不接棒的可能,都到外面闯去了,谁还愿意守着荒山受穷?"

这是一个非常严重的现实。但老支书没有下文了。刘海涛赶快说:"那大家就议一议,出路在哪里?"

没想到一提出路,大家却没有词儿了。

老支书终于忍不住了,看了看大家,最后把目光落在刘海涛身上:"大家都说不出个子丑寅卯来了,那就让海涛说说吧!海涛,你也别谦虚了,你在外面干,经得多,见得广,论能力,你比在座的所有人都强,论招数你比在座的所有人都多,你就说说你的打算吧!我早就留心着你呢,每次回来,你都在山上转,你和书堂承包了水库,为了啥?就为了养个鱼吗?这可是个水利工程啊!你不想让它发挥发挥作用?"

刘海涛听着老书记这些恳切的言辞,看着他那充满请求的目光,深深地被家乡人民渴望改变贫困面貌的决心打动了,心里一热,马上把自己的计划全盘托出:"我想把自己这几年在北京挣的钱,都拿出来投到农业上,为改变家乡面貌干一件大事,不知大家接受不接受,欢迎不欢迎?"

在座的各位全被刘海涛的慷慨和大度打动了,老支书抖抖地站起来,拉着海涛的手说:"难得你有这片心意啊!我代表下峪村的党员和群众谢谢你！你就说怎么干吧，我们都听你的。"

刘海涛说："我考察过了，也咨询过了，咱们这儿的山属于片麻岩，适合于修造梯田，但片麻岩不能长东西，要换了好土才行。所以我想在咱们村大面积的荒山上造地改土栽果树，不知大家意下如何？"

他说得很轻巧，但越轻巧，大家觉得越不真实，甚至怀疑他的思维是不是出现了什么问题，一时间谁都没有说话。

现任支书焦社增说："海涛，这事靠谱吗？换土那不跟换山差不多了，怎么换得过来？还是再好好考虑考虑吧！"

大家七嘴八舌议论起来："千百年都是这样的山，都是不长啥，你硬要叫它长啥，这不违反规律吗？违反规律的事咱们不办。"

你看，老百姓是很讲科学的。他们虽然都有改变家乡面貌的决心，但也不能蛮干啊！

把好心好意的刘海涛给晾在那里了。再有好心也得按规律办事啊！

刘海涛无言。大家很客气地散去。

刘岁喜老书记握住他的手安慰说："海涛，留得青山在，不怕没柴烧。你要好好保重身体，别往心里去。庄稼人就这个思想水平。过过这个时候，咱们再探讨探讨别的办法，你可千万不能撤资啊！"

刘海涛说："我不撤资，您就看好吧！"

送走客人，焦书堂小心翼翼地说："我雇的钩机已经到了。这东西很不好找，我是到沧州才雇来的，您不是说明天是个好日子吗？所以人家提前一天就赶到了，机器在沟里停着呢。现在大家不同意，那我就还打发人家回去。"

刘海涛说："不能回去！开弓没有回头箭。明天咱们就在水库南边这个山上干，这个荒山不是连水库一起承包给咱们，咱拥有经营权，可以自己说了算吗？那咱就先干起来，老百姓是不见兔子不撒鹰，咱先造出块地来给他们看看。"

焦书堂说："还是叔有办法！明天我肯定把钩机开到山上，别的您就不用管了！"

第二天正是国庆节，的确是个好日子。下峪村里刚刚有人起来挑水做饭，只听南山上一片鞭炮响，人们便出门仰望，看到北山头上有一面鲜艳的红旗在飘动，鞭炮声正是从那里传来的。

这是在干什么呢？没听说有人娶媳妇啊，娶媳妇也不会到山顶上去娶，快看看发生什么事了，便仨一群俩一伙地爬上了水库南面的那座山，从村里看是在北面。

大家看到一个庞然大物在啃山——那个挖掘机铲斗下方有五个尖利的锯齿，正在山坡上挠，像用牙齿啃一样。孩子们看着新奇，欢笑不已，老人们则说刘海涛疯了。虽然指挥干活的是焦书堂，但人们不说焦书堂疯了，而说刘海涛疯了。

焦书堂可不管大家怎么看，说我叔疯了吗，好，那我就疯个样让你们看看！他吹着哨子，连打手势，连喊，指挥着链轨式挖掘机扭来扭去，伸着长臂，一会儿挠山，一会儿挖土，一会儿又把石块抛到沟里去。他在建造别墅时已经取得了造地的经验，那就是把从坡上挖下来的土石填到沟里去，这就又多出了一块地。现在的别墅，主体建筑是在实际的山体上，而前面的花园和休闲场所则建在填起来的沟里。现在造地，他如法炮制。

人们在观望着。几天下去了，还看不出什么眉目。建房垫地，跟建高标准梯田毕竟不一样，他得有棱有角地把坝基垒起来，他找来石块往上垒，总是最后塌下来。这样就出不来梯田的形状，干了好几天，还只是在一片坡地上乱扭。急得焦书堂满头大汗。雇一小时钩机就300元，老在原地扭秧歌可扭不起！更要命的是旁边还有人拱火，说反正刘海涛有的是钱，你就替他烧吧！

这时候的舆论对刘海涛是最为不好的了，疯子，傻子，烧包，什么贱名都来了。刘海涛不为所动，他说不疯不傻干不成事情，不烧钱也干不成事情，这都不算恶名，只要不贪不骗，咱什么也别怕。

焦书堂放心了，他也是担心叔出不起钱啊！不过他说，我现在真傻了，怎么就垒不好这个坝基？刘海涛过去看了看，想从沙石的山体中抽出一个石片片来，但就是抽不动。这时候他的灵感马上就来了，说书堂，你不要垒坝了，这片麻岩自己就会成坝，它塌不下来，你看这个截面不是很好嘛，不会滑坡，你再实验实验！又指挥挖掘机工作起来，一块梯田的坝基就出来了，他说叔，成功了！

焦书堂从村里找了两个人帮着干，因为钩机的效率一旦提高，工作量还是很惊人的。钩机在挖，他们在平，很快就造出50亩梯田。但是还没有完，因为还没有换土。他们把表层的沙石土堆在梯田的坝沿上，当作挡水的田埂，可里面还没有填上好土。

焦书堂骑上摩托到河沟里转了一圈，看好了哪儿有土可挖，第二天便雇了两辆130去拉运。50亩的梯田全部换上了新土。村里人陆续地来参观，不说傻子和疯子了，在这样的荒山坡上造地，可是亘古没有的事，不成疯傻还真是干不成。但大家还有保留，这地能长东西吗？换换土就能长？从过去说的"肯定不能长啥"变成了"能长不能长？"

刘海涛高兴地说："这就是一个进步！"

焦书堂把这50亩梯田全部栽上了桃树，这桃的品种有一个非常好听的名字，叫作"寿桃"。桃三杏四梨五年，这桃早就挂果了。是什么滋味呢？一定很好吃吧？2014年6月初我来采访，住在山上，看到坡上桃花盛开，但还没有果实，只能望花兴叹。过了几天我的朋友薛景辰到山上看我，我在前面走，他在后面行，忽然飞檐走壁不见了，又猛地站在我面前，手里拿着一个小毛桃，尝尝！我一吃，很青涩，但坚持全部吞下，因为是刘海涛的果实。到月末我结束采访时，刘海涛的秘书武金文说，给你摘几个桃吃。车过山脚下，小武身轻如燕地上去了，让我等着，我不肯等，也笨拙地爬上去，终于看到叔侄俩费尽千辛万苦栽下的寿桃，它们个子不高，挂满果实的枝条呈"人"字形伸展着，像一座一座的小宝塔。我从小武手中要过塑料袋，说我要亲自采摘，你替别人摘吧！我一边摘，一边吃，因为这是不打农药的有机食品，水分充足，香甜可口。

真是"你要知道梨子的滋味，就要亲口尝尝"，我吞咽着可口的甜汁，才更加感到，原来的荒山是一个巨大的欺骗，欺骗了多少代人啊！多少代人不知道从她身体上吸取乳汁，把她白白地浪费了。她也太寂寞了，就那样荒着，浪费着。是刘海涛，这个农民的儿子，发现了她的美丽，焕发了她的青春，她才得以这样毫无顾忌地敞开胸怀，用甘甜的乳汁哺育众生。

农民是最聪明的，他们说你疯傻，因为他们自信比你聪明，不会疯傻。当桃树栽了下去，他们的渴望就比桃树长得还快了。他们绝不会容忍自己等到桃树结了果才行动，那才是疯子、傻子呢！他们立刻找到焦社增，焦社增又找到刘岁喜，刘岁喜再找到刘海涛。这个程序是不能走错的，细节决定成败，绝不可以迈过老书记去跟刘海涛谈判，老岁喜是下峪的权威和神灵啊，没有他联络维持着刘海涛，刘海涛早就不买你们这群乡民的账了——这可是关键时刻,再不好听的话也要给自己扣上!

　　多么朴实可爱的乡民啊!用不着这样,我刘海涛就是要在生我的地方创业养老的,这可是北京白云观道长的话,不信,你们可以去问问。老百姓说不问不问,今后你就是咱下峪的道长,你说啥就是啥。怎么样,把我们家的荒山也包给你吧,给俩钱就行,反正荒着也是荒着,不过能多给点还是多给点好。刘海涛说,不会少给的,将来结了果,咱们还要五五分成!百姓们欣喜若狂了,在支书焦社增的主持下,先把3000亩荒山的经营权转让给了刘海涛。一亩荒山400元,一次性买断。这个价钱出得并不高,但与无用和闲置比较起来,那就是天价了。村民们都觉得占了一个大便宜。但到后来,随着荒山价值越来越高,荒山的转让金也见风就长,一亩竟敢张口要1万!下峪人又感到自己吃了个大亏。不过刘海涛仍有办法让他们满意。

7. 风　　波

　　随着下峪局面的打开,刘海涛把下一个目标定在了东王坡。因为东王坡是乡政府所在地,还因为它是在葫芦形状顶尖偏右的方位上,紧挨着作为葫芦把儿的下观水库,无论按行政区划,还是就葫芦形状本身来讲,都属于一个高层的位置,而下峪则是葫芦的底座。如果能够顺利把东王坡拿下,那么东北和西南就占好了两个点位,遥相呼应,再占领整个葫芦峪就指日可待了。噢,那时候还没有葫芦峪这个词儿,要等到正式注册公司时,它才会出现。

　　要解决东王坡的问题,就必须赵美合出马了,就要看亲属团的威力了。

　　打了好几次电话,才约请到赵总,他总是很忙。他来到了山上接待站那间由我占据的他舅舅的卧室里,因为我们是老朋友了,所以也没有什么过度,他上来就说:"忙啊,销售这一块的事特别多,而且琐碎,另外由于我还管着专业合作社这一块,这是农民自愿入股的专业农业合作社,新生事物,跟公司是并列的,在葫芦峪农业科技开发有限公司我是副总经理,在葫芦峪生态农业合作社我是理事长。"

　　我的脑子有点乱了。

他接着说："别说您听着有点头疼，我自个有时候也掰扯不清，摸索前进吧！"

我说："赵总，这块事情先放一放，以后我再了解，你先说说一开始你们刚起步时候的事。"

他说："好的。但是我还要多说一句，您注意没有？我们是'葫芦峪生态农业合作社'，平山县有很多合作社，都是'农业种植合作社'，没有一个称得起是'生态农业合作社'的，这得经过国家认证，手续非常严格。咱们报批了一年，跟踪观察了一年，才正式批下来，而且每年都在跟踪观察。不是有机农业，有一点儿农药残留都能测出来。人家眼里可不揉沙子。不是有机农业，你还怎么能叫生态农业合作社？所以我们的知名度是很高的，柴鸡蛋供不应求。好了，不说这些了，言归正传，说艰苦创业。"

我说："你口才很好！"

他说："当然，我是老师出身。"

按照我了解到的情况，下峪完成土地资源整合后，第二个要搞的就是东王坡。实际情况也确实如此，只是时间我判断错了，我以为时间是紧挨着的，其实却隔了一年多。这些情况都是这次与赵美合座谈后才知道的。赵美合给我分析说："产生这样的错误判断也不怨你，肯定是我舅舅误导的，他总是想得很快，很超前，恨不得把所有的事情在一个早晨都干成。"

看来在快和慢的问题上，甥舅二人有些不同的看法。按照刘海涛的时间表，东王坡应该马上进驻，他也是这样要求赵美合的，但是赵美合有自己的特殊情况，他正在平山县城开饭店，一时腾不出手来。可是除了赵美合，又没有第二个人选。这不仅因为赵美合就是东王坡的家，是他大姐——就是把周凤婷介绍给他的那个大姐的孩子，而且还因为赵美合在村里很有威信。另一个外甥刘建中虽然也很能干，也是本村二姐的孩子，但生意做得比较大，与村里联系不紧密，再说年龄也小，在村里的资历不如赵美合。既然非他莫属，他脱不开身，也就只有向后拖了。

但是赵美合对他舅可不是说因为自己脱不开身，舅舅的事业就是他的事业，他之所以暂不进驻东王坡是因为他觉得时机还不成熟。他说下峪只造了50亩地不能说明问题，只有把流转村民的3000亩都造出来，才有说服力，才能动员东王坡也去照着做。刘海涛一听有道理，便接受了他的意见。在这段时间,一边大力开发下峪,并调北京的团队参战,一边与张书芳合伙注册了公司。这是2007年的事,葫芦峪也从这个时候叫起来了。原来在很早以前,下峪、上峪,外加一个转角沟,这三个村合起来叫葫芦峪,后来把三个村划分开,分别叫了现在的名,人们就把葫芦峪忘了。他们在注册公司前,考察了这一带的地形地貌,觉得很像个大圆葫芦,就用了葫芦峪的名称。

果然开发下峪也不是一帆风顺,村民虽然同意流转荒山,但不同意流转耕地和坡地,说把屁股大一块地造成梯田不算本事,有本事把小东沟儿也造成地,我们就服了。这样焦书堂和刘海涛的大女婿李怀军便指挥钩机向小东沟儿进军,一口气造了300亩地,山顶修了蓄水池,引上来水库的水,栽上了核桃树。村民这回没有说的了,纷纷以"转、股、租、换"的形式,先跟村委会签订了合同,村委会再集体跟公司签订了合同,土地流转基本完成。

这时候已经到2008年,赵美合一看时机成熟了,便出让了县城的饭店,回到东王坡老家,开始了属于自己的艰巨工作。这之前他也经常往下峪跑,帮着焦书堂和李怀军干,无论是流转土地,还是造地,他都取得了一些经验。

为什么说赵美合在东王坡村有些威信呢?因为他虽然在外边干事,但基本没有脱离开农村。他是中专毕业,后来在南甸中学教书,离家不远,村里孩子上学断不了和他打交道,而且老师的职业也很受乡民尊重。再后来他就到四强公司跟他舅舅干去了,当了地毯厂的车间主任,管着100多人,培养锻炼了他的组织领导能力。四强改制后,舅舅去北京,他去开饭店,花园饭店,全县一流。但为了舅舅的大农业,他最后还是把饭店出让了。开饭店时更是断不了与家乡联系,父母身体都不好,得他照顾,也需要村里多照顾,所以村里人进城,来到他的饭店里,他一律免费吃住,热情招待。

这次他返回家乡,做土地资源重新整合的工作来了。有了下峪的样板,大面上看村民们还是能够接受的,再加上赵美合在村子里的威信和人缘,一开始工作还比较顺利。

整合资源得投钱。名义上是他舅舅投资,但舅舅的钱也不是无限的,下峪那边整合土地和雇钩机,花钱如流水。这一点赵美合很清楚,所以东王坡他就没让舅舅拿钱，自己投进去几百万。不投不行啊，因为必须趁热打铁，思想一通，合同一签，就得赶快付款，免得夜长梦多。

时间已经到了改革开放后的30年，但我们叙述这段整合土地的现实时，必须借用改革开放前的名词，那就是生产队和大队，顽固地显示着历史的不可分割性。

赵美合首先回到了原来他家所在的那个生产队，人熟，情况熟，他在外面工作，帮过生产队许多忙。生产队有三个组，他先回到了"我们组"。做组里人的工作，两天两夜，通了。理论上主要讲承包权和经营权的问题，二者是可以分离的。国家把荒山和耕地承包给个人了，但经营权可以转让给公司，承包权还是你自己的。实践上主要讲下峪的现实，过去荒山就那样扔着，没有一分钱的效益，而流转给公司，自己可以白得一大笔钱，何乐而不为？至于种着庄稼的耕地和坡地，公司给的补偿一般都是收成的两倍。哪儿去找这种好事去呀？但就是这么简单明确的道理也得说两天两夜。过去极左时，上边说怎么种地就怎么种地，全是强迫命令，农民们也没怎么表示反对，很顺从的。现在给予充分民主，农民们就十分小心谨慎了，虽然道理很清楚，但仍然害怕上当受骗。这就是农民。

两天两夜能做下工作来，还因为他事先找了两积极分子，是德高望重的两个中老年人，让他们现身说法，带头表态，有了领头羊，众人才跟着上了。

一组的问题解决了，二组就比较难了，因为出现了新情况。荒山、荒坡本来应该由当时的大队分，但生产队分地时，也把荒山、荒坡分了一部分。大队再分时，有的只落个空头亩数，而没有实际的荒山、荒坡。

这怎么办？赵美合也有办法。那就是多花钱呗，无论是只有数字而没有亩数的，还是有实际亩数的，却没有数字的，都每亩每年50元，而且很快就把当年的发下去了，家家都有荒山几十亩，那也不是一笔小钱，纷纷领走，合同签下，完事大吉。

但是到五队和八队的时候，又遇到了大的困难。这两个队交叉现象非常多。比如，分给五队的坡，五队的人没占着，而被八队的人占着呢，合计扯皮的亩数达到1500亩之多。赵美合还是大手笔，无论占着地的，还是只有空头亩数，没有占着地的，都按一个标准发钱。这样大部分的户都解决了，但仍有少数钉子户解决不了。

比如八队有一户占着五队人分的坡，虽然这坡按正式手续不属于八队这一户，但赵美合仍然按补偿标准发给他钱。他却不要。他说我开荒种地十来年了，这荒坡已经变成好地了，得一亩给我2000元。这跟50元的标准可差得太多了，不能给。因为像这样的钉子户还有好几个，给不起。再说就是给起了，也不能给，对一般的户怎么交代？老百姓本来就不患寡而患不均。

于是赵美合的麻烦就来了，有人围着他家门口骂、闹，说你家老人死了，我们不管理！夜里还有人打他的闷棍，还扬言要用车撞死他。把他侄子家的玻璃砸了，菜地也给毁了，说他是"大地主"刘海涛的爪牙。

但这毕竟是支流和少数，现任支书刘文武，分地时的支书刘国书等村干部都支持他，所以土地流转总体来看基本完成，可以进行大规模造地了。但当挖掘机开上山的时候，那些人又纠结了黑社会前来闹事，不让修路，吓跑司机，靠内部关系，把官司打到法院。一审判我们胜诉，他们不服，无法执行。最后还是刘海涛出面，多方协调，并采取经济手段，使问题达成和解。东王坡村共流转土地3500多亩。

8. 人+山=仙=名

刘海涛真正把主力部队从北京调回来，投入葫芦峪农业园区建设应该是2009年。那时葫芦峪在老百姓心里已经有了名。

山，已经逐渐地改变着模样，老百姓看在眼里，记在心上。

空喊是不行的，绿化呀，金腰带呀，漂亮的词儿有的是，但老百姓看不到，那就等于白喊。

忽然来了个刘海涛，他动了真格的。

经过一番有意无意的刁难、排斥、讽刺和漫骂，他都挺过来了，这才证明是真的，是把刷子、是条硬汉！

看他们在小东沟儿那个干！这是下峪老百姓给他们出的难题，因为那是一个寸草不长的荒山，刘海涛如果能把这座山变绿了，长果了，那才算他有本事。

他们在看着，在盼着。

焦书堂带着五台钩机上了山。他相信他叔，也相信村民。因为他本身就是个村民。他们给叔出难题，无非是想看到成功，看到孙悟空的七十二变，再给他们变出一大片地来。在北山上造地的成功，使他们看到了钩机的巨大威力。过去他们哪里见识过？家家户户都用镢头镐头刨地刨坡，见着石头就没辙了，能刨出个亩八分的地，就算很了不起了，哪儿敢向小东沟儿进军。现在村民们已经看到了这个庞然大物像孙悟空一样厉害，能铲，能挠，还能安上爆破锤打击硬石块，才向刘海涛提出把小东沟儿拿下，虽然是将他一军，但也是一种思想上的进步。而这种进步是焦书堂用机械的力量给他们上了一课后才取得的。

我真想不到，在以后的座谈中，焦书堂能向我把村民们这么复杂的心理活动表述出来。

刘海涛每月都把钱从北京打过来，让他按时支付钩机费用，还给他派来一个帮手李怀军。

李怀军光头粗壮，往那儿一站，焦书堂正好小一圈。他是刘海涛的大女婿，黄壁庄镇东升村人。1967年黄壁庄整体搬迁，原址成了黄壁庄水库。不过那个时候他还没有出生。听父辈人说，过去的好地都在水库底下了，而且数量很大。可是现在每人只有一亩地。他就有了一种热爱土地的情结，梦中老出现水中的万亩良田，都是自己的，但就是捞不出来。高中毕业后他承包村里300亩地种了5年，栽的苹果，到期收回后，他又到岗南镇包了几百亩，干了6年，再到期收回后，他就到了葫芦峪。这回他觉得有了用武之地，大片的荒山荒坡，尽情地开发吧！他粗略估算一下，这个葫芦峪不比黄壁庄水库小，他的那些地可以全部捞上来了。

所以这是个有大志向的人。

他和书堂摽着膀子干起来。

书堂说："怀军，目前咱们必须先攻下这个山头。我知道你的心气很高，但先收收，因为这个山头，是你爸我叔跟村民立下的军令状，拿不下来要杀头的。"

"大哥，我明白。"李怀军说，并向远处看了一下，"这个山头肯定是要做成样板的，只有把这个做好，咱们才能向碾底沟、石塘沟、鱼香沟进军啊！"

小东沟儿终于被征服了，造地300亩。村里人指着挖掘机说："这东西真厉害，跟孙悟空似的，转眼就把秃山变成了梯田。书堂，能不能再让他施点法术，把梯田变成花果山？"

焦书堂说："这回施法术就用不着他了，得看咱老焦的了！不仅有花果山，还得有水帘洞，水库的水要跟着我上山了。"

接着就在山顶上修蓄水池，安水泵，添变压器，埋水管。干这个李怀军是内行，他管理过自己数百亩承包地的水利，知道量体裁衣，卖了一台水泵，换了两台变压器，建了两个直径5米的蓄水池，买了300米的水管。头一年没赶上育苗栽果树，只种了花生和红薯，第二年便栽上了核桃、寿桃和苹果。核桃苗是优质的新品种，焦书堂亲自到邢台市临城县买来的。15元一棵。10月份，为了使核桃苗安全过冬，全部刷上了自己发明的"防冻液"，就是把聚乙烯醇与石灰放在一个锅里熬一个半小时，然后拿出来刷到树上，跟透明漆似的。

焦书堂和李怀军只是这些活的指挥官，实际干的全是下峪村的农民。村民焦栓道说："书堂啊，咱们都是一个村的村民，都在山上干活，你却成公司的人了，我则还是个农民。"

焦书堂说："你是不是有点不甘心，那我代表我叔告诉你，你也是公司的一员，因为你也有荒山和土地入了股，你应该是股东。另外你每天参加公司的劳动，你就是公司的产业工人。"

这时候正在给树刷"防冻液"的几个妇女说："那我们算什么？"

焦书堂说："也算公司员工。"

在人们的热烈讨论和欢声笑语中，支书焦社增早就在下面跟每家每户签了土地流转的合同，因为大家看到了希望，不仅荒山、荒坡，还把耕地全部"转、股、租、换"了。

果然像李怀军所希望的那样，攻下这个山头之后，立刻向以东的碾底沟、石塘沟、鱼香沟、刘阳沟进发了，一口气共造地1500亩。

座谈时焦书堂说："由我指挥造地共1800多亩，到2009年以后，我叔带着北京的几个大学生就回来了，张贵双、李小健等都来到葫芦峪，比我又先进了一步。过去我都是用皮尺量亩数的，人家则卫星定位，拿着仪器在山上走一圈，就知道荒山的面积和造出地的面积。到2013年我们葫芦峪已经造地13500亩。今年造的地还没有统计上来。整个葫芦峪有5万亩山场，现在已经全部流转过来了，很快就会变成5万亩梯田。"

说到公司现在的造地，这可是个不好统计的数字。焦书堂只说的是葫芦内的，但大大小小的宝葫芦刘海涛已经挂出去了好几个，在平山县内，就有西柏坡、温塘、孟家庄、古月、下槐、小觉六大园区,另外还有阜平县、曲阳县、唐县、灵寿县、易县五大基地。

光一个不大不小的葫芦峪,植树、养果、栽花、种草、种菜、育苗、施肥、灌溉、养鸡、养猪、养牛、养梅花鹿、饲料加工、果品深加工等等,就吸收了周围十几个村的近千名劳力成为农业工人,过去无地可种,无活可干,纷纷出外打工的农民又回来了,放着家门口的钱不挣,那不是太傻了吗?

看!人和山组合得多么好!

刘海涛回家养生,要把自己的后半生长在山上,但山必须是花花绿绿的好看,这就必须改造,一改造,就把自己跟山结合得更紧密了。

这是最初的人和山的组合,或者说是第一个组合。

接着他就带来了北京的团队,这是第二个组合。

正因为有了这两个坚定的组合,打造了一个很好、很大的平台,才有了广大农民与山的第三个组合。

如果你承认人和山的组合是一个"仙"字的话,那么这第一个仙就非刘海涛莫属了。

然后是他的团队。

再然后就是农民。

于是人人可以成仙。

正因为人人是仙,打造了美丽的葫芦峪,葫芦峪才有了名。

这就是一种对"山不在高,有仙则名"的解释。

是的,只有不太高的山,海拔600米以下的浅山丘陵区才能造地。所以山必须不能高。否则这些仙们就搞不出这种名堂了。

9. 红色西柏坡,绿色葫芦峪

最大的名,无非是让葫芦峪能跟西柏坡挂起钩来。刘海涛做出了如此大胆的想法。

你不能不说这是一个顶级的好想法。

试想一下,如果革命圣地能与绿色农业挂起钩来,这个品牌还了得吗?

但是你怎么挂呢？不能是这样凭口一说了事吧——红色西柏坡，绿色葫芦峪，至少也得有一点儿实际的内容吧？当然能凭口一说，想出这样的表述来也很有智慧了。

不过，刘海涛可不是作家，而是一个实干家，他怎么会光说不干呢？

他干了，而且干得很早，远远早于2013年出名之后。出名之后你再走出这一步，就没有什么意义了。你出了名了嘛，别人都认可了嘛！

然而当时，刘海涛的日子很不好过，造地投入了大量资金，却回报甚微，因为果树是有周期的，同时还不断有人找他的麻烦。团队中也有动摇和收缩的情绪，但刘海涛却坚定地向外迈出了扩张的一步。

那是2011年，他到西柏坡考察去了。他没有看那里的山，而是看那里的人。他住在老房东旅馆里，每天出去看那些前来革命圣地参观的人，学习的人，上党课的人。

他就是在这个时候看到了商机。

这时候他又想起了那个传说——对不起，只能叫传说，因为众所周知的可以理解的原因，它没有进入正史，只能是刘海涛那么一说，我那么一听。当时此情此景又使刘海涛想起了那件事，那个传说。

那是件什么事呢？刘海涛对我说："党中央为什么把中央驻地放在西柏坡？因为这里富啊，有粮食。要打仗，没粮食可不行。兵马未动，粮食先行，这是常识。过去的平山县可不是像现在一样的贫困县，而是一个非常富裕的县，是太行山区的大粮仓。因为现在被水淹了。岗南水库和黄壁庄水库的底下，全是肥得流油的土地！当时解放军向一个富户借粮食，应该是开明大地主吧，那开明人士说，随便搬运吧！要多少给多少。结果中央派了一个连背了一个月的粮食。"

刘海涛坐在西柏坡的街道上，看着络绎不绝的旅游者，脑子里就想到了刚才的粮食。道理很简单，红色政权如果没有粮食的支撑是一天也存在不下去的，更何谈三大战役的胜利！所以红和绿是一对永远也不可分割的颜色。红花还得绿叶衬。革命圣地没有经济支撑也不行。圣地所在的县不能是贫困县。

他必须把宝葫芦挂到西柏坡来！

红色西柏坡与绿色葫芦峪是一对绝佳组合。

于是思想长出了翅膀，翅膀带着他飞出了西柏坡，落在了梁家沟。

其实从西柏坡到梁家沟只一步之遥，根本用不着飞。他可能是飞着看了一遍梁家沟的荒山，因此心里便有了底。

他的思想插上什么翅膀了？那就是他想到，既然不能强迫人家留在西柏坡学习讨论，那就换一种方式打发剩余的时间吧！旁边不有个梁家沟吗？那就到沟里看看吧！

他想的是，让刚刚吸取完政治营养的游客，再移步到绿色的生态农业园区，饱览大自然赐给人类的无公害果实，多么原生态的果实啊，虽然都不硕大，但绝对低产优质，无各种残毒，无转基因，看着就可爱，那就动手采摘吧！

他不是先飞着看了一下山场吗？完全符合葫芦峪的造地标准，再打造一个宝葫芦，把葫芦峪模式复制过来毫无问题，唾手可得。

看了这段文字，读者千万不要以为我在给刘海涛虚构什么，除了飞翔之外，无一不实。说真话，我的文学想象，远远赶不他的思想跳跃。

之所以要飞翔一下，是想暂时省略一个倒插笔，以保持文章的连续性。现在可以返回去说这个倒插笔了。

原来考察梁家沟是在他专门到西柏坡来寻找感觉之前。为什么要去考察，是冲着西柏坡才去的吗？不是，那时候还没有这种意识，而是因为梁家沟的村干部看过葫芦峪造的梯田，效果不错，所以才请刘总过去，看看他们村的荒山能不能也给改造一下。刘海涛这才带着张贵双、李怀军过去了。

这个村只有90户人家，平均每户才1亩地，山场面积却达到2000多亩，而且都是在海拔600米以下，最高峰才海拔575米，很适合造地。只是刘海涛当时没有做出决定，他还要思考一下。

回来却把这件事放下了。他在想，葫芦峪的模式当时虽然还没有得到政府的认可，但早晚会得到认可，并要向外复制和发展的。所以这第一个复制品必须具有典型性，只许成功，不能失败。那么选在梁家沟是否合适呢？相距百里，监督管理都不方便，如果就近选取葫芦峪以外的地方，比梁家沟面积更大一些，管理也方便，是不是会更好一些呢？再说当下资金也比较紧张，李怀军和张贵双也不主张跑那么远去复制一个宝葫芦。

正在他犹豫不决之时，一种冲动使他再也坐不住了，只身来到西柏坡，住进老房东饭店，融入了旅游者的人群。

当他感悟到红和绿的真理以后，便不再犹豫了，立刻找到村干部，说商量个事情。在村委会的办公室里，大家看着风尘仆仆的刘总，不知他葫芦里卖的什么药。考察之后，晾了这么长时间，不做答复，大家以为事情黄了。今天又突然找上门来，何意？

面对大家的不解和疑惑，刘海涛并不急于说出自己的意见，而是向大家提出了一个问题："你们村离西柏坡这么近，就没想到借它点光？"

支书说："怎么没想到，我们也有开家庭旅馆和卖旅游产品的，只是收益不太大，没有人住，卖旅游产品的也太多了，再说也就是那几样，纪念章、纪念册啥的，也没有人买。"

刘海涛来了兴趣："你们不能再从别的方面考虑考虑吗？外地来的人，山南海北，没见过咱北方山村，特别是挨着党中央这么近的北方山村什么样，人们一定很好奇。可是现在的西柏坡已经完全城市化了，那些领导人故居也都政治化了，只有你们这个没有被关注的小山村还有些特点，人们肯定会感兴趣的。"

一听这话，大家可就来了兴致，纷纷争抢着说："可不是咋的，经常有旅游的人到咱们村头看，看看街道，有人还进到院里，咱还以为人家是买东西的呢，便说这里不卖啥，把人家赶走了。那些人也为私闯民宅而道歉，灰溜溜走了。"

刘海涛说："刚才我在街上，也看到有人上梁家沟来，这说明什么？说明人家对咱们感兴趣，这可是很好的商机啊！"

人们大惊："可是咱们没有抓住。"

又有人说："怎么抓？卖给人家旅游产品也不要，卖土特产，也不感兴趣。"

刘海涛说："当然不感兴趣，太俗了。又是大红枣、老土布，早就被'红地根'炒过去了。"

"'红地根'？"

刘总说："一个围绕西柏坡搞起来的文化品牌的名，就是'红色的土地，红色的根'的意思。"

支书受了启发："那我们也给他来个品牌，叫红花配绿叶。"

对这个提法刘海涛很满意，他那微微上翘的嘴角撇开来，颇有神韵的眼睛亮起来，说道："好，这个创意好！我看就叫'红色西柏坡，绿色葫芦峪'吧！"

大家都拍手叫好，但立刻又愕然了，只有西柏坡和葫芦峪，梁家沟跑哪儿去了？

面对大家的失望，刘海涛笑而不语。

还是支书聪明，马上转忧为喜，高兴地说："大家还愣着干啥？还不快谢谢刘总！"

大家还是不明白，谢啥？他把咱梁家沟都给扔了。

支书着急地说："大家咋还不明白？刘总这是同意咱们加入葫芦峪公司了！"

大家马上释然了，破涕为笑，欢欣鼓舞，说道："那我们就是个小葫芦了？"

刘海涛说："小宝葫芦！"

这回大家智商提高了，立刻颇有感悟地说："我们就给他卖宝葫芦！"

刘海涛说："大家说得好！只是咱这宝葫芦是不能卖的，但咱卖里边的宝物，他们可以来买。"

这提起了大家的兴趣："里边的宝物是什么？"

刘海涛提示大家："现在什么最重要？"

大家又想到了纪念章、纪念像、大红枣、老土布……

刘海涛说："都不是！是食品安全。"

接着刘海涛就把自己的计划和盘托出了，他同意村里的要求，决定把全村的2000亩荒山和91亩耕地全部流转到葫芦峪农业科技开发有限公司，由公司投资开发，种植有机果品，发展采摘观光旅游。

"城市人对无毒、有机、无公害食品的渴求是无限的，就看咱们怎么去满足了。"刘海涛以专家般的口吻非常自信地说，"我们造地，高于国家标准，要深翻80厘米，换土40厘米，是完全没有经过化肥农药污染的处女地，栽种过程中又完全不用化肥农药，而用有机肥和生物、物理治虫，这是一个良性的循环农业链条。奉献的果品是最安全的，来旅游的人会不动心吗？"

大家说："对啊！啥也没有寿命重要。"

刘海涛的思路完全打开了："满足游客生理需要的同时，还要满足他们的视觉需要,一是不要再搞普通的旅馆饭店,要搞农家院,房屋结构、桌椅板凳全部是原始农家风格。二是带大家到山上采摘、看景儿。回到农家院恰好中午了,土鸡蛋、笨猪肉、无公害蔬菜再给端上来,不怕他们还走得开!"

于是葫芦峪的西柏坡园区建成了。就开始的梁家沟来看,每亩耕地每年对村民赔偿1000元,山场由公司修路、造地、上水利设施,建采摘园、观光园,收益的纯利润,村与葫芦峪公司按3比7分成。截至2014年5月,葫芦峪公司已投资2100万元,在山上修路16公里,建扬水站2座,蓄水池9个,铺设引水管道17800米,造地760亩,共栽植果树5万棵,景观树18万棵,苹果树180亩,桃树393亩,杏树60亩,樱桃30亩,薰衣草90亩,还在坡边、地埂种植了连翘、金银花等药材。另外还建了60个农家院。

刘海涛走了,但连接西柏坡的思路却没有断,他的思想不停地飞跃,他要把西柏坡这个宝葫芦系上一条带子,跟王坡乡那个大的宝葫芦,拴在一起。

这条带子的一头就是葫芦峪那条26公里长的路。

这条路应该被视为葫芦峪的传奇。刘海涛出于坚定的大园区概念,在政府没有表态,资金甚是紧张的情况下,他却从园区到二架梁1200多米的山顶修了一条路,而且又把这条路分叉、延伸,经过灵寿县,通到宅北乡的会口村,连上了西柏坡。

此前曾有人出来质疑,想阻挡他的头脑发热和蛮干,说这路修得没有价值啊,从山里出来,到了灵寿县,都不是平山县的地盘了,你要干什么?他说,这不跟县级公路连上了吗?过去会口就到了西柏坡,那不就把咱们葫芦峪跟西柏坡连上了吗?现在看来,连得真好,可以把复制出去的那个宝葫芦拴上了。

拴上意义又是什么呢?不拴上难道它还会跑吗?跑倒不会,但百里旅游长廊形不成了。这是刘海涛看出好几步的棋。旅游的人在梁家沟吃过午饭,还想到葫芦峪的大本营看一看,一打听,没有路,那就算了。这多遗憾!现在刘海涛把路修上了,那就没说的了,走!上葫芦峪看看!

人们在红色的强大背景下,走向了深深的绿色。

"红柏坡,绿葫芦",难道这不正是太行山上两种最本质的颜色和两个最具代表性的地方吗?

卷二 马

马是什么？马是速度的象征。在激烈竞争面前，没有速度和效益，将失去一切。骑上快马飞奔吧！用腕力掰到最佳挡位上，快速行驶吧！

高标准造地，产业化经营。

这个定位是准确的，为园区快速发展提供内生动力。园区秉承"为种地而造田，为兴农而建园"的发展理念，把高标准造地作为园区发展的基础，把产业化经营作为园区发展的重点，利用国家土地占补平衡政策，精准发力，推动山区综合开发。在造地方面，园区充分运用国家鼓励山区开发的政策，大规模、高标准造地，通过土地指标置换，争取土地占补平衡资金，除支付造地成本外，将一定比例的占补平衡收益，用于园区后续开发和产业发展。在具体开发上，25度以上的荒山重点是涵养水源、修复生态，根据实际栽植经济、生态树种；对25度以下的荒坡，采用现代工程机械集团作业，建设高标准农田，同步实现水、电、路配套，为发展特色、高效、优势产业提供土地保障。在经营方面，立足于"造一块、种一块、见效一块"。将所有开发土地统一规划，根据地理条件和产业定位，科学划分为设施园艺区、种养农业区、水产养殖区、物流配送区、旅游餐饮区、农产品精深加工区，建设各具特色的核桃、苹果、寿桃、玫瑰、中药材、杂粮及散养柴鸡、黑猪、肉羊等特色种养基地。目前，薄皮核桃、优质苹果、中华寿桃、薰衣草、设施蔬菜、散养鸡等特色园区已初具规模。两三年后，可实现年产值3.8亿元、利润2.7亿元，带动区域内农民户均年增收2万多元。从而实现园区由"投资驱动、政策驱动到产业带动、自身滚动"的转变。

宁愿望山跑死马，也要快马加鞭，全力向幸福山冲刺。

目标已经明确，方法也已具备，剩下的就是跟时间赛跑，与困难和阻力掰腕儿，实现高速度。

刘海涛的坐骑是宝马。

他本人是快马。

60多岁的人，身体部件不很灵活了，但他命令自己坐在宝马上，一路狂奔。

现代社会，没有效率和速度，将失去一切。

但他的快，又不仅仅是行动快，脑子更快。

只有脑子快，思路清楚，决策超前，谋划得当；再加上行动快，刀劈斧刹，闪电战术，毫不犹豫，一剑封喉，才能取得成功；否则迟疑不决，必死无疑。

因为创业是干事情，要干成事情，就得想办法与人与社会与环境达成和谐，而达成和谐之前，肯定是一场拼杀。

不骑乘一匹快马、飞马是不行的。

思想的天马行空，行动的风驰电掣。

刘海涛汇报：

我把园区建设搞好了，户户都是农家乐，村村都有采摘园，处处都是风景线，北京、石家庄的人来了，旅游看景，呼吸新鲜空气，吃没有污染的瓜果蔬菜，买经过国家认证的有机产品，这个桥就搭起来了，城市的幸福指数上去了，乡村的农民腰包鼓起来了。

1. 葫 芦 梦

从"红色西柏坡，绿色葫芦峪"，我们已经领略到刘海涛思维和行动的迅速了。要干什么事，毫不迟疑，抢先下手。

这就出现了一个问题，他出的思路、想法、点子好像都是最超前的，没有其他人的思路、想法、点子能跟他媲美，不能提出一个不相上下的东西跟他争论，但却经常发生争论，那就是不同意他的观点和做法。

这也不错。可以从反面加强对问题的思索和探讨。不同意他观点的几乎是全北京团队的人，也就是最终到达的，包括先期到达的7个人，共11个人，但他自己除外，也就是说，有10个人不同意他的观点。

这不成为孤家寡人了吗？难道就没有一个人同意他吗？没有，因为大家都是站在自己的立场和利益上思考问题的。当时大家在北京干得很好，搞建材生意，同时收购旧楼房，全部装修一新。因为他赌的是申奥一定会成功。果然成功了！当萨马兰奇宣布2008年奥运会的举办城市是北京的时候，也就是无论懂英文，还是不懂英文，但都会记住这样几个发音"Beijing"的时候，全国守在电视机前的观众都沸腾了，其中也包括刘海涛在北京的团队，而且他们的欢呼绝对发自内心，因为有巨大的经济利益与他们息息相关。他们装修的楼房全部高价卖出去了，他们所经营的建材生意也更加火爆。

但就是在这种大好形势下，刘海涛萌生了第二次归零之心，带领大家到北京郊县，什么延庆、昌平、密云、房山、大兴等都跑遍了，用他自己的话说就是，"冷不防装上一车人就走了"。到那儿连游玩，带考察，农业美景对他有超常的吸引力。

他边参观，边与大家讨论，人家成功的秘诀是什么？大家就谈自己的感受，有的说是靠科技支撑，有的说是靠新品种，有的说是科工贸一体化，等等。他说，大家看得很认真，动了脑筋了，但动得还不够，你们要想一下，我们怎么办？葫芦峪怎么办？这时候已经注册了葫芦峪公司，他就不断地挂在口头上，恐怕大家忘了。但大家都不拿这太当回事，因为注册时有张书芳的股份，刘总只不过是挂个名而已，他是不会回乡搞农业的。因为很明显嘛，北京的生意这么火，而且眼看就要开奥运会了，能有多少商机啊！他肯放弃？放着现成的钱不去抓，回去做赔钱的买卖？不可能！说说而已。

但大家不能陪着他说，得反对他，万一他真的上来邪劲，再来一个归零可就惨了。第一个归零从四强集团离开了，算明智之举，没有去蹚那个改制的浑水，10个亲信都跟着他去了北京。这回他要真的归零回乡，我们可怎么办？

在座谈中，大家都说出了这种心情，但是说归说，做归做，这个团队的特点就是，有意见只管提，一旦决定便无条件服从。所以最后他们都放弃了眼前的肥肉，跟着刘海涛归了零，面对着大面积的荒山野岭，施展那看上去遥遥无期的抱负去了。

大家反对的方式各不相同，有的柔和，有的含蓄，有的不表态，但最直言不讳的是闫春海。他是唐山人，河北经贸大学毕业，是最早坐着加长红旗跟刘海涛去北京的7个人之一，负责财务管理。不仅在北京考察时，他明确表示不同意刘总的看法，而且在参观山东寿光设施农业后，他也做了同样的表示，说："别处经验很好，但都不适合葫芦峪，造地代价太高，而收益大小还是个悬而未决的问题，只能是投入越大，陷得越深，咱们不能拿钱打水漂儿玩，赶快收摊，别做葫芦梦了。"

刘海涛说："春海说得好！葫芦梦！这个梦咱做定了。不仅我要做，大家还要一起跟着我来做。把这个梦做大。春海，你的境界达不到啊！农业本来就投资大，周期长，咱不是打水漂儿，咱是在水里下网，要捞出大鱼来的。咱只要稳扎稳打，又有国家产业政策的支持，怎么会越陷越深，而不是越走越亮呢？北京的历史使命完成了，大家做好准备，跟我上山吧！"

转眼到了2011年，闫春海、张贵双、李小健都被他"赶"到葫芦峪的山上去了。他知道无论思想通不通，他们都是得力的干将。闫春海还是负责财务，张贵双全面负责，李小健则重造地和水利。用焦书堂的话说："大学生们来了，我的负担减轻了。"

但闫春海心上的负担越来越重，不管钱，不知道投入之大，他一看到有4台钩机都开上了山，心里就"咯噔"一下，哪儿给这些庞然大物找钱去呀！好不容易借款800万，但很快就会花完。他对刘总说："少造点儿地，步子放慢一点儿吧！咱现在的钱吃喝养老都不愁，造地可是一个无底洞，填不起啊！"

海涛说："春海，你的心情我理解，但是我的心情你也理解理解好不好？钱不是问题，我会给你找来钱。但造地的进度不能慢。跟别的比，中国的农业非常落后了。房地产算个屁，但香得不得了，而民以食为天的农业，却不被重视。你看看，咱们造地的这几个村，留在家里的除了老人小孩，没有一个正式劳力了！咱们要造出好地，吸引他们回来种。"

他忽然感到自己很孤独，为什么没有一个知音呢？

这个知音来了，他就是韩保深。这可是一个善于做梦的人，有"鹅卵石孵出了白天鹅"为证。

韩保深是河北省深州市北溪村人，1982年河北农大农学系毕业，恢复高考的第一届大学毕业生，曾当过生产队长，大学毕业后，曾经给省长当过秘书，后到平山县当副县长、副书记、县长，与当时在四强集团当总经理的刘海涛打交道不少。后来刘海涛去了北京，他也调任石家庄市高新技术开发区副主任，后又任市政协农业委员会主任。

当刘海涛在葫芦峪实现自己的中国梦时，他也"掺和"进来。别人都是反对，他却是来给他圆梦的。

他当县长的时候就对刘海涛有好感，一见面，看他高大魁梧，像李玉和，是条汉子。在一次由他率团到香港招商引资的活动中，更加深了对刘海涛的了解。总的印象是，学历不高，见识不小。当时县经贸委主任老让岁数最大的刘海涛提拎着文件箱，他却毫无怨言。最使韩县长刮目相看的一件事是，活动期间，一个港商对四强集团的PVC管很感兴趣，合作意向迫切，诚恳地说："你算算账，咱干多大，投多少可以干？"这可是难得的狮子大开口的机会，但刘海涛却淡定地说："不用您直接投资。"那人吃了一惊："真的不需要？"刘海涛说："你这么大的企业，有你这块牌子就够了。"港商对刘海涛的诚意和大气佩服得五体投地，斥巨资合作。

韩保深是怎么得到消息来葫芦峪的呢？原来是已经搞房地产的原平山县副县长王金芳把他领来的。王金芳说："老刘干得不错，流转一大片山，用钩机在作业，场面很大。"

老韩一看，果不其然，非常震撼，他就把石家庄市高新技术开发区的一些老板和市政协领导请来，出点子，当参谋，并且把葫芦峪作为市政协的联系点。政协虽然没有钱，却和农业方面的专家、能人有联系，他们一起来参观，也都看好葫芦峪，纷纷献计献策。

韩保深说："你用现代工程机械，唤醒了沉睡的荒山，把它变成了人们施展抱负的新天地和城里人日益向往的好去处。"

工程造地与建设现代农业园区相结合，从某种意义上讲，带有创新的味道，兴国利民。

刘海涛第一次听到有人这么评价和赞赏他，激动得不知说什么好了，竟然有些口吃地说："老，老韩，我，我有这么厉害吗？"

老韩说："你很厉害！第一定位准。你凭借个人资金和人缘优势，对有水源条件的荒山荒坡进行大面积流转整合，然后机械化施工、科学化种植管理，把低产低效的自然植被，改造成高产高效的经济植被。这个定位，非常占有优势，把国家想做而未做的事情给做了。"

经老韩这么一总结提升，一个很好的对话平台搭建成功了，大伙都感到有奔头，有信心了。刘海涛说："我就是要抓紧扩大地亩，解决国家粮食安全问题，同时通过不断壮大和提升区域经济实力，带动广大群众脱贫致富。"

老韩说："很好！第二起点高。首先，建立起了产权明晰的法人治理结构和现代化企业的管理制度。就是让农民以土地资源入股分红，同时参与严格科学管理下的集体生产劳动，变成农业工人。其次，相信科学、依靠科学，在专家的参与下，谋划了科学合理的产业发展框架。例如核桃树下种植苜蓿，缓坡种植薰衣草、大马士革玫瑰和中草药。苜蓿作为豆科植物，防风固沙，培肥地力，又是天然优质牧草，借此发展从澳大利亚引进的格朗德韦奶绵羊。这样5年以后便可形成三大产业链：核桃——核桃乳——核桃油，这是第一个产业链；奶绵羊——羊奶——奶制品系列，第二个产业链；薰衣草、大马士革玫瑰——精油、香精系列，以及可能的中草药加工系列，第三个产业链。"

刘海涛已经沉浸在三个系列和三个产业链里心潮起伏了。猛然意识到还有第三，便抢着说："你说了首先和其次，让我说第三吧！那就是高科技打造的效益至上。人们都在盲目追求高产，施化肥，打农药，咱逆向思维，不刻意追求高产，不用化肥农药，改用农家肥和植物生物和物理治虫。高产不等于高效，一个毒生姜事件，谁还敢买他的姜吗？咱产量低点，却优质，确保人民舌尖上的安全，这才是真正的高效和可持续发展。现在的白面为什么不好吃了，因为麦子高产而不优质，蛋白质含量少，淀粉多。我们葫芦峪要种低产小麦，让它像老辈子的小麦一样，蛋白质多，淀粉少，蒸出馍来，满院子香。"

两个人在一起做起了葫芦梦。

2. 数字的魅力

韩保深能跟刘海涛坐在一起天马行空地想问题，目光远大，思路超前，非常富有前瞻性，那就赶快谋划落实吧！

刘海涛想得好，但人家是市政协农委主任，没时间整天给你服务，隔长不短地跑跑可以，留下来干不行。

于是他就拨通了一个电话："你歇了？"

秘占军说："我歇了，刚办的退休手续。"

刘海涛说："那你就是自由身了，到我这儿来吧！"

秘占军说："你干啥呢？"

刘海涛说："我刨地呢。"

秘占军说："刨地？噢，我知道了，你在县城附近选了块好地，自己刨着种些无公害作物和蔬菜，自己动手，丰衣足食，远离污染。好事啊，我加入。"

刘海涛说："我这就去接你，先一块到地里看一看。"

不一会儿，刘海涛就拉着秘占军去了葫芦峪。

开出30多公里还没有到，秘占军说："这也太远了，我退休也没有车，去不了，我不加入了，你自己干吧，自己刨吧！"

刘海涛就笑："我自己怎么刨得过来！"

说着就到了葫芦峪，秘占军惊讶了，连声说："慢点开！慢点开！过去我来过这地方，秃顶荒山，不这样啊，也没有这么多路，哎呀，这路太多了，一条一条绕着山丘连起来了，而且还都是水泥路，谁干的好事？肯定不是国家，没听说呀，没上我们统计局的数字啊！山上栽的是什么树，很绿，很低，没见过。噢，水利设施也不错，不，很好，是滴灌啊！怎么上去水？明白了，看那山顶上的大盖帽了吗？那肯定是蓄水池，好！想法很妙，把水引到蓄水池里，然后再滴灌。山坡上的小白房子是干什么的？啊，是养鸡的，山坡上有鸡！散养着的，太好了！"

一路看下去，高兴得秘占军不知道说什么好了。最后下了车，来到接待站。

秘占军还没明白过来，感叹着问："这是谁搞的？"

刘海涛用他那种特有的颇具魅力的微笑迎着他，仍然不动声色地说："我不早就告诉你了吗？"

秘占军瞪大眼睛说："告诉我什么了？"

刘海涛说："我刨地呢。"

秘占军恍然大悟，但更加吃惊："你不会是说，这些地都是你刨的吧？"

刘海涛说："可不都是我刨的。"

秘占军这回可真的对这个昔日的"被领导者"刮目相看了。

秘占军曾经是刘海涛的领导，而刘海涛是被领导。因为秘占军曾任平山县政府办公室副主任、体改办主任、经贸局长、统计局长，这几个差事，无论哪个，都多多少少管着刘海涛这个国企的小头头。

秘占军是一个不苟言笑，有些清高的人。我一接触就感觉到了他这种居高临下的气场，有些不悦。但随着谈话的深入，我知道他很有个性。这很难得。我一直在党府机关工作，所接触到的人，包括自己，都难免有一种迎合什么、顺从什么的习惯，有时候好像不是真实的自己，而是一个契诃夫小说里说的那种小公务员。秘占军却能超然象外，独具一格，很不简单。

秘占军是平山县两河乡秘家岸村人，河北农大毕业，学植保的，出身于一个文化和干部世家，背景很好。2001年企业改制的时候，他是领导小组成员之一，主管四强集团这一块。把企业资产评估之后，谁买谁拿钱。大家都认为身为总经理的刘海涛捞了不少的钱，秘占军也认为是这样，所以改制后，四强集团肯定会改个名字，落入刘海涛之手。但恰恰是刘海涛没有钱，企业被别人"买"去了。就是这个事实，让秘占军对刘海涛第一次刮目相看。

刘海涛找秘占军来，是希望他多少能像韩县长那样，也能跟自己打造一个对话的平台，跟上他的思维速度，帮他加快行动步伐。看了此人进入葫芦峪的一连串的表现、表情和言谈，觉得他没有找错人，便当场任命："占军，你给我当副总经理吧！"

秘占军不动声色，说道："你太草率了！不经过任何程序就这样任命？你要走家庭企业的失败之路，还是要搞国有企业的那种家长制和一言堂？"

刘海涛笑笑说："我都不想搞，我要搞现代企业。"

秘占军说："这就对了。那么任命……"

刘总经理、刘董事长说："任命作废。你先给我谋划出一套现代企业的管理办法吧！"

秘占军说:"我现在没有任何发言权。一切想法、意见等等等等,等我调研一个月以后再谈。不过我现在就可以告诉你,现代企业的管理办法我是弄不出来的,因为这得根据实际情况,在实践中去摸索。我能够想到的是,我们应该在发展规划上做些文章。"

"好!"刘海涛十分满意了,"我要的就是规划。我准备聘请具有国家一级资质的中国农业大学规划设计院,来给咱们编制五年规划和十年规划。你先打个草稿。"

过了一段时间,刘海涛接到秘占军电话约谈。因为白天事太多,他就安排在晚上。秘占军如约而至,在刘海涛办公室里,一场漫长的谈话开始了。

秘占军说:"我来已经一个月了,情况掌握了一些,想法产生了一些,跟你交流交流。毕竟你是掌握全盘的,有来有往,怎么样?讲清楚了,好抓紧落实。"

刘海涛一听非常吃惊,也非常满意。他因为忙于事务,把秘占军开始定下的调研一个月再说的茬儿给忘了,觉得还不够一个月,真是光阴似箭啊!所以感到吃惊。见面后听了秘占军这几句开场白,真是对他的心思,他时刻都在考虑全盘,谋划长远,可是公司里的其他人,信心不足,有的还想打退堂鼓,怎么能替他想这个,使他感到孤掌难鸣。现在却有一个巴掌向他拍过来了,而且还"讲清楚了,好抓紧落实",加快前进的步伐,所以他非常满意!

表现在口头上却很简单:"那就开始吧!"

秘占军说:"你不是说应该制定一个五年和十年规划吗?我想说说我的初步想法。"

刘总说:"那就说吧!"

秘占军说:"两个规划我都考虑了一下,你是想听五年的,还是想听十年的?"

刘海涛说:"我想听十年的。"

秘占军说:"咱俩想到一块儿了,我也想先说十年的。"

因为两个人的思想都是超前的,行动都是急切的。

秘占军说:"项目总面积26万亩,其中生态涵养林和旅游区10万亩,经过新造和土地整理后可用于经济作物种植的面积10万亩。园区从区位和生产特征上要分为高效设施农业生产区、干果生产区、绿色鲜果自采区、生态养殖区、苗木花卉繁育区、农产品综合加工、仓储及农产品交易区和休闲度假等功能区。"

听了这个总体规划的规模描述，刘海涛算是服气了。完全达到了他所预想的程度，而且在区域的划分上比他想得还细，划分得还科学，因为人家是农大毕业，自己是小学毕业。

不要忽略，这是2011年说的话，那时候，公司还很艰难，有收的趋势，与后来政府大力支持的黄金时期相比，考虑问题的起点和条件是不一样，却能说出26万亩！此时我们描述俩人2011年的谈论规划，也正是为了反过去看看，在没有官方的支持下，人家的执著坚守和乐观精神，没有这种融入骨髓的精神蓝图，怎么能有今天的成果？

况且，虽然计划的数字没有现在预想的大，但具体完成的数字却跟现在的实际情况差不多，确实是按规划走下来的，言必信，行必果。

这很不简单啊！

秘占军说："种植项目应该以高效经济林果为主，咱们主打果树是薄皮核桃，要建成74600亩的核桃生产基地，建成600亩观光采摘的绿色果品生产基地，建成10000苹果基地，10000亩寿桃基地，在王坡乡片区山脚下选土层相对深厚、肥沃的地块建设1000亩日光温室蔬菜、1000亩苗木花卉繁育基地。另外要种植7000亩苜蓿、5000亩药材。"

他倒背如流地说下去，绝不看稿，也没有稿。刘海涛听得津津有味，这都是自己未来的家当，他居然在一个月内掌握得这么清楚，与自己估算得大同小异。这些数字，在刘海涛脑子里不知过了多少遍了，他只有实现和达到这些数字，才能保住自己的事业，才有生存之本，而且只有把数字当成目标，按期实现，才能真正体现出一匹快马的速度。

他的脑子里装着很多数字。现在终于找到另一个装着很多数字的人，而且可能比他做得更精确。怎能不欣慰？

他欣赏地看着秘占军，老秘有点发毛，不由得问："我说得不对吗？"

刘海涛一笑说："你说得太好了！我正在把你说的，跟我的核桃账挂起钩来，啊，那可是一笔了不起的财富了！当我雇用第一台挖掘机上山时。我就算好了一笔核桃账，一亩地能出产400斤核桃，卖8000元，成本也就2000元撑死了，但咱算它3000元，还能赚5000元。按照咱们的经营模式，以50亩为单位承包给小业主管理，我们付给他管理费2万元，有机肥和防治病虫害的物理、生物制剂和器具由咱们供给，承包者只负责管理，收获后按基数上缴公司，超产部分奖给承包人。这样50亩地可收入25万元，给小业主7.5万元，公司净赚17.5万元。按你规划的种植74600亩核桃计算，那就是2.6亿的纯利润啊！这个前景难道不令人鼓舞吗？"

秘占军接着他的话说："令人鼓舞就得抓紧创造条件。首要的是农田水利建设，可分三期进行，第一期从现在开始到2013年底，要建成6米宽的水泥路30公里，修塘坝11座，打大口井6眼，建扬水站18座，铺设10000亩的滴灌管道。"

刘海涛说："好！我就按照这个规划给你答卷了！保证按期交上合格的答卷！"

说这话的时候是2011年，根据我的经验，一般说保证达到什么指标，都是指望不上的，说说而已，决心很大，慷慨激昂，宣传出去，出了风头，就算达到目的了，谁还会等到几年以后，再回过头来给你找旧账？谁还有那个心思和精力呢？

但是我恰恰是在2014年采访的，很方便给他找找后账。座谈时秘占军就是这样说的，而且还把十年规划拿给我看。我回去一翻，确实是那么几个数字。证据在手了，我又翻开现在媒体报道的材料，上写：葫芦峪公司截至2013年底，完成造地1.35万亩，栽植优质核桃48万株，其中水源保障系统就建设了11座蓄水总量55万立方米的塘坝，6口备用水源机井，18座扬水站、31个蓄水池与之配套，并能把输水管道延伸到每棵树苗，使得林木栽植成活率达到95%以上，补种后成活率达到100%。

这与秘占军三年前的规划一样，刘海涛就是按照这个数字做的，不是图当时说着豪迈和痛快，后边还要下苦力干的。数字对于他就是前进的刻度，就是汽车上的仪表盘，说速度达到了多少就是多少，没有误差。

秘占军又说养殖规模："养殖类项目在园区占地400亩，主要散养柴鸡10万只，养猪存栏1万头，引进、繁育澳大利亚绵羊2000只。"

接着就分别说了这三项养殖的细目，包括鸡场、孵化场、雏鸡育成场、商品蛋鸡放养场，猪舍、羊舍、幼崽舍、育肥舍、屠宰车间、冷库、饲料车间及仓库等等的布局和建筑面积。

刘海涛自然又是情绪激动，跃跃欲试，恨不得把这些鸡啊、猪啊、羊啊、肉奶蛋啊，一起赶到人们的餐桌上。但他又点不明白，为什么散养鸡只有10万只，而不是更多？秘占军说，密度太大了也不行，你可能没注意观察，我观察了，它们不只吃核桃树下的苜蓿，有时候鸡多吃不着了，它还飞起来吃树叶呢！所以密度不能大，不能多养。刘海涛说，那鸡粪怎么解决？咱们的品牌可是有机农业，不施化肥，全靠大粪，鸡粪是主打，一只鸡一天2两粪，10万只一天就是10吨粪，虽然也不少了，但咱韩信用兵，多多益善。笑什么？农家肥就是咱们搞有机农业的主力军！难道不是吗？秘占军说，是，是，是，说得一点儿不差！但活人还能拿尿憋死？你再搞10万只笼养鸡嘛！

两个人说的这些数字虽然不是正式规划，正式规划还得设计院下来详细考察研究制定，但无疑这些数字会给他们提供极大的参照和力量。

3. 文化的力量

杨中和的到来也许是个偶然。此人清瘦，黑髯，仙风道骨。不是老年人，是中年人。目测便知。年龄的信息至此为止。不能再问。再问，微笑无语。

现在有些机关干部，希望给人印象的年龄，比实际年龄小，这样更会有被提拔重用的机会，有的甚至编造各种理由，要求改年龄，但组织部门明察秋毫，一律以原始填表的年龄为准，不给更改。

杨中和却与此相反，他是希望自己给人印象的年龄，比实际年龄大，这样才符合他的学识水平。他到北京的大学里去讲课，无须，学生哗然；有须，学生寂然。于是便三绺黑髯，不再更改，打问年龄，无言以对。

他，有些来历。

湖北人，湖北学院汉语言文学教育系毕业，先供职河南《许昌日报》，为栏目主持人，办得很有特色，后独立主办《许昌晨报》，事业蒸蒸日上，但他打住了。采访报道一些小事、琐事、不痛不痒、虚无缥缈又有什么意思呢？于是毅然离开，去浙江闯荡。通过招聘会找到工作，任某建筑公司办公室副主任。这回他接触实际了，绝不虚无了，干得很认真，不多花公司一分钱。但建筑行业的歪门邪道可谓盛矣，请客送礼，暗箱操作，他实在受不了啦，白天陪关系户喝酒，晚上关起门来听伤感音乐，并对叔本华的悲观主义哲学有了更深刻的理解。

恰好家里因为修路占地问题与村里发生一些矛盾，母亲夸张地说得很严重，父亲又远在贵州当矿长，他就收拾行装，托运了五麻袋书，离开了他十二分领教的建筑行业，回到了湖北老家。

矛盾很快解决，春节时父亲也回家了，儿子表明志向，想去北京搞文学。父亲赞同。北京的门槛很高，他先去郑州做些准备。那是2005年，他创作了一部包括诗、散文诗和散文的集子，叫《流水浮云》。有200页，热忱满腔，忧伤如烛，情真意切，思辨艰深，他感到只有把哲学融入文学，文学进入哲学，那才是最能打动人心的文学作品。

2006年他带着《流水浮云》进入北京。先拣大的门口进，那是一家很大的出版集团，老先生看稿后说："不好卖。"杨中和说："社会责任感呢？"老先生说："原来他也有社会责任感，但改制以后，没了。噢，不是没了，是不好干了，不好坚持了。"

他又带着书去了大名鼎鼎的十月出版社，看后说，文采还行，说在十月杂志分期发吧！这个结果已经非常不错了，但他外行，说不能分期发，那就破坏了完整性了。要发必须一次出书。编辑说，一次出书也行，但你得包销一部分。包销？他没有这个能力，拒绝了。又到一家出版社，要求对半出钱，也不行，就放下了。

他到万象思维集团去编教材了。相对自由，就与一个硕士生组织了一个演讲团，到社科院、党校等大学演讲。他讲的是中庸。北京青年政治学院、实业科学院、华北学院等，他都去讲过。在佛教网上也讲过。

他还给一个女歌唱家写了一部传记，为写这部传记，他辞了工作，希望得到一笔不小的酬谢，但哪里知道，此歌星拿着他写的传记出国去了。这是一种办法，国内不行，到国外用那部传记拍了一部电影，居然红了。但酬谢也便不了了之。他什么也没得到。

于是他就做了一个名人的"门客"，人家是看上了他的才华，他帮那名人写了一部书。

后来他就考上了李约瑟创办的国际联合科学院经济学副博士和哲学博士。

于是挂有双博士头衔的杨中和身价不菲，到世界华人联合会，当了主席助理，接待过捷克、英国等许多欧盟国家的华人领袖，后来有人疑心他要成为主席的接班人，便好人难做地退出了。

这样一个高人是怎么来到葫芦峪的呢？

那是在2014年1月，农科联举办的一次论坛会上，赵美合因为是农科中心的会员，也前来参加论坛，而杨中和正是论坛的主办者，主持人。这个论坛规模很大，有400多人参加，全是跟农业有关的科研院校、农业实体、农村农业专业合作社等各方面来的专家和专业人员。在一轮一轮的发言和讨论中，杨中和发现了赵美合说的事有些与众不同，私下一聊，原来有一个方圆几十公里的现代农业园区就在平山县的葫芦峪内，那太好了，何不组织与会者现场参观一下。于是三辆大轿车载着满满当当的人去了，观感非常之好！尤其刘海涛总经理站在寒风中的讲话，点燃了许多人的心头之火。杨中和就是其中之一，当然还有后来一起被他带过来的张涵女士。

他似乎找到一块比以往任何时候都踏实的土地。

河南、浙江、北京都没有站住脚，在这里他要站住。

没有站住脚，不等于是失败者，而是选择者，现在他选定了葫芦峪这块土地。

论坛是1月份春节之前召开的，2月份春节一过，不，春节还没过，是腊月二十七，他就迫不及待地跟着赵美合，来到了葫芦峪。他必须在他的新单位度过春节。他住在公司给他租的房子里，也到公司的办公室里来。就在这期间，他多次碰到刘海涛总经理，并与他促膝长谈。

到这时刘海涛才明白了，外甥赵美合为什么非得死乞百赖地把杨老师请来不可了。此人虽然留着胡须，看上去显老，但肯定年龄不大，但必须称他为老师，小杨是绝对叫不出口的，称呼名字不尊重，必须叫杨老师。只有叫杨老师，才似乎一切都理顺了，心安理得了，踏踏实实了。所以称杨中和这样的年轻人为老师顺理成章，是因为有时会下来一些有地位的长者，也都被尊为老师，但说的话，不见得有老师的高度和水平，而这个杨中和不同，他似乎就是天生的老师，说出的话，无论是观念方面的，还是知识、常识方面的，都带有文化的气味，文化的力量，使你不得不折服，不得不心甘情愿地称他为老师。

座谈中，刘海涛向我说出了这番心理和体会，使我很感欣慰。他们那个时候，究竟谈了些什么，以致使刘海涛对杨老师文化的力量予以高度的尊重和认可呢？

后来我终于在与俩人的多次谈话中，了解到那时他们对话的内容。

他们谈的范围很广，主要围绕农业，但又不只是农业。因为各种文化的火花争相闪耀着，不知什么时候，你就被那闪耀的火花击中了，得到了力量。

刘海涛是很推崇农耕文化的。有一次在与杨老师谈到葫芦峪现代农业的发展模式时，他却心猿意马地想到了家乡的一个道观。他说："小时候我常去那个道观玩，有一个道士，自己刨荒种地，玉米和谷子长都非常好。他给我讲神农氏尝百草，钻木取火，有巢氏教人架巢筑屋什么的。我父亲见了他特别客气，向他学习种庄稼的方法。有人说，种庄稼还用学？父亲说，老祖宗的方法，一代一代传下来，你不学行吗？我父亲就是向老道学习，才知道种地还有换土的办法，这块坡地的土不好，你可以换成别处的好土嘛！你看看，我们现在造地的大面积换土，老祖宗早就知道。这就是农耕文化，包括水车、石碾、犁杖等。老辈子道观的道士、寺庙的和尚都会种地。"

杨老师说："你说得很对，所谓农耕文化就是农民在长期生产劳动中形成的一种风俗文化，并且集儒家文化和各种宗教文化于一体，自然包括你刚才说的道教文化。农耕文化分三个层次：农耕思想意识、农耕器用实物和农耕典章制度。你父亲说的话，就是典型的农耕思想意识文化。"

刘海涛感动了："怪不得他种地种得那么好，原来他有农耕文化。看来这种文化很管用，他从小就教育我，别离开土地，天下人都得吃饭，想办法把地种好，这是最根本的出路。现在谁还坚守这种文化，都离家出走，打工去了。看来必须得有一种文化作用于你，才能使你自觉不自觉地坚守着自己的事业。我相信，如果我的老爸活到现在，而且身强力壮，他也绝不会出外打工！"

杨中和认为刘海涛这段话说得太好了，由农耕文化使联想到整个中国传统文化。对这种文化的力量，杨中和是坚信不疑的。传统文化是他的立身之本，永远给他力量。他感慨地说道："我们要以礼敬姿态继承中华文化传统。听说你家的院门上写着'峪和园'，一个'和'字，体现了中华传统文化的精髓。世界上四大文明古国，真正存在到今天的只有中国。因为民族还是以汉民族为主，文化还是包括儒家文化在内的中华文化传统。靠的就是这种文化的包容性。其他古国的文化和民族都没有这种延续性。这是一种马拉松式的长跑，不能比一时一事。儒家文化有糟粕，但核心是正确的，经过几千年历史的检验和沉淀，形成了正确的东西，必然有它的合理性，优胜劣汰，生机盎然。我们要认真汲取中华文化的思想精华、道德精髓，打造出一个现代农业的葫芦峪！"

刘海涛首肯地说："搞企业没有文化不行，欲速则不达。"

4. 航空母舰

正月初二，那个在山上被刘海涛点燃心头之火的张涵女士也来了。杨中和与张涵，一个年前，一个年后，全然不顾传统的春节长假，就是要在过年期间来到葫芦峪。这是怎样的心态和迫切！

她也是跟杨老师一起组织首届河北农业论坛的。她是河北科技大学毕业，先后在国企、《法制日报》河北记者站、河北电台供职。然而她认为，葫芦峪是最能实现她人生价值的地方。

女性最是感情动物了。有时候这感情会非常准。她相信这次肯定是准的。这准确来自她对刘海涛的判断。

先是在农业论坛会上，她从赵美合口中，了解到了葫芦峪的一些情况，有了这个铺垫，再在葫芦峪山上听刘总一讲，她就达到了兴奋的顶点。

那是一个大雪初霁的日子，阳光照耀着，那雪像片片白云浮在层层叠叠的绿上。刘海涛站在山头，向大家挥手致意，发表演讲。

她至今还能把那天刘总讲话最让她感动的语句背下来。她说刘总是这样说的："其实我们没有什么特殊的，我们只是给山恢复原来的自然面目，用老祖宗传下来的办法换土。山为什么会形成寸草不长的片麻岩？因为自然环境的恶劣才形成的。现在远远有比片麻岩更为严重的现象在发生，那就是人为环境的恶劣！大面积的耕地被污染了，被化肥、农药和工业污染了。土地板结，肥力丧尽，很快也会长不出粮食来，或者长出毒粮来。已经到了最危险的时候！时间紧迫，时不我待，大家要赶快行动起来！葫芦峪的模式很简单，到处可以复制。而且大家还可以创新。恢复自然生态，打造健康家园，建设安全农业，并非葫芦峪独此一家，别无分店。如果说葫芦峪是个宝葫芦的话，希望这样的宝葫芦挂满太行山和燕山，挂满全中国！"

当着我的面，复述完这一段话，她哭了。感情动物就是如此，何况她当时面对的是一位巨人。

"巨人！"她说道，"刘总是一位巨人，而我们都太渺小了。他忧国忧民，站得高，看得远。他有勇气，有担当，有肚量，有真知灼见。我认为加入他的公司，就等于登上了中国农业的航空母舰，乘风破浪向前进吧！让暴风雨来得更猛烈些吧！"

她满脸的泪水，好像是站在航母上，被暴风雨打湿了似的。

她说："我结过婚，离过婚，国企干过，媒体干过，个体也干过。我是一个不容易被驯服的女人，但是我被刘海涛征服了，驯服了，甘愿做他的手下一兵，冲锋陷阵，义无反顾。"

在葫芦峪公司是没有礼拜六日的，但每人一个月可以休假法定天数。这样就可以保证公司运转的链条不会中断，提高效率，追赶时间。

但传统春节长假还是要休的。现在却先后来了两个不休春节长假的新成员，这让刘海涛倍感惊奇。他们是真心对公司充满向往和期待才这样，还是另有原因？在与杨老师的几次长谈中，他得到了肯定的答案。这是一个狂热的事业型的精英，不休长假，完全是为了早一天在新的土地上扎下根去。

而这个张涵呢，她为什么正月初二就来报到上班？那时他还不知道，也许以后也不会知道，张涵听了他山顶上讲话所受的感动，甚至过去很长时间，还记得讲话的内容，能一句一句地复述出来，并且在复述的时候泪流满面！尽管他不知道这些，但仍然断定，这女人也是真心的。

所以他立刻就在她报到的当天，接见了她。

当她在赵美合的引领下走进董事长办公室的时候，她的心颤抖了。一个左右乾坤的人物要接见她这个小女子了，自己应该如何表现？虽然她见过很多大场面，也在社会上混迹多年，颇能淡然处之，宠辱不惊，但刘海涛却给了她无形的压力。

她一进屋，刘总就在写字台后面绕过来跟她握手，说："辛苦了！大过年的，就来给葫芦峪添柴加火，贡献力量，感谢不尽！"

张涵受宠若惊，攥着那双大手久久不肯松开。但却说不出话来。突然意识到什么，才不好意思地松开了。

坐下之后，刘总说："有什么要求和建议，只管提。"

张涵说："刘总不要感谢我，我要感谢刘总。您为我提供了一个施展抱负的大舞台。给我一个角色吧！在这部史诗剧中我适合扮演什么角色？"

全然没有经过思考，脱口而出。

刘海涛注视着面前这位中等身材，微黑，倔强，目光火辣的女人，感到这是一个干事的人，他看过她的简历，她应该有开创和打开局面的能力。但他不动声色，微笑着问："你认为扮演什么角色合适？"

张涵不假思索地说："先锋，打先锋！我不怕困难，不怕乱局，不怕地雷阵，赴汤蹈火，我给您去蹚。"

刘总笑了："没有那么严重，但困难肯定是有的。那你就暂时跟着美和，到那边跑跑项目吧！"

赵美合立刻接过话去说："正缺这样的人才。"

赵美合知道舅舅很忙，虽然春节，找他谈事的人也很多，今非昔比，名声在外。所以他想就此打住，要带领张涵退下。

刘海涛却拦住说："还没有提要求和建议呢！"

张涵这回不能不思索一下了，不能感情冲动了。沉默片刻后说道："我想一种事物，一桩事业，要想发展，永葆活力，必须不断创新。葫芦峪也是一样，局面打开了，如何完善、巩固、创新，不断前进，肯定还有很多工作要做。比如管理问题。那天您在山上讲话，要把宝葫芦挂满全中国。怎么去管理？这就是个问题。我说得是不是有点太超前？"

刘海涛说："不超前。我们已经在西柏坡和阜平县挂出两个宝葫芦去了。"

过罢春节，赵美合给张涵安排了跑气调库的项目。

这是一个系统工程，搞调研，做资料，跑关系，等结果，一时半会儿完不成，但又急不得，所以空下来的时间很多，张涵就帮着赵美合做一些其他的工作。

赵美合负责葫芦峪生态农业合作社的工作，其中一项就是销售产品。统一销售，是"五统一"的重要一项。他在石家庄市有好几个点儿，广泛收集市场信息，打通销售渠道。好酒也怕巷子深，再好的有机产品，不宣传，不推销，也不会被人知道和认可，同样会砸在手里卖不出去。赵美合最担心这个，所以整天东跑西颠，忙得不可开交。

张涵看着实在于心不忍，就主动帮忙，联系客户。

张涵的层次是不低的，那一天联系来四部小车上山，上坐8位领导，观山看景，并要亲自体验，到鸡窝里掏鸡蛋的乐趣。因为那鸡蛋是纯粹的笨鸡蛋，是满山坡跑着，吃苜蓿、吃虫子的鸡下出的鸡蛋。所以必须到窝里去掏，感受现代有机农业的魅力。

事先定好，8位领导，每人买200个鸡蛋，共买1600个鸡蛋。所以必须保证鸡舍里，也就是下蛋的窝里，有这么多鸡蛋。赵美合说没问题！嘱咐他们不要把前一天下的鸡蛋取走就行了。

第二天小车来了，走走停停，下车观赏山景。这山景不是奇峰峭壁，而是集约化管理的现代农业。自改革开放以来，干部们看惯了包产到户的单干，现在又看成方连片的集体经营，颇有一种亲切的回归之感。但又跟过去的集体化有大的质变。一时间唏嘘不已，感慨万千。张涵看着这些上了一把年纪的老干部，崇敬之情油然而生。

但是最后的节目却演砸了。

走了一个鸡舍，没有开门，也找不到钥匙，再到一个鸡舍，门开了，却没有鸡蛋，或者鸡蛋很少，凑不够数。张涵一直向老干部道歉，老干部却说没什么，多走走更好，平时哪儿有这种机会？最后终于凑够1600个鸡蛋，按价收款，送走客人。

张涵愤然了："赵总，怎么搞的！"

赵美合说："我都按你的要求布置下去了。"

张涵说："布置、监督、落实、检查等各个环节都不能放松。看来我对刘总提出的加强管理的建议还是对的。不加强管理，就不会有速度和效益。打造航空母舰，就必须拧紧每个螺丝。有一个螺丝不拧紧，就不可能是航空母舰，而成为下蛋母鸡。"

5. 丑小鸭变成白天鹅

2012年葫芦峪公司最困难的时候，韩保深动用老关系，帮助刘海涛筹措资金，使公司渡过了难关。

韩保深说："好险哪！资金链条一断，整个公司就垮了。"

但刘海涛仍然充满信心："困难任何时候都在所难免，最重要的是，现在的荒山再不是乱石块的荒山，而是换过土的花果山，正像你所说的，鹅卵石真的孵出了白天鹅。"

韩保深说："丑小鸭，现在还只能是丑小鸭。"

刘海涛也不失望："丑小鸭很快就会长大变成天鹅的！"

韩保深说："那还要看老天爷让不让你变。"

"此话怎讲？"刘海涛有些吃惊。

韩保深说："环境。天时、地利、人和，你占几个？"

刘海涛说："地利、人和。"

韩保深说："天时也很重要，你也要占。我理解天时应该包括自然环境、政策环境和市场环境，葫芦峪要尽快走向社会，你不能只想当个山寨王。现在你还没有做到这一点，因为你还没有得到政府的认可和支持。"

刘海涛抓了抓头发说："可也是。要不咱们也请记者给宣传宣传？"

韩保深沉吟半天，深谋远虑地说："光记者宣传还不行，得两条腿走路。"

"那条腿是什么？"

韩保深没有直接回答，而是分析道："孵化得有温度。何况鹅卵石是块没有生命的石头，不是真正的卵，那就更得有温度。"

刘海涛自豪地说："我们就是温度，愣把它孵出丑小鸭来了。现在就看后边的气候条件了。"

韩保深一笑说："真说不过你，你真会抢功劳！我本来想说那块石头得靠政府去孵化。不，政府孵化不出来，还得靠你们。农民的事，农民自己解决，农民企业家自己解决。对了，现在已经是丑小鸭了，下面需要的是小环境，大气候，就看政府能不能给创造了。"

刘海涛双手抱拳说道："那就拜托老弟了！"

老韩是石家庄市政协农业委员会主任，研究农业是他的本行，他就先写了一篇文章《一个走向成功的实践》，介绍葫芦峪的情况。在小范围有些反响。他就借着这个小反响，不断地邀请开发区的人、国资委的人和本系统政协的人，到葫芦峪去参观。每次去的人都是领导，小车排成队，刘海涛就感到，有希望了。一看到那些小车，就非常兴奋。热情迎接，认真接待。接待站就是在那个时候建立起来的，比基地高了一个档次。

生产基地是在小东沟儿的山头上，还是开始跟老乡打赌，看能不能把村东的小东沟儿改造了时建的。刘海涛和焦书堂不仅改造了小东沟儿，还炸平山头，在上面建了两层楼的生产和办公的基地，同时楼上也留了几个客房，接待客人。好在客人也不多。

现在形势变了，为了配合接待贵宾，好让丑小鸭早日变成白天鹅，他就把接待站移到了水库边上，有山有水，有桃林，也有苹果园。远处一望，能看到山头上的那个大葫芦，近处一抬头，能看到挂在走廊上的一个一个的小葫芦。

为了完成艰巨的接待任务，把过去北京团队的刘彦肖等也调过来了，有接待经验，但负全责的还得是康艳红，这是下峪村的阿庆嫂，开好这个"春来茶馆"，非她莫属。

刘海涛从在四强集团担任总经理时就逐渐培养起接待领导的能力，开始还觉得有些不自然，说话也不怎么到位，但后来就越干越熟练了。他意识到，他这也是在为企业开发资源。

大家看了都说好，都很受感动，但真正起到什么作用，一时还看不出来。

他见老韩有些着急，反而安慰他说："你已经尽力了，这就很不错了。这都是软环境，慢慢才能看出效果来。"

韩保深说："你不用安慰我，我知道怎么做。"

刘海涛虽然逐渐提升了接待领导的水平，但他总觉得这不是自己的初衷。自己是个名正言顺的企业家，一切靠市场就行了，为什么非得靠政府不可？就表示说："要不咱们别弄这个了，一切按市场规律办事。"

韩保深说："按市场规律办事是根本，任何时候也不能丢，但政府的支持也必不可少。我不允许你这样永远地'藏在深闺人未识'。"

海涛一笑说："那我就等着你这个大媒人的介绍了。'一朝选在君王侧'，丑小鸭变成白天鹅，我敢保证，让她们'六宫粉黛无颜色'！"

韩保深继续努力。功夫不负有心人，忽然有一天他接到一个电话，省领导约见。于是某一天的上午，韩保深坐在了河北省委农村工作领导小组副组长的对面。见了面先把写的材料递上去，没想到老领导看也不看，甩在一边，目视着他说："材料上都是编好的词儿，你千万别照着背。说你的感受，直接的感受。"

也是被逼无奈，韩保深突然就放开了："我在葫芦峪看到了一只丑小鸭，给它点风，让它飞上天去，它就是白天鹅。"

"好！说得好！那你就详细说说这个丑小鸭的故事吧！"

韩保深一气汇报了两个小时。

最后老领导拍案而起："走！咱们去葫芦峪！"

车开到葫芦峪入口处，当时的平山县主要领导都在迎候着，老领导轻轻一握说："领我们到山上看看！"

刘海涛上了老领导的车，一边看一边解说。不时地要停下来，看大棚，进鸡舍，观察核桃树下小管滴水，注目坡上土鸡觅食捉虫，笑看沟里黑猪散步，高扬头颅的梅花鹿使他赏心悦目，桃林果林鲜花盛开，大池小池蓄水满满，无尽的水泥路盘山而转，一座座花果山尽收眼底，原来他们已经沿着那条26公里的路登上了二架梁。

老领导说："折腾得不错啊！"

刘海涛说："都是国家政策好，没有土地流转的政策，我什么也干不成。"

老领导说："现在还有什么困难，什么要求？"

刘海涛说："您这一来，我什么困难和要求都没有了。因为我知道，您会代表政府全力支持我们。葫芦峪就像没娘的孩儿回到了母亲的怀抱，还愁个啥！这不是，县委领导也都在这里，也都看到了，葫芦峪就是这个样子。我现在只想着还要加快步伐，大干一场，把葫芦峪模式推广出去，不辜负老领导和同志们的希望。"

一旁的韩保深真是佩服这个老朋友！不说具体困难和要求，但胜似说具体困难和要求。说那么琐碎就没意思，就泄劲了。这样显得多么大气和大度，又感恩，又报答，还暗示出最大的困难和要求，那就是把模式推广出去，以便不辜负老领导和同志们的希望。

省农村工作领导小组副组长立刻就表态了："你想把葫芦峪这个宝葫芦复制到哪里去？"

这时候西柏坡他已经复制了，不用再提。下一个目标，他选中了阜平县，那里有城南庄，是毛主席到西柏坡之前，党中央的驻地。所以应该把下一个复制的目标，选定在革命老区，现在却十分贫困的阜平县。

他说："阜平县。"

吴显国说："好！跟我想的一样。那就阜平县吧！"

老书记意犹未尽，站在山顶上，面对着山下五彩缤纷的葫芦峪，情不自禁地唱了起了京剧："我站在城楼观山景……"

吴显国回去之后，就是省委领导之间的事了，不能道听途说。但不久，就有了齐庆三和《河北日报》记者的报道，就有了省委领导的视察。葫芦峪这只丑小鸭真的变成白天鹅，飞起来了。

6. 一匹快马

我在葫芦峪采访了一个多月，直到后期，我才选择倒阜平县去看一看。因为刘海涛在平山县之外，挂出去的宝葫芦太多了，除了阜平县，提到最多的还有唐县、易县、灵寿县、曲阳县，以及承德市的滦平县、青龙县，等等，借着中央提出的打造京津冀经济圈的东风，他已经向太行山和燕山全面进军了。

这是一种战略。要想生存必须发展，必须做大做强。

这么多地方我当然跑不过来，打算重点看一两个算了，首选就是阜平县。

这是刘海涛在葫芦峪山上向吴显国提出，并得到批准的地方，所以政府支持的力度就不用说了，没有省委、省政府的支持和给政策，怎么能够跨县、跨市地操作呢？葫芦峪所在的平山县属于石家庄市，而阜平县属于保定市。

自2012年底，习近平总书记视察阜平之后，阜平县已经成为全国的扶贫特区。除了国家财政和政府各部门的支援，还有全国各种企业和公司的捐款，到2013年底，一年之内，阜平县拿到的扶贫专项资金就有12亿之多，远远高于阜平的县财政收入。

但是过去的扶贫经验证明，对于这个老贫困县来说，扶贫投入虽然很大，但扶贫效果却收效甚微，越扶越贫，一扶"脱贫"了，可过不了几年又"返贫"了，以致使人们得了"扶贫恐惧症"。

这次习近平总书记到阜平县视察，提出要把帮助群众脱贫致富摆在特殊重要的位置上，要科学规划，因地制宜。

为了落实总书记的指示，省里成立了领导小组，派155个工作组进驻阜平，全国企业家也纷纷来阜平投资，但真正看得见成绩的是：学校校舍和桌椅板凳换新的了，农民猪圈里的猪多了，养鸡场的鸡也多了，有的村修了路，打了机井，有的村还修建了戏台，北京一家单位投资几十万在某村建了数字电影院，号称"中国第一家村级数字影院"，让村民免费观看了《子弹在飞》……

这些能从根本上帮助农民脱贫致富吗？会不会也走了越扶越贫的老路？

还有在荒山上开挖水平沟，也是用挖掘机，但标准很低，所以开发出的梯田，既不能栽树，也不能种粮，只是个摆设。

一个重要的课题摆在了葫芦峪公司面前，那就是咱们的模式适合不适合阜平？咱们的荒山造地，产业扶贫，能不能为阜平解决燃眉之急，并使其长久获益？的确是燃眉之急啊！总书记视察阜平快一年了，成效还只是学校的桌椅板凳和村级数字影院等等。

刘海涛派出了李小健等先遣人员到阜平去考察。

没过多久，一辆一辆的大轿子车往返在阜平到葫芦峪的山路上，都是包的旅行社的车，下来的人戴着小红帽，但说话都是典型的保定味，山村里人，全是李小健们组织来的，公司给花钱雇车，包吃包住。"哪儿有这么好的事啊！啥也没啥呢，就先让旅旅游。"老乡们高兴地说。

大家还真当成了是看景儿："好！太好了！这不是人间仙境吗？花果山水帘洞！"

李小健说："大家如果看着好，回去咱们村也照着做，也把荒山变成这个样。"

大家说："开什么玩笑！咱们的荒山哪儿能变成这个样？看不到挖的那些水平沟！"

李小健说："咱不挖水平沟，咱造这样的梯田。"

大家说："拉倒吧！你又不是孙悟空，说变就变。"

李小健说："我就是孙悟空，说变就可以让它变。你们信不信，前面那一片，还有这一片，还有那一片，还有……在两年以前，还是比你们那儿都不及的荒山，我领着钩机上山，造出了现在栽满核桃树的梯田。"

大家看看那些绿绿的长满核桃树的山坡，又看看面前这个健壮、高大的年轻人，将信将疑地问："真的？"

李小健说："那还假得了！回去你们把荒山、坡地流转给公司，我亲自带着钩机上山，给你们造出跟这儿一模一样的地来！"

大家动心了，但又有些保留和担心："白给你？"

李小健说："怎么白给？入股，租借，流转，全可以。放心吧，给的回报少不了！"

没怎么见过钱的山民笑了。

有人试探着问："好地也给你吗？"

李小健说："好地？就算好地吧，在你们手里亩产多少斤？"

那人大着胆子说："也就二三百斤。"

李小健说："公司给你赔产800斤，折合人民币880元。"

大家惊呆了，立刻改口说："李总！李总！我们全部把荒山、荒坡和好地都给公司，全部流转。"

但是又有一个问题产生了："人能不能流转？要不我们都没活干，净吃租子，那不成大地主了？"

李总一笑说："你们就是公司的大地主，并且兼公司的产业农民。开发那么多荒山，没有人种植和管理行吗？公司会比过去的农活更多，再也不用出外打工去了。"

戴着红帽子的旅游者欢欣鼓舞了，巴不得立刻回去跟李总签订土地流转合同。

合同可以先签，土地先由李小健总经理流转着，但最后带领阜平团队冲锋陷阵的总指挥，却不是李小健，而是杨向天。

这不仅仅因为杨向天是出资人，在葫芦峪（阜平）公司刘海涛是董事长，他是副董事长，而且还因为他是一匹快马。

阜平的复制，只能成功，不能失败。而且必须快速成功，在最短的时间内把地造出来，不能使总书记的指示下达一年后，还没看到扶贫的显著成果。而当时已经是2013年夏季，距离总书记考察阜平一周年的年底，还差几个月的时间。

形势就这样摆在那儿了，有多少双眼睛在看着，葫芦峪公司就能有神来之笔吗？

党和政府期待着。

省农村工作领导小组副组长更是期待着，牵挂着。

所以，只派李小健去，他不放心，太年轻。

他要派一个老的去，那就是跟自己在王坡公社时一起工作过的老同事杨向天。他是平山县南甸镇盖家园村人，高中毕业。20世纪70年代，刘海涛在王坡公社当农业技术员，他当会计。杨向天虽然小他三四岁，但文化程度高。尽管是"文革"中的高中，那也是高中，比刘海涛的小学高了两个档次。刘海涛没上中学，是因为家里穷，姊妹多，上不起。他便非常羡慕和尊重文化程度高的人。杨向天就是一个。此人头脑清醒，办事稳重，说话不多，一说便头头是道。他跟杨向天成了好朋友，判断他将来肯定能成大事。以后杨向天虽然没有成很大的事，但也颇有成就，也算验证了海涛的推断不错。而且时至今日，还没有验证完，杨向天虽然退休了，但刘海涛还要用他干大事。

在刘海涛与我座谈说到这里时，他得意地说出了当时自己的打算："凭我们在公社时我对他的认识，以及以后他当部门领导所取得的业绩，包括他辞退职务后，自己办企业的成功。我坚信他在退休之后，还会干成一件大事，但这件大事必须我给他创造条件才能实现，那就是派他去阜平造地。"

这就好比足球比赛，如果把把葫芦峪的全盘工作，比喻成一场足球比赛的话——从农业局势上来看，也确实是一场比赛，粮食不安全，食品不安全，滥占耕地，土地污染，滥用化肥农药，等等，同确保国家粮食安全，发展有机农业，改善环境，培肥地力等等可持续发展的举措，不正是一场激烈的较量和比赛吗？而且我们不能输，必须胜，否则我们将会被踢出局，后果不堪设想。

——如果葫芦峪的全盘工作是一场足球比赛，那么刘海涛就是总教练，其余的人都是队员，他可以随便调兵遣将。葫芦峪公司的若干发展阶段，也就成了足球场上的各个时段。现在已经到了最关键的时刻——扶贫的关键时刻，向政府和人民证明自己的关键时刻，需要进球的时刻，所以刘海涛当机立断，派能征惯战的老将杨向天上场了。他必须冲锋陷阵，斩将夺旗，风驰电掣，带球过人，并把皮球踢进网窝。

出发前刘海涛找杨向天做了一次长谈。

海涛说:"不想对我说点什么吗?"

杨向天说:"要读懂三本书。第一读懂农民。他们在想什么,需要什么,必须知道。否则无的放矢,做什么也成功不了。第二读懂政策。只有读懂政策,才能为自己的事业找到一个有力的支点,谁也撤不走,抢不走,使你立于不败之地。第三读懂领导。领导需要什么?政绩。现在也不兴吃请送那一套了,问题就更加简单化了,你干的事能够造福一方,成为领导的政绩就行了。别的一切都不是根本。"

刘海涛问:"读懂这三本书,就能摆平阜平,实现咱们的速度吗?"

杨向天说:"当然。葫芦峪公司不以营利为目的,建设核桃产业园,发展林下经济,以农民致富为切入点,以造地'占补',得到国家补贴,增加地方财政收入为支撑点,以落实习近平同志指示,向荒山要地,产业扶贫,颠覆了旧的扶贫套路为鲜明特色的葫芦峪模式,使农民、政府和领导三满意,难道还有什么不能摆平,还有什么力量能阻碍咱们提速吗?"

刘海涛说:"说得太好了!太行山、燕山一直以来有核桃种植的传统和经验,从北京燕山,到河北邯郸的太行山,在纵600公里、宽30-60公里的狭长浅山地带,人口众多,山多地少,如果我们利用土地占补指标,开发这一区域,那么就可以不用政府花一分钱,而是运用市场机制,吸引城市工商资本投入,这是非常符合中央提出的以工补农,城市反哺农村政策的。"

果然杨向天带队进入阜平以后,在"三本书"的指导下,谋划运作,协调疏通,纵横捭阖,苦干实干,从2013年10月2日钩机上山,到2013年底习近平视察阜平一周年之际,已经在荒山上造地1万亩,这是一份最好的献礼。1万亩的黄土地啊!采访时我只看到其中一个村的一片地,从西北到东南,漫山遍野,一眼望不到边,全是挂在山上的一块一块的黄地毯,黄土地,新增加出来,从天上掉下来的馅饼,一块一块的黄土地啊!那才只有3000亩,想象1万会有多大!葫芦峪本部因为处于摸索阶段,好比汽车的刚一启动,造1万亩地需要七八年时间,而阜平按模式复制,已经提速,才用了两个月!到2014年夏季,不到一年的时间,已经造地1.9万亩,为昔日的荒山荒坡,镶上了黄色挂毯,来年便是满山绿色。

这就是模式复制的魅力和速度,也是读懂"三本书"的结果,当然更是杨向天这匹快马的功劳。

7. 一号文件

有的职务很好明确，有的职务却很难明确。

例如对于杨老师，刘总很长时间没有给他明确职务。因为这不是随便给个职务，就能打发得了的。杨老师的文化、学识和水平摆在那里了，让他当副总经理，或者当自己的助理，都不恰当。从概念的外延上看，这两个职务对他还有点罩不住；从具体管理上来说，暂时还无法给他相应的实权，名不正，言不顺。

好在春节长假还没有过完，以后再说。

有一天，他们又在公司碰到了。

刘总说："杨老师忙什么呢？"

杨中和说："学习一号文件《关于全面深化农村改革加快推进农业现代化的若干意见》。"

这真是不谋而合，刘海涛也在学习一号文件。对于一个致力于深化农村改革和推进农业现代化的葫芦峪公司的老总，怎么能不学习一号文件呢？而且2014年的一号文件，有多少条简直是对着葫芦峪讲的！

所以刘总立刻抓住机会不放，说道："那么咱们交流交流。"

他们便进入了总裁办公室。

有秘书给泡了茶，两个人便对坐在沙发上，细酌慢饮，聊起了一号文件。

说是聊一号文件，但杨老师的开篇却扯得很远，是从"告别百年激进"开始的。先讲了一段历史。简单说就是，百年来，中国等后发国家，受到西方等先发国家的侵略和瓜分，而他们制胜的法宝就是坚船利炮，而武器先进的支撑点是工业化，于是后发国家便把先发国家的工业化作为目标模式来赶超，师夷之长技以制夷。而工业化是一个不断追加资本投入的经济过程，尤其是军事工业，只要不打仗，不卖军火，便永远没有经济回报。这就造成了资本极度稀缺。只能靠引进外资，欠下债务，落入陷阱，不能自拔，实现不了工业化。而中国却奇迹般地实现了，但也付出了出卖原材料和环境资源的代价。现在中国已经告别了短缺，而进入了过剩，产业、金融、商业三大资本过剩。产业过剩导致商业过剩，两大产业都不景气，银行存款大于贷款，资金留滞，房地产泡沫严重。出路在哪里？农业。好像是推开了一个明亮的窗口。"三农"问题成为重中之重而引起重视。

刘海涛听罢连说："讲得好！讲得好！这是从根儿上说的，离开农业不行啊！我认为，一号文件中提出的三个导向非常好，怎么种地，怎么改变地少水缺，怎么让大家吃得好吃得安全。原文是怎么说的，你给重复一下。"

杨中和一笑说："重复原文容易，真正领会和理解难。一号文件确定，以解决好地怎么种为导向，加快构建新型农业体系；以解决好地少水缺的资源环境约束为导向，深入推进农业发展方式转变；以满足吃得好吃得安全为导向，大力发展优质安全农业。"

刘海涛马上兴奋起来："一号文件的话说得太好了！杨老师，你听听我的领会和理解。解决怎么种地，的确应该是第一个导向。这个问题不解决好，一切问题无从谈起。就说咱们葫芦峪吧，荒山、荒坡和土地都在一家一户承包着，他自己说了算，荒山原封不动地放在那里，坡地也撂了荒，所谓好地，给你种点低产作物。你看着发急，但你没有办法。土地虽然属于集体所有，但各户承包着，他说了算。你知道怎么种地，但地不是你的。我束手无策了。幸亏咱平时爱读朋友推荐的三本书，其中一本就是政策。记得十七大报告说，允许土地流转，那就让农民把荒山土地，流转到我的名下吧！这才把事情办成了。说实在的，当时心里也有点发虚，这么办没有什么问题吧？"

杨老师说："问题是没有，但许多逻辑和涉及法律的问题，那时还都没有细讲，一号文件把这些都说清楚了，这使我们更加有了理论和法律依据。"

刘海涛说："这你得讲讲！咱葫芦峪办事，不能出一点差错。"

杨中和便说："这回一号文件对这个问题，说得可详细了，不是'流转'二字所能了得。文件提出，为了完善农村土地承包政策——注意！是'完善'，而不是'改变'，在完善的前提下，增加新的内容——稳定农村土地承包关系并保持长期不变，在坚持和完善最严格的耕地保护制度下——注意！下面才是问题的关键——赋予农民对承包地占有、使用、收益、流转及承包经营权抵押、担保职能——这就是说，地承包给你了，你不光拥有占有、使用和收益的权力，还有把地流转给他人，把承包经营权用来抵押和担保，这都是你的职能，别人无权干涉。"

刘海涛抑制不住地说："太英明了！既肯定了承包制长期不变，稳定人心，又让它变得非常灵活，而且这种灵活也是你自己的权利和职能，别人无权干涉。不过我这个'别人'不是别人，是自家人，跟你沟通，做你的思想工作，于是你就心甘情愿地把承包地流转给我经营了，合情合理合法，再没有后顾之忧了。"

杨老师补充说："这样，在落实农村土地集体所有制的基础上，就不仅进一步稳定了农户的承包权，而且放活了土地经营权，允许承包土地的经营权向金融机构抵押融资。"

刘海涛得意地说："现在咱们葫芦峪公司本部基地，不算复制出去的分公司，就流转了5万亩土地，也就是说，我们有5万亩土地的经营权，抵押贷款恐怕没什么问题了吧？"

杨老师说："当然。这样一来，土地所有权、承包权、经营权'三权分立'，就把农村土地制度和产权，正式提上了法治建设的层面，将再一次极大地推动农村生产力的释放。"

刘海涛点着头回味半天，又接着往下说："咱们的事业越干越符合一号文件。其实在怎么种地的问题上，咱们已经非常率先地构建了'新型农业经营体系'。现在咱们再说'地少水缺'的问题，这是一种普遍的'资源环境'，怎么突破它的'约束'，'推进农业发展方式转变'？咱们做到了。当时也没有提到这么高的高度来认识，现在必须站在这个高度来认识问题。这叫站得高，才能看得远，才能干得快。我们必须站在一号文件的高度上看问题。中国虽然地大物博，但是也缺少耕地啊！文件说了'地少'。因此18亿亩的红线绝对不能突破。不突破，咱们再让它多点行不行？过去来说，这简直是做梦。现在我们却把这个梦变成了现实，造了几万亩地，救了国家的急！'水缺'，咱也解决了，修水库，建塘坝，滴灌，一点儿地上水也不浪费，保护地下水源。"

接着俩人又谈起第三个导向，即保证吃得好，吃得安全。这个问题葫芦峪做得很好，早就是这样的定位，土地是新造出来的，是处女地，没有经过化肥农药的污染，一切种植、养殖都是有机的、无公害的，并且已经得到好几个项目的国家级认证。但是说到这个话题的时候，两个人振奋不起来，因为目前人们餐桌上太不安全了，只有一个葫芦峪，能解决多大的问题？

杨中和列举了大量事实，证明国家的粮食安全十分堪忧。过去咱们是出口粮食的，现在进口粮食。一旦国际风云有变，13亿人口的吃粮问题就大了。所以必须把主动权牢牢掌握在自己手里，正如2013年中央经济工作会议上提出的"以我为主、立足国内、确保产能、适度进口、科技支撑"。这次中央一号文件，更是提出，抓紧构建新形势下的国家粮食安全战略，并且上升到了基本国策的高度。

一个是数量，一个是质量。大量的有毒粮食、有毒水果，有毒蔬菜、肉类、奶制品，等等，等等，不胜枚举，令人发指。特别是转基因粮食、油料和食品的流入，更是令国人气愤。应该追究谁的责任？怎么保证人们"舌尖上的安全"？

刘海涛在气愤之余，明确看到了，这次一号文件的一大亮点，就是突出强调了食品安全的责任，把食品安全纳入了考核评价。以前农产品出现质量安全问题，更多的是追究个人和经营主体的责任，这次却明确了地方政府属地责任，并列入考核评价。总得让漠视群众安危的人付出点代价吧，也许把对民众的态度，跟他的官运挂起钩来，他才会把民众当回事。

他们在关注着一号文件每一句对葫芦峪有利的话，他们在寻找理由，寻找根据，寻找政策，寻找温暖，要把葫芦峪的现代农业搞好。刘海涛去过世界上许多国家，考察农业，学习经验，但说实在的，有的学不了，因为好多发达国家对农业的投入和补贴非常之大，而在这方面中国才刚刚起步。前几年才免除了农业税。不过他并不悲观，国情就是如此，路得一段一段地走，事得一件一件地办，心急吃不得热豆腐。所以每当他在文件中看到一个亮点的时候，都兴奋得不得了。

自创业以来，他饱受资金短缺之苦，向银行贷不来款，只能四处拆借。所以当看到一号文件中提出，强化金融机构服务"三农"职责，稳定大中型商业银行的县域网点，扩大乡镇服务网络，并可建立适应"三农"需要的专门机构，同时提倡发展新型农村合作金融组织时，他激动得从沙发上站起来，说道："这太有必要了！虽然远远不及日本的三级农协把农业上的什么事都包了，也不如美国的集体农业社会化服务系统，但是根据中国国情，迈出这扎扎实实的一步，已经很好了！有了这样的一号文件，我们何愁不会加快葫芦峪的步伐，走慢了恐怕还会挨鞭子呢！"

卷三 鞭

鞭是什么？是责任扬起的皮绳，谁不好好拉车，责任就把鞭子落在谁的身上。这仍然是对刘海涛腕力的考验，敢不敢把鞭子用力抽在自己身上？谁能想到，狠狠抽下来的第一鞭，竟然是科技之鞭。

"政策＋服务"的激励机制。

各级领导的重视和政策资金的扶持是园区发展的强劲动力。葫芦峪园区的发展，得到了国家省市县在资金、技术、信息、市场等方面的支持。一是政策给力。除落实国家省市支农惠农政策外，县政府还制定出台了一系列政策措施，从土地流转、品牌创建、市场销售等方面为园区发展提供全方位支持。县财政每年出资2000万元设立农业园区发展专项基金，对连片种植在50亩以上的，每亩享受20～50元的补助，获得国家级和省级名牌产品或著名商标的，享受5万～10万元的奖励，土地流转面积100亩以上的，享受5万元的奖励。二是项目助力。在政策性项目安排上，葫芦峪园区享受了特殊的支持，农业、林业、扶贫、移民等各类涉农项目集中投放，支农资金捆绑使用。另外，政府搭建了政银企合作平台，创新融资机制，探索实施林权抵押贷款、林权转让融资、市场招商引资等方式，多方面引入社会资本。截至目前，葫芦峪园区共争取各类政策扶持资金3900万元，争取信用联社贷款3800多万元，撬动社会资金3.6亿元。三是服务添力。县委、县政府成立支持葫芦园区发展领导小组，由县主要领导直接分包，相关单位具体联系，一包到底，全面负责。同时，政府牵线搭桥，园区与中国林科院、河北农大、河北师大、河北农林科学院等科研院所，建立长期合作关系，建立产学研科技示范基地，全程提供农业技术支持，引进农作物优质化栽培、种养结合、滴水灌溉等先进技术，提高山区综合开发的科技含量。

敢于鞭答自己，善于鞭策别人。

一切好的政策和服务都不是从天下掉下来的。也许在它掉下来之前，你是一片黑暗，一无所有，走投无路。刘海涛的办公室里挂着一副对联：能受天磨乃铁汉，不遭人忌是庸才。

为了经受天磨，他在不断地鞭答自己。

只有练成钢筋铁骨，才能禁得住任何磨难。

小学毕业怕什么，头悬梁锥刺股地夜读，但又不能读成呆子。

管理是外行，那就苦心钻研，但又不能拿理论的配方当饭吃，要吃自己可口的。

科盲怎么办，拜师求教。

"家族企业"的包袱绝不能背，但如何制衡各方力量，也另有一番学问，善于鞭策就是学问之一。

刘海涛汇报：

我们搞的是"大园区"管理，但仍然有"小业主"承包，这就是讲的责任。有责任压在你肩上，就能鞭策你好好干。比如这2万元管理费，不是说包给你就给你了，每一个季度有一个考核制度，80分给你1.6万，100分才给你2万，这样下来你包给他的时候，合同就签好了，签合同的时候，草不能超过多少，保证含水量达到多少，土壤墒情，土壤肥力，我一测，缺什么，直接给你，你加进去。我给你钱，你给我服务。我还给你定任务，比如这一年要求亩产350斤，他达到400斤，多余的就是他自己的，不够了，只达到300斤，就只能给70分，管理费就少了，从2万元里减。

（领导：你允许他发展林下经济吗？）

林下经济都归他。以前我一直做不成，为什么做不成？你对农民，不能和他一样地去分配利益，你只有把农民打发舒服了，你就舒服了，必须是同心共腹，一个心一个肚子，有收益了是共同的，中间的小利益都给他，因为你有一本大账，这样他的积极性才能调动起来。

1. 当头一棒

刘海涛把李保国请来了。

那时候他自我感觉良好，把荒山造出地来，又栽上核桃，品种是从河北绿岭果业有限公司引进的，那可是河北最牛的农业企业，是自己赶超的目标，现在不仅引进了它的品种，还把它的一位专家顾问李保国教授也引进了。

他估计自己造的这个地、栽的这个树，一定会得到李保国的赞扬，像过去许多前来参观的人一样，说真了不起！噢，他是教授，严厉点儿，理智点儿，不会特别说好话，或许还会提出一些意见、不足、建议和希望，那好啊，虚心接受就是了，这也正是他请李教授来的初衷。

"事前我想得很好。"刘海涛跟我座谈时表述说，"李保国来后一看，当头就给了我一棒，全盘否定，彻底推翻。他的话语、他的态度就像无情的鞭子，抽打在我的身上，也抽打在我的心上。"

李保国，1958年生，毕业于保定林业专科学校，后来这个学校就不断地升级，由林专变成林学院，最后并入河北农业大学，简称河北农大。他毕业就留校了，自己的身份也像他的学校一样，不断提高，老师，助教，教授，博导。当然这中间他也补充了自己的学历，从大专补到了硕士研究生。

这是一个很独特，也很了不起的人物。他"文革"后上的大学，按他的年龄来算，当然不是应届毕业生，刚上小学二年级"文化大革命"就开始了，在没有文化的初高中混够了年数，便在公社干，银行干，机电局干，也算从过政了，所以大学毕业后，就有了"看透"的资本，下决心不搞行政。他认为，搞业务，按科学办事，才能与人为善。所以他毕业之后，没有回到原来的行政岗位上，而是留校当了教师。教师中也有官，比如教研室主任，他坚决不当。专搞课题研究，下乡实验，走南闯北。

这样他就有了很多与人为善的机会。比如到邢台前南峪帮助发展林果，建设梯田，1996年发那么大的洪水，都没有被冲毁。从此前南峪名声大振。到内丘县岗底村，发展优质苹果，人均年收入达到3万元。一个乡因为得到他的帮助，信用社里的存款增加4个亿，人口还不到2万人。临城县一个乡，亩产收入达到8000元，共有18万亩烂石头蛋子，李保国硬是指导他们改造好了。最有名的河北邢台绿岭果业也是他帮着搞起来的。他还到承德市的青龙县，秦皇岛市的抚宁县去指导。他开着一辆越野车，跑遍了太行山和燕山。路上是司机，下车当专家。还经常到外省去讲课。说不兴盛，也应该算兴盛，起码不寂寞。

但最兴盛的还不是他，而是他帮助过的那些人，都被他与人为善地一个个送上了知名企业家的宝座。

李保国半开玩笑地对我说："我给他们服务时，他们很穷，给不起我钱。被我扶起来后，变好了，变富了，成名了，又把我忘了。农民嘛！我都不在乎。所以一旦他们出了大问题，当然是科学技术上的，再次找到我，我还去。还去，也不给钱，免费惯了。我要钱也没用，工资7000多元，再加上别的一个月开上万块钱呢！这就行了。老伴叫郭素萍，大学同学，志同道合，也是奉献型的。他们再牛，可以不把县委书记放在眼里，但不能不把李保国放在眼里，我可以随便嚷他们，半句也不敢吭。这就是不当官的好处，见着谁也不用摧眉折腰，咱凭的是本事和人格。活得多舒服啊！"

说这话的李保国坐在我面前，表情丰富，眉飞色舞，头发蓬乱，脸色很黑，晒的吧？他已经是特别投入和入戏了——进入到自己在生活中扮演的角色之中，难道你能逃出人生角色吗？

他在很自豪、很情愿地扮演着自己的角色：失意时独善其身，得意时以善为本，时刻寻找着行善之地。

正因如此，他也得到了丰厚的回报，虽然不是金钱，但胜过金钱百倍。

有一年省林业局局长下去搞走千村访万户活动，从邯郸市的涉县，一直走到石家庄市的元氏县，他最大的收获就是，问遍所遇到的每个老百姓，竟然不认识一个林业技术干部，不认识一个管林业的官，却谁都认识一个叫李保国的人！他大吃一惊。李保国何许人也？一问知道了，李保国是河北农大教授。回到机关，马上在大会上讲，我们的工作是怎么做的？老百姓都不认识你们，只认识李保国。因此你们要向李保国学习。便请李保国到局里来给全体干部讲课。

李保国得了省里最高的科学技术突出贡献奖。

但是他接着说:"我可是个不好惹的人,我给你办事,你就得听我的。你要是不听,我就拿柳条子抽你。不管是农民,还是技术员,屡教不改,抽上前去。"

就是这样一个人,带着他的柳条子,来到了他的又一个行善之地——葫芦峪。

刘海涛观察着李教授的脸色,黑中带青,笑容全无,觉得有些不妙。

终于他开口了:"你们整的这是什么?地不像地,苗不像苗。你们简直是在跟老天爷开玩笑!这个玩笑可开不得,他可没那么好糊弄,你糊弄他一时,他糊弄你一年,不,不只一年,庄稼是一年一茬,果树可就说不准是几年了。你们要想几年不结果,在这儿摆样子,你们就这么干,我二话不说,马上走人。你们如果想向荒山要地,向荒山要果,这么干可不行,都得给我毁了,推倒重来!"

一席话说得在场的人目瞪口呆。

刘海涛站立不住了。这一鞭子抽得太狠了。他的眼前有些发黑,造的地、栽的果都晃动起来,都在向他提出抗议,你为什么这么不负责任,把我们造出来,栽上去,却又不合格,回炉的滋味多么不好受啊!

不好受也得受!好在这只是2010年,好在这样的地和果只有500亩。

这块地要推倒重来,别的呢?他看了一眼站在一旁的焦书堂和张贵双,他们坚定的目光告诉他,不必全部推倒重来,因为造地标准并不低,也是事前咨询专家,事后经过验收的,而且长的苹果和桃又都挺好,只是眼前这个专家要求更高罢了。至于这块地,按不按他的标准干?刘总你来定夺。

从他们的眼里,刘海涛读出了这样的意思,心里也算有底了。他决定,相信专家,这块地返工,别的地块先不动。再造地,完全按李保国教授的要求去做。

他诚恳地、自责地上前一步,抓住李保国的手说:"无地自容!无地自容!李教授,该怎么办,你就说吧,我们完全照办!这回可请到真神了,名不虚传。"

听了这几句话,李保国心里比较舒服。刚才他也是有意将刘海涛一军。当时刘某在民间已经小有名气,因为他过去帮红过好多土老帽,当时管你叫爷,过后却不再理你,就想到刘总是不是已经是这样的人了,有了名气，便不再把专家放在眼里？再加上干的活确实不完全符合要求，便有意严厉地说了上述那些话，先考验考验他，经不起考验，活该倒霉，他不能再帮品德不端的人。

没想到刘海涛完全接受批评，态度谦和恭顺，他就一块石头落了地，把话收回来说："其实你们造的地标准也不低，比我过去见过的所谓'高标准农田'强多了。只是按我的标准来要求，还有些差距。客土要再添厚10厘米，埝埂再加高5厘米，整个条田面积还要再大一些。但这核桃树必须刨掉重栽，深度不够，嫁接不对，株距太密。"

大家面露喜色。

但李教授又挥开柳树条子了，他严肃地说："别高兴太早，过一个月我来检查，按我说的办了，而且办好了，我再当你们的顾问，不改正，或者改得不好，咱们拜拜。"

张贵双自信地保证："没问题！"

李教授说："年轻人，冲你答应得这么痛快，就是有问题。这样吧，我给你们推荐一个人，她叫梁红霄，是我的学生。如果你们能把她请来，我当你们的顾问，请不来，咱们也拜拜！我不能整天往葫芦峪跑，可是不跑，你们又弄不好，科技含量太低，所以必须有我的一个代理人长期在此。"

这老教授真是不好对付！

李保国走了。刘海涛陷入了深刻的反思。

2. 八年苦读

刘海涛坐在办公室里，秘书来给送包递水，没有反应。办公室主任尹利鹏拿着小本子，请示和汇报工作，只是哼哈应付，尹主任不得要领赶快退下。接电话也是含含糊糊，应答几声就挂断了。他时而走动，时而坐下，最后盯着墙上那副对联，坐在沙发上不动了。对联写的是"能受天磨乃铁汉，不遭人忌是庸才"。

他用这副对联在激励自己。

或者这就是他自己的写照。

他历经磨难才走到了今天。

他出生在下峪村,是共和国的同龄人,而且新中国就是从离他家乡一百多里的西柏坡走出去的。告别了战乱,迎来了和平,但日子过得并不轻松。他有五个姐姐一个妹妹,还有一个哥哥。那年头闹日本鬼子,母亲胸前被鬼子捅了两刺刀。活下来了,但身体很弱,1960年大饥饿时去世了。哥哥也去世较早。他也饿得够呛。皮包骨,眼睛看不见东西。但他和父亲是全家的顶梁柱,得出去打食儿。跟父亲进了山,实在看不见,他就趴在地上看,就看到了父亲的双脚在移动,他就站起来,朝着那个大体的方向艰难地追赶。

父亲是一个永远也不会被打倒的人。原因就是他有信念。一个庄稼人的信念是牢不可破的。因为它很简单。父亲说:"天下七十二行,农业最强,春天一籽落地,秋收万粒归仓。"父亲领着他刨荒,用镐头,一下一下地刨。父亲没有见过现代的挖掘机,不知道它一铲斗下去,就顶他们爷儿俩刨一天的,但父亲改造荒山的气势,永远感染着他。现在他一闭上眼睛,就会看到,父亲挺直瘦弱的身躯,扬起镐头刨下去的样子,是那么坚定不移,不可战胜。整整三年,他们刨荒种地,使一家度过了饥荒。

父亲虽然没有什么文化,但祖上有文化,出过进士和举人。到爷爷辈才穷了。这种文化的传承,两辈人断不了,他已经明显地感觉到,父亲身上的文化气质。到他这儿就更不应该断,而且还要发扬光大,虽然他只有小学文化。

他16岁就到生产队劳动,先当会计,后当生产队长,最后又当民兵连长。这就有了到公社出头露面的机会,便被领导看中了,高高的个头,说话和气,很是招人喜欢,便被选调到王坡公社,当了一名农业技术员。这就是包括他家乡下峪村在内的"葫芦公社"。他为什么对葫芦峪那么有感情,一是下峪村老家在里面,二是他在公社所在地王坡村安的新家也在里面,都在葫芦里面。

噢,葫芦谐音"福禄",都在福禄里面了。

谁会对福禄没有感情呢?又过幸福生活,又长工资,谁会拒绝呢?

正因为有了"福禄",刘海涛才能在王坡安上新家,把爱妻周凤婷接了过来。采访时我到这个新家看了,当然现在他已经搬到县城去住了,但老房子也没卖,让邻居给看着。是个独门独院,院子里有树,还有一个高高的像炮楼和水塔似的建筑,这是干什么用的呢?海涛在公社搞农业技术,这是观察气象的,还是真是个水塔?不得而知。

但进得屋去顿生感慨,一眼就看到了,我们这个年岁的人所非常熟悉的20世纪70年代的旧家具,三屉桌、碗柜、箱子和箱架,还有一套旧沙发,一看就是自己动手包的,我就干过这个活儿。一问果不其然,不仅沙发是他自己包的,桌子、柜子也是他自己打的。他的手很巧。悬挂在墙上的旧画上有用毛笔写的小字,不是题款,而是这么几个字:"刘海涛乔迁之喜"。他亲笔写的,可见当时已经幸福得情不自禁了。

在苦难中受过"天磨"的人,更有对"福禄"的强烈追求。

在公社一干就是8年。抗日战争不才8年嘛,所以这是一个历史性数字。他因为是农业技术员,8年中他踏遍了葫芦峪的山山水水,考察复考察,勘探复勘探,熟悉每一条沟,知道每一道梁,为的就是为它做贡献。当他离开后,这些记忆,已经铭刻心头。

他离开公社后,到县东风煤矿当了井下工人。这又是一种"天磨"。顶着矿灯,拿着丁字镐,在黑暗、狭窄、安全条件极差、随时会瓦斯爆炸的作业面上刨啊刨,好像跟着父亲在刨荒。

但是一年以后这种磨炼被取消了。领导看他机灵,让他当了业务员。

业务员一干就是8年,又是一个抗日战争。

不过这回肯定不是"天磨"了,到东北采购木材,给矿井做支架,美差一桩。

果然他住在关系户的木材厂里,人们像大爷一样敬着他,好吃好喝伺候着,恐怕他不买他们的木头,木材厂有的是,为什么非得在你这一棵树上吊死?

但是他们不知道,刘海涛非得在这一棵树上吊死不可。8年没有挪窝,没有换地方,忠心耿耿地用他们厂的木头,一车皮一车皮地发往关内。厂长非常奇怪,这个"刘科长",吃喝不去,小姐不要,回扣拒绝,他图的到底是什么呢?于是只能往大公无私上想,便把木材价格一再下落。东风煤矿高兴了,说刘采购真能干,回来就提他当科长。但他就是一次也不回来,只发货,不见人。

8年之后,当他在煤矿公开亮相时,人们发现他变了,从内到外地变了。不再那么黝黑粗壮了,变成了一个清瘦的白面书生,透着一种高贵和文雅的气质,言谈举止,举手投足,也都不是过去的刘海涛了。他到矿里是来办调动手续的,他已经被任命为平山县锁厂的副厂长了,并在当年升任为厂长。

这简直是一个传奇。

跟我座谈说到这一段时,他也非常感慨,他自信地说:"我终于把祖上的贵族气找回来了。我就不明白了,为什么要提知识分子工农化,工农化了,没有知识了,还有什么好处呢?所以我就反其道而行之,来了个工农分子知识化。8年啊,不容易啊,苦读八年,头悬梁,锥刺股,夜以继日,连篇累牍,那才是真正的天磨!"

原来刘海涛一直扎在那个木材厂不动窝的真正原因,不为别的,而是为了一个更夫,也就是门卫。也不是为了更夫或门卫本人,而是为了他家的东西。更夫或门卫,一点一点地、隔长不短地把他家的东西往"刘科长"的宿舍搬,搬进去,就不让再搬回来了。最后那间20平方米的大屋子,都堆满了更夫或门卫家的东西,只留下一张床的位置,让刘海涛睡觉。但他又不怎么睡觉,而是整宿整宿地坐在床上。

那更夫或门卫出身书香门第,家藏万卷诗书。刘海涛就借来一本一本地读。读完了,不让拿走。有的,他要背诵,牢记,比如一些古诗词。有的,他要复习,比如初高中的课本。八年抗战,打败了小日本,八年苦读,攻下了《史记》、《资治通鉴》、《诗经》、《离骚》、唐诗、宋词、四大名著以及《欧阳海之歌》。

知识就是力量,文化就是资本。他当锁厂厂长之后,推出"雄山"牌抽屉锁,打入国际市场,连美国竞选总统的投票箱都用的是中国的"雄山"锁。他在当厂长期间,又考上了北京化工干部管理学院,脱产学习两年,取得大专文凭。之后便当了四强集团总经理,原来只生产地毯,奄奄一息,他去后增加化工建材项目,生产PVC管;搞粉末冶金,上柏坡泉饮料,救活了四强集团。

但是改制的时候,他退出竞争,把自己归零了。

应该说"归零"也是一种接受鞭笞、历经磨难、背负责任的方式,不过有些特别罢了。

哪一个搞企业的忍心丢下自己亲手做大做强的企业,犹如丢下自己的亲生骨肉一样,而把自己归零,走向一片丝毫看不到希望的沙漠之地呢?

而刘海涛却做到了。

这本身就是经受了一场心灵和精神上的天磨与鞭笞，蜕变与涅槃。

他的归零有两个原因。一是他没有钱。四强集团是国营企业，他赚的每一分钱都是国家的，他只有可怜的一点工资，奖金又不肯多拿，他怎么能买得起一个企业，或者与他人合伙出资，共同买下这个企业呢？他都做不到。二是应了他对联的下半句"不遭人忌是庸才"。他在经过八年苦读之后，显然不是个庸才，那就只好得到那种后果而离开吧！安定、团结、和谐是最为重要的，个人的恩恩怨怨算个什么？不争是最高的品格和境界。

经过北京的艰苦创业，他又把自己归零，回到葫芦峪，这又是一次凤凰涅槃般的再生。熬到2010年，已经初见成效，看到光明。没想到李保国的一记重鞭抽了下来，再一次把他打醒。别人抽打自己，自己也要抽打自己。

李保国这一鞭打得太好了！使他无比惨痛地知道，科技是多么重要！不痛不痒怎能长记性？推倒重来，全部返工，这是多么好的反面教材啊！

但是且慢，前提是把另一尊真神请来。

3. 扎　根

没想到这"另一尊真神"很好请，几乎是不请自来了。

大家都感到有点意外，凭葫芦峪当时的条件，除了北京团队的那几个大学生全是"死党"，绝不会打退堂鼓外，别的大学生也就是来了看看，扭头就走。而梁红霄，昔日的大学高才生，今日的高薪白领，却"下嫁"到葫芦峪来，令人刮目相看。

梁红霄，好响亮的名字！但是我只能在花名册上看到，却始终不能一睹芳容。

原来她休产假去了。

但是有许多人提到她，说这个女的真能干！

最让我感到莫名惊诧的是彭焱，这位年过五旬、南开大学毕业、有处级公务员身份、过去的企业老总、现在的葫芦峪公司领导成员之一，竟然这样对我说："现在葫芦峪公司，最让我看得起的人、见面打立正的人是梁老师。"

我问:"哪个梁老师?"

他说:"梁红霄!"

我震撼了。因为我知道彭总是个非常高傲的人。

啥也别说了,还是千方百计寻找见梁老师的机会吧!

我求人给我打电话联系,被委婉地拒绝了。何意?不得而知。也许是照顾她休产假,也许是……

我猛然想起了刘总那副对联的后半句:"不遭人忌是庸才。"

红霄不是庸才。

我只有大胆自己联系了。

"梁红霄吗?我是作家老赵,想给葫芦峪写一部报告文学,能不能请你座谈一下?"

电话就这样打过去了。

一个响亮、清脆的声音传了过来:"可以!您住什么地方?约好时间,我去找您。我的家离县城有一百多里呢,快到山西了!"

没想到这么痛快,马上约好了日期和时间。

想到找很多人座谈都不顺当,说工作忙,没有时间,而梁红霄这么远都肯赶来,心里便有些感动。

语气中我竟然无端地听出,她对自己的家乡很热爱,虽然离县城很远,但快到山西了!"人说山西好风光,地肥水美五谷香",她的家乡肯定也就错不了啦!

那一天,在敬业宾馆的标间里,我敞开房门,等着她。

9点整,我正在敲击电脑的键盘,不经意间便听到了比敲击键盘声略大一点儿的轻轻的敲门声:"嗒——嗒——"很礼貌,很自然,也很优雅。

举目一看,一个眉目清秀、身材极好的女人站在那里,一股清新、爽快之气迎面扑来,打败了全部甜得发腻的影视明星。

请坐之后,便谈了起来。

梁红霄说话时很兴奋。一个人只要对自己所做过的事情,很认可,很自信,不藏着掖着什么,并且把表述这一过程视为是对自己的鼓劲和激励,那么他在诉说的时候一定是精神饱满,兴奋而明确的。绝不像有些人那样,无甚可谈,或者不愿意谈,而含含糊糊,吞吞吐吐,王顾左右而言他。我经常采访，对这个看得很准。

她是个80后，平山县下槐镇下柳村人。2004年河北农大毕业，学的是林果技术与推广。毕业前有半年的实习。为毕业后前途着想，学生们都不想到基层去实习。想留在上面实习，为将来能在上面谋个职业——无论干什么都行，转行也行，在试验室打杂也行，反正只要别下到基层去——先打个基础。所以全班只有她一个人，到邢台市临城县的一个核桃基地实习去了。

她不忍心不这样做。从小在山里长大，每天面对的都是林果，那是老百姓的命根子，现在上了大学，又专门学的是林果技术与推广。为了供她上大学，哥哥主动退让，早早参加了劳动。一个家供不起两个大学生啊！现在学成了，不说为家乡，也要为家里的林果做些事情吧，怎么能只图留在城市，宁可改行，最后跟林果一点儿关系也没有呢？

还好她并不是孤立的，有个师姐在那里实习后就留在了那里，并鼓励她也留下。这样她在实习后就留在河北绿岭果业有限公司。这是一个搞电信的人租农民的荒山干起来的，她去时已经有了1000亩核桃园，后来发展到1万亩，与她和师姐的努力分不开，但主要做出贡献的不是她们，而是她们的老师李保国。李保国隔长不短就会过来指导，住上半个月，住在很高级的房子里，人们对他奉若神明。

但是她在那里干了三年就离开了，"因为我妈就我一个闺女。"她说，"希望我能离家近点，在石家庄找个工作，什么工作也行。但我还是不想放弃本行，就给县林业局长写了一封信，表示想回乡种植核桃，并附上了我对平山县林业情况的调查。但是石沉大海，没有回音。我又想在自己家的村里租一片荒山，也像绿岭那样搞起来，但是没有经济实力，也办不成。当时我多么希望能有一个实现自己抱负的机会呀！因为我对林果，尤其是核桃的栽培管理，既有理论，也有实践，可是就是没有这样的机会。我只得到石家庄去找工作了，当然那里也有林业局、林科院什么的，但那是咱们这些小门小户人家的子女能进去的吗？想都不用想。"

所以她只得去了"21世纪不动产"。石家庄满大街都是这家卖房公司的门脸，进去想当个雇员，还是比较容易的。只要你有能力，能给人家卖房，你就步步高升，否则便被淘汰。这里不凭关系，只看能力。

梁红霄第一个月就被转正了，因为她上去就给公司卖掉一套房子。

年终做到金牌销售,然后又做到销售经理,最后升为店长,每月能拿到1万元工资。她感到竞争的刺激。优胜劣汰,干得好的,步步高升,干得差的,生活无着。她为什么干得好?就因为她能跟客户一个心眼儿。卖房,她就真的像卖自己的房子一样,千方百计要多卖个钱,客户就特别信任她,卖多卖少,也就不在乎了,很少反悔。买房也是像给自己买房一样,死活要省几个钱,一下子就把客户感动了,凭她说了算。角色不断转换,业绩直线上升,如鱼得水,左右逢源。再干下去,就可升到区域经理,直至升到总部,自己开店,前途无量。

就在这个时候,李保国教授给她打电话来,说灵寿县有一块基地,去不去?她说不去。这儿这么好,哪儿也不去。过几天又打电话,说平山县有个基地,去不去?一个个体老板很有眼光,在葫芦峪开了一片山,种核桃,管理差点儿,去不去?

这第二个电话使她动心了。一是她曾经给平山县林业局长写过信,没有回音,这个个体老板却很有眼光,主动邀请,两相对比,得去。二是她对平山县的地形地貌也略知一二,怎么从来没听说过葫芦峪?得去看看。但是从根本上讲,她既不是因为个体老板的邀请,也不是因为葫芦峪的吸引,而是自己内心愿望的驱动。

她忽然意识到,自己时至今日,还没有落地扎根。卖房业绩再好,也是别人的,不是自己的。自己永远在打工,在飘着。回葫芦峪给那个个体老板干,虽然也是别人的,也是在打工,但那是自己热爱的事业,所以也应该是自己的,给自己打工。内容一样,性质不同。

李教授的电话打过之后,葫芦峪方面便一天一个电话,最后赵美合找上门来,领她到葫芦峪去看。一说葫芦峪在王坡乡,她就想起来了,那是片麻岩的丘陵荒坡,不长东西,但可以改造。很快就到了李教授说非返工不可的那片核桃林。下车一看,一个人蹲在那里,见她下了车,以最敏捷的反应站立起来,并且伸着手,大步流星向她走来。

她赶紧握住那双手:"您就是刘总吧?"

刘海涛感动地说:"不敢当!不敢当!太惭愧了!今天我和这片核桃林都在这儿呢,请你代表李教授处置发落吧!"

想不到刘总这么诚恳,一时有些感动,更坚定了要留下来的决心。又看那片地和核桃,由于土壤瘠薄,缺乏管理,树已栽三年了,仍是只有主干，没有分枝，更别说树形了。看到这种情形，梁红霄既着急又惋惜。

见她这个样子，刘海涛赶紧说："是不是这树保不住了？你就大胆做决断吧！反正李教授说过得返工。"

梁红霄不忍地说："是的，必须把所有的树都刨了，假植起来，等整好地，重新嫁接，还可以再用，在时间和财力上并不算多么浪费，就算付出代价，也要这么办，否则结不了果。这项工程，我可以指导完成。"

一听就是内行，刘总喜出望外。听这话口，她是要留下来了，一块石头落了地。开始以为，这尊神会多么不好请，不三拜九叩、千呼万唤，不会出来。现在不仅出来了，还有意留下来。便赶紧接话说："名师门下出高徒，你曾在绿岭干得那么好，肯于留下来指导我们，我们真是万幸了！如果红霄不嫌弃，我代表公司聘任你为技术部经理。"

他知道梁红霄在绿岭公司只是技术员。

梁红霄十分激动，看来刘总是一个疑人不用，用人不疑的人。他为何不疑？难道他真的知道她在绿岭工作的情况吗？便故意试探着，想拿话套他说出实情："我在绿岭也没有做什么。"

刘海涛说："你太谦虚了。河北绿岭果业有限公司是全国著名的现代化核桃生产基地，那里不仅有全国名优树种，更有先进的生产技术和成熟的管理经验。在绿岭工作期间，你协助他们进行各项技术实验、病虫害调查及防治。在核桃、冬枣、甜柿、樱桃等树种的管理、树形修剪等方面，摸索出一套新的管理方法，你还完成了邢台地区核桃树病虫害的种类调查、记录、统计及预测防治措施的制定，并有很多论文发表在杂志上。"

这一番话不仅让梁红霄惊呆了，大家也全都瞠目结舌。刘总怎么下了这么大功夫了解梁红霄，怎么对科技方面的知识、术语那么熟悉？

刘海涛见大家不理解，便语重心长地说："咱们可不能好了疮疤就忘了疼。再说伤疤还在那儿留着呢，那地里长的是核桃树吗？不是，是伤疤，不懂科技，不尊重科学，摔出来的伤疤，是李教授警示我们的鞭痕。我了解梁老师的过程，就是一个学习的过程。咱们不能永远当门外汉。梁老师要留下来扎根，核桃树经过刨掉重栽，也要扎根，而最重要的是，科技意识，也必须在我们的头脑扎根！"

那天刘海涛把梁红霄送出了好远。他知道，梁红霄能来葫芦峪，也是为了实现自己的理想，正好葫芦峪的理想跟她的理想重合了。他表白说:"过去我也在北京干过,跟你在石家庄干过一样。但为了改变家乡面貌,才回到了葫芦峪。我要把这个农业园区做得很大,大得把平山县都连起来,当然包括你的家乡下愧镇和下柳村。种植、养殖、深加工,带动周边,吸纳劳力,做成一个大农业。你能帮我这个忙吗?"梁红霄激动地说:"我已经是葫芦峪公司的人了。再说发展林果也正是我的理想。我相信有刘总这样的头儿,肯定能够成功!我回去交代一下工作,办办手续,立刻来上班。"

当年10月26日,梁红霄正式到任。她科学规划,重新整地,整个冬天,带着十多台钩机整理梯田,使小块地变成大块地。加深客土层,又用小钩机深施有机肥,把整个地翻了个遍,把刨掉假植起来的实生树重新嫁接绿岭、辽宁一号、中林五号和西岭大核桃。嫁接后,第一年就能看到核桃,但必须一开花就揪掉,不让结果,只让长树。第二年可以让少挂果,大枝挂,小枝不挂,进行间果。第三年才见产。第四年、第五年丰产。一共可结果15年,真是"一劳永逸"的好品种。

到2011年5月底前,梁红霄指导着,成功地栽植了8万多棵优质核桃苗,2万多棵中华寿桃,1万多棵苹果树。又带领技术人员把下观、下峪水库的水引到了山上的6座蓄水池里,小管注流,树栽到哪里,水引到哪里。

4. "我的大学"

如果把鞭子比作责任,那么这责任的无形之鞭,会永远在张书芳眼前晃来晃去,因为他是刘海涛的老搭档。而且一个是下峪村的人,一个是上峪村的人,上下峪外加一个转角沟,才合称葫芦峪,怎么能只有刘海涛的下峪这个葫芦底儿,而没有张书芳的上峪这个葫芦尖儿呢?命中注定,两个人必须很好地配合。

张书芳1955年生,高中毕业,20世纪70年代也在王坡公社工作,跟海涛住一个屋。海涛是一个善于产生思想,但不拘小节的人;而他则是一个不善于产生思想,很注重生活细节的人。思想海阔天空,看不见摸不着,而细节则是实实在在,关系着每个人的具体生活。比如一回到宿舍,刘海涛就指手画脚地谈论形势和政治,并夹进自己很多观点去,张书芳只是有一搭无一搭地听着,不做表态。但他必须时刻注意,把刘海涛从中山服口袋里撒出的烟叶,即时收集起来,再把床铺打扫干净,要不他一个月的工资就不够买烟叶的,并且床铺也会变成猪圈。

张书芳是很不幸的,太老实厚道,没有主见。这指的是,没上得了大学的事。在公社工作,都有被保送上大学的机会,做一个人人羡慕的工农兵大学生。他在学校时本来学习不错,又是学生会主席。

"只是在高二时,母亲突然去世,我上了火,得了重感冒,一直不好,学习成绩才有所下降。我不是个很聪明的人,但我知道用功。"他这样述说着那段令他十分遗憾的往事,"到了公社,工作表现也不错,而且也锻炼两三年了,该推荐我了,但领导动员我把名额让给了早毕业的学生,因为他们年龄偏大了。那就让吧,反正早晚跑不了我,我离着超龄还早着呢。一让就让了两年,第三年领导说,该推荐你了。但高考来了,没有推荐这一说了。"

我以为他说完了,不就是一个大学嘛,不上又会怎么样?

但他可不这样想,他接着说:"这事也怨我父亲,我本来想当老师的,这样边教边学,高考的几门功课全丢不了,当时我就很超前地想,将来总会恢复高考的吧。但是父亲哪有这个眼光,非让我去公社不可。结果没保送了,把功课也全丢了。人家一个姓杨的同学就因为当了老师没丢功课,考上大学出息了。"

我以为这回总算完了,但还没有。

他接着说:"不上大学我总是不罢休。在制锁厂干的时候,借着刘海涛当厂长的劲,我上了大学,河北化工学院,虽然是委培。"

他终于如愿以偿了。我真替他高兴。

但是他语气一转说:"上过大学我才知道,学校里的大学也不过如此,真正管事有用的还是社会这个大学,社会才是我的大学。"

好!这话说得真好!但是我忽然想起了高尔基,想起了他《童年》《在人间》和《我的大学》这三部曲,高尔基的"我的大学"就是指的社会大学。高尔基年轻时很苦,根本没有上过大学,连小学、中学也没有上过。

我就问:"你读过高尔基吗?"

他说:"没读过。但知道有这么个作家。"

我知道了,他跟高尔基是不谋而合。

接着他就讲述了在社会大学学习的过程。

他认为自己跟刘海涛是互补的。海涛有思想能干大事，自己则有能力处理细节。两个人配合好了，肯定能成事。所以刘海涛离开公社到东风煤矿之后，他也准备跟过去。但是还没有等他行动，刘海涛就到东北当采购员去了。一去八年，再没着面。等到回来见面时，此人已经脱胎换骨，成了锁厂厂长。怎么样，他没看错吧？刘是干大事的。这回他行动迅速，立刻通过关系，也从公社——噢，那时候已经不叫公社，叫乡了，从王坡乡调到了锁厂。

在锁厂他跑业务，管销售，最后当副厂长。1993年刘海涛到四强集团，1994年他后脚也到了四强，并且当了下属塑胶公司的经理，法人代表，管着300多人，是四强集团的主力部队。

2001年改制，刘海涛没有站住脚，走了，去北京了。本来按照惯例，他还应该跟着，但是他没有。他得对海涛负责。他已经在"我的大学"里学到了很多东西。刘海涛是一个正直的人，善于宏观决策，不善于动小心眼儿。所以在改制的时候，他一分钱没有，占不了股份。刘海涛就提出让国有资产占10%的股份，这样他作为原集团的总经理，就能在改制后占有一席之地。不料主管县领导对他有些看法，不同意这样办。这样他就失去了任何依托，一走了之。

而张书芳就不同了。他虽然也在国企干，但分析了社会形势，看到民营企业势不可挡地发展起来，在一定范围内有对国有企业取而代之的苗头。实际上改制已经在局部进行了。在创建PVC管材公司时，就允许私人入股。张书芳就高瞻远瞩地入了一些股。到2001年改制，他贷款又入了45万元的股，成了大股东。为了贷这笔款，把自己县城的房子都抵押出去了。到2004年，非典过后，东山再起，他又贷款200万元，这回是用厂子设备做抵押，办起了两家建材公司。

他这样干的目的，当然是为了发展自己，同时也是为了支援海涛。他到北京创业不是那么容易的，他必须做他的坚强后盾，对他负责。

果然刘海涛到北京发展，却离不开四强这个后院。自己虽然走了，但自己的好兄弟还在，而且是大股东。所以绝不会人一走茶就凉。

他在北京搞建材，用的全是张书芳供给的PVC管，外加张书芳派去的业务员。他在北京装修旧楼，也盖新楼，门窗等建材也是张书芳供给。刘海涛永远也没离开他兄弟张书芳这个根。

两个人经常见面。特别是2006年以后，刘海涛产生了在北京收摊的念头，两个人见面就不聊别的了，只谈下一步干什么。回家养老不过是个借口罢了。张书芳看出他有失落之感。明摆着的事嘛，在平山，搞工业谁也干不过敬业钢铁集团的老总李赶坡，搞房地产谁也干不过王景芳，搞三产谁也干不过杨明华，所以刘海涛要想证明自己的能力，必须另辟蹊径。

张书芳说："你不回家养老嘛，那就搞农业吧！这个没人跟你竞争，肯定搞农业谁也干不过刘海涛。"

刘海涛笑了："你这个思路也不错。"

张书芳说："我的思路？这不早就是你的思路吗？张贵双他们都告诉我了。"

刘海涛感叹道："看来他们这些大学生，还真不如咱哥俩这社会大学毕业的。跟他们百说不通，有口难辩。可是老弟跟我，一下子就合上辙了。"

张书芳说："你总往前跑，我也不得不总给自己抽鞭子，好跟上你的步点儿。"

于是俩人谈起了借着十七大允许土地流转的政策东风，在家乡承包荒山。当时刘海涛在下峪已经有了动静，焦书堂带着钩机上山了。这些都瞒不过张书芳的眼睛。下峪动了，上峪怎么办？一个葫芦底儿，一个葫芦把儿，不能"一葫两制"吧？

刘海涛说："当然不能！你得跟上我这老兄的步点儿！"

张书芳谦虚地说："我跟着呢，我已经把上峪的9800亩荒山全部包下来了，一年6万，包了70年。我估计将来会升值。"

刘海涛很有深度地看了一眼这位兄弟，说道："你真会算计啊！不过盘算得好！这就省了好多事。下峪有荒山4000亩，我流转了2000亩可费老劲了。这样吧，也不亏待你，你以荒山入股，折合50万元，怎么样？"

张书芳也不讨价还价，这样他在公司的上峪这一块，就占了50%的股份。

通过这几件事，刘海涛也认识到，张书芳是个很好的合作伙伴，有些事情没有他，光靠自己和以大学生为主的北京的团队是办不成的。因为好多社会上的事，必须通过上过社会大学的优秀毕业生去做。自己虽然也是社会大学毕业,但成绩不如书芳优秀。张书芳从骨子里跟低层社会、中层社会有一种天然的黏合力。既然如此,那就要给予他足够的信任,在这方面多给他压担子,抽鞭子,否则他就不会发挥出自己的潜能来。因为张书芳有心理障碍,总以为自己不是很聪明,也没有什么思路,跟在大哥后面执行可以,独当一面恐怕不行。刘海涛就偏偏让他独当一面。

  开始造地的时候,刘海涛在葫芦峪的底儿上热火朝天地干起来,上峪这个葫芦把儿,他就不管了。全权由张书芳负责。按照总体设计,要穿过高山修一条2公里长的路,把下峪和上峪连起来,还要修两座塘坝,另外还有3000米的渠道硬化,并打2眼大口井。别的都好说,资金有缺口。而这些工程一个也不能去掉。比如最难修的2公里长的山路吧,如果不修它,不跟南面的主路连起来,人们从下峪到上峪,就要从外面绕一个10公里的大圈。

  现在就看社会大学优秀毕业生的水平了。果然难不住他,他找亲戚和村民们借钱。这年头钱很不好借,尤其是在还没有富起来的贫困地区。但张书芳在社会上混,很有一套适合农村的处世哲学,那就是平等待人,与人为善。自己虽然在外面做事,挣了俩钱,但回村绝不摆臭架子,老远就下了车,步行进村,见了老人小孩都打招呼。有人找他借钱,有钱立刻拿出来,没钱,自己找别人去借,也要把钱给开过口的人送去。有的借了他的钱,现在还没有还,他也就不要了。于是张书芳在上峪村,口碑非常好。现在该收获回报的时候了,看看灵不灵?果然他一张手向大家借钱,大家立刻想起了向他借钱的情景,便纷纷把钱送来,积少成多,众人拾柴火焰高,缺口的47万元资金马上凑齐,还有富余。

  2011年,要修一条主路,十几公里长,涉及好几个村,还涉及敬业集团。本来就有工业上谁也干不过李赶坡的说法,现在冒出一个刘海涛,要在农业上做大。卧榻之侧岂容他人鼾睡!这种想法会有的吧?

  然而有了张书芳这个润滑剂,一切都不成问题。他亲自找到敬业集团的副总周喜明,先从其个人感兴趣的话题入手,东说一句西说一句,张书芳本来不善言谈,但提个话头,却能让对方激动起来,慷慨陈词。气氛融洽,水到渠成之后,张书芳才说:"周总,你看这修路吧,虽然你们也买了山,在梁那边建基地,但我们在梁这边修路,绿化,栽上果树,种上花草,对梁那边你们的基地也是个优化环境不是,只有好处,没有坏处。员工们到山梁上向葫芦峪方向赏赏景儿,也是很不错的嘛!"

就这样,周总拍板同意修路,很头痛的一个问题解决了。

还涉及很多村。村里什么人都有,有的就是不讲理。规划的路上长着他的一棵树,给钱也不行,就得让树在那儿长着。这时候光凭讲理就不行了。张书芳心知肚明。社会上这一套瞒不了他。硬的怕横的,横的怕不要命的。张书芳叫上了儿子,坐上汽车,风驰电掣地在山路上开。张书芳是个老司机了。到了闹事地点,人们一看这车开得匪,锐气就减了三分。下得车来,有些秃顶的张总,再没有了平时的谦虚谨慎,倒像一个黑社会老大,尤其那个虎背熊腰的儿子,在身边一立,更使闹事人的气势减去一半。最后只剩下二分气息在那儿顶着。这时候张书芳又恢复本来面目,和颜悦色一讲道理,问题也就解决了。

但是张家父子也付出了代价。这部汽车跑烂了不说,有一次下坡,方向助力没有了,刹车也坏了,差点翻到沟里。他死死地拉住手刹,才使车停住。吓得儿子好长时间不愿意上山。

5. 慈 母 山

爱,不仅会带来温暖和幸福,还把一种责任加在了你的身上。至爱无极,成鞭留痕,爱的鞭痕会使你永远铭记在心,无愧地生存,不懈地追求。

母爱,这种原始的爱,更是如此。她会鞭策周围的人、被爱的人,更有意义地活着,敢于担当,毫不退缩。

刘建中就是这么一个人物。

爱的鞭痕在他的身上和心上留下了不可磨灭的印迹。

我找他来座谈,他一直说他的母亲,并说你一定要给我母亲写一部书。我以为他的母亲一定是一位有过传奇经历的巾帼英雄,平山县嘛,革命老区嘛,这样的人物可不少。

但他说不是,他母亲就是一个家庭妇女。

我退却了。

但随着他的讲述,我又坚定不移地跟进了。因为我发现了我刚才说的那些真理。没有母爱的滋润,就不会有刘建中的今天,也不会有他为葫芦峪公司所做的一切。

这就必须寻根追源地讲讲这位母亲了。

母亲叫刘英竹,是刘海涛的二姐。所以刘海涛应该是刘建中的亲舅舅。二姐嫁的是王坡村刘家,大姐,就是给弟弟刘海涛介绍他现在妻子周凤婷的那个大姐,也嫁的是王坡村,赵家,赵美合就是她的儿子。

这是第一层亲戚关系,还有第二层张书芳的事呢,容后再说。

所以,说葫芦峪公司基本上是一个家族企业也不为过。但刘海涛的观点很明确,那就是家族企业必死无疑!所以重要岗位都不是他的这两个外甥。

但在公司初创时期,没有血浓于水的爱,没有爱的凝聚和融合,凑够第一桶金,也就没有这个公司,更别说现在的发展壮大了。

这一节我们就要说说这种爱的凝聚力。

这种凝聚力之大,就源于刘海涛的二姐、刘建中的母亲刘英竹。

这是一位伟大的母亲。

她永远感动着已经成为一个企业家的儿子刘建中,使刘建中总是磨磨叨叨地在我前面说他的母亲,感情那么投入,如醉如痴,不能自已。这件事情本身,就是一种价值连城的社会正能量。因为刘建中是一个社会人物,举足轻重,他的心里盛着这么大的母爱,他会对社会做些什么事情呢?这在那天晚上他亲自开着白色宝马车,拉我回家到王坡,拜见他母亲的时候,得到了正面的证明。他在街上几次停下车来,跟乡亲们说话,态度之谦恭,感情之真挚,让我十分感动。当时我就断定,这个大腹便便的一百多公斤的胖子绝不会做恶事。

刘建中的母亲在她一生的重要阶段,受尽煎熬,释放爱心,精神愉快。这个在那天晚上,我又得到了形象的证明。老人74岁,个子不高,皱纹深深,极其干瘦,但满面笑容。当时我立刻想象到,她的全部血肉和爱心都已被抽干了,只剩下一个片片,还能这样硬朗地站立,跑前跑后,笑声朗朗,帮着儿媳做饭,一刻不闲,这是一个多么神奇的灵魂啊!

1972年刘英竹生下了刘建中。

这已经是第五个孩子,上面还有两个哥哥和两个姐姐。想象一下吧,那个挣工分的年代,养活这么多孩子会是何等的艰难!更何况她还要伺候老人,而且不是一个。首先是他爷爷,瘫痪在床,早年丧妻,所以得母亲伺候。其次是他姥爷，就是刘海涛的父亲，因为刘海涛的母亲挨过小日本的刺刀，过世较早，所以姥爷还得让嫁出去闺女伺候。当然闺女很多，但二姐来得最勤，破衣服背回去补，干净衣服拿来给父亲换。谁让她就是对任何亲人都放不下心的人呢！

生活虽然艰难，但有当时在县里工作的刘海涛舅舅的帮衬，都让孩子们上学，这就更增加了母亲的负担。

自己家孩子的负担不算，还有张书芳家孩子的负担。

这就要说说第二层亲戚的关系了。

刘建中瘫痪在床的爷爷的妹妹，是张书芳的母亲，所以张书芳管刘爷叫舅舅。因为刘爷早年丧妻，就总往妹妹家跑，跟张父关系特别好，下棋喝茶，无话不谈。那时候刘建中的母亲已经过门，成了刘爷的儿媳，便把蒸好的饺子，放在碗里用屉布包着，跑那么远的路，从王坡到上峪，给公公和姑父姑母送过来，让他们赶热吃。

这事张书芳记得一清二楚，对刘建中的母亲，他的表嫂赞不绝口。

然而更让他铭记在心和感恩不已的是，他们姊妹兄弟好几个在王坡上学时都吃住在刘建中家里。那年头吃粮紧张，还要粮票，他们哪里去找粮票，都是白吃。她的表嫂，刘建中的母亲，宁肯自己不吃，也让他们吃饱，而且毫无怨言。当时觉得理所当然，现在回想起来，惭愧万分，说表嫂真好！

这么说来，刘建中应该叫张书芳表叔。那么刘海涛呢？也跟张书芳发生了亲缘关系，应该叫张书芳表弟。

你看，整个是个家族企业。

然而，没有这份亲情，没有这种凝聚，哪儿来的第一桶金？所以功不可没，家族并非无一是处。

不过原动力还是来自刘英竹，那位伟大的母亲。

刘建中的爷爷去世后，父亲又得了脑血栓，半身不遂了。还得母亲伺候。大哥结婚后，二哥结婚。二嫂过门后得了骨结核，三次开刀住院，都是母亲伺候。住院欠了1万多元的债。病好后，不能生育，要了一个小女孩，又是先天性心脏病，治疗又花2万多元。全是借的钱。所以刘建中上到高一就辍学了。30元的学费母亲在村里挨家挨户地给他借，他实在是不忍心，就退了学，到外面闯天下去了。

母亲还在家里熬着。大哥得了不治之症，七次住院，母亲在病床上抱了他两个月，最后大哥死在母亲怀里。母亲悲痛欲绝。大哥生前爱吃饺子，每包饺子，母亲都端上碗送到大哥的坟头上。

那年腊月二十六杀猪，家里人很多，乱糟糟的。二嫂的孩子的手烫伤了，忙着上药，母亲就给二嫂洗衣服，洗了一车子衣服，又和面、调馅，准备包饺子。就在这个时候，母亲高血压造成了脑出血，昏了过去。大姐给刘建中打电话，说母亲不行了。他回家一看，抱上车，送进石家庄市二院。母亲绝不能死，要求医生全力抢救，花多少钱不用管。但母亲一直昏迷不醒。第三天睁开眼看了看大姐。大姐知道她的意思，说已经包好饺子给大哥送到坟上去了。听后她安详地闭上眼睛，又失去了知觉。但就是这样，她最后还是奇迹般地活了过来。正月十五那天出院了。

刘建中说："母亲一辈子伺候人，伺候了老的，伺候小的，任劳任怨，从来不说别人的坏话，也不图回报，只图家人平安，心里高兴。这个事看似简单，但不容易做到。"

这句话听不出有什么深奥来，但他陷入了深刻的思考。

半晌，他接着说："为什么我舅舅开发荒山，一开始我也反对，认为没有前途，但后来又都跟着干了呢？因为我从母亲这里悟出了一个道理，那就是不图回报。如果现得利的事情，大家都争着抢着去干，不太得利的事情，都不去干，那么这个农业就永远没人干了。我舅舅所以去干，就是因为他有爱心，想改变家乡面貌，要是光图赚钱，比这个投资少见效快的事多了。所以我把我投资开发的一个山叫慈母山。"

刘建中在平山县也是一个数得着的企业家，但他把大部分资金都投进葫芦峪了，如果完全按市场经济办事，他不会这样做，但是在报答母爱和亲情的驱动下，他这么办了，他要把慈母山建设得越来越好。

刘建中虽然挂着葫芦峪公司副总经理的名，但实际上他并没有负责葫芦峪公司的具体事情。个中缘由固然跟刘海涛有意避嫌有关，不能办成家族企业，但主要原因还是形势发展的需要。刘建中由于受母爱的滋润而颇具善心，又有个大肚弥勒佛的外形，再加上自己的社会身份和地位，所以由他出任葫芦峪公司的形象大使，是再好也不过的了。而现在的发展形势也急需这样一个能全权代表葫芦峪的人物。

2013年12月葫芦峪公司与河北省供销合作总社签署战略合作协议。由省供销社注资控股，依托葫芦峪模式，共同打造农业规模化发展、农产品流通和深加工、资本资产运作和涉农资金四个平台，加快太行山、燕山浅山区荒山开发，助推河北省扶贫开发工程，建设农业现代生态示范区。这样合作之后，利用供销社的资金、葫芦峪的品牌，打造城乡一体化。也就是说，葫芦峪可以承接70%涉农资金，实施操作，引进项目，加快新农村建设步伐。

另外还成立了河北省供销商贸公司，葫芦峪参股。河北省供销社副主任赵增华为贸易公司董事长，刘建中为副董事长。现在正在开展百城购物活动，由葫芦峪和供销社，共同组建超市，利用供销社的老牌子和葫芦峪公司的有机产品，打通城市与乡村的流通体系，统一销售配送，方便快捷，安全放心。

再有就是刘建中还负责与军存集团合作，这是家外地民营企业，对葫芦峪支持很大，大量借款给公司，条件就是请在平山有很高威望的刘建中当它的副总经理，帮忙办理一些业务。所以刘建中得拿出很大一部分精力，给这个集团打工。

充满爱心的刘建中就这样到处奉献着，像他的慈母一样。

6. 内 与 外

当唐先生坐在我的面前时，我不由得对他肃然起敬起来。

他身材笔直，双目有神，怎么看也不像五十出头的人，倒像一个精力旺盛的年轻人。但开口说话，全是真知灼见，专家水平，令人刮目相看。

很难想象，他和张书芳怎么能组合在一起，共商大计，开山造地。

然而，这可能就是葫芦峪公司的特点。过去默默无闻，只有焦书堂在那儿干，然后北京的团队来了，李保国、梁红霄也来了，但还是小打小闹。2013年之后，政府支持，媒体宣传，迅速膨胀，多方神圣慕名而来，颇有一下子招架不住的感觉。

这就出现了"内与外"的现象。最典型的便是这个"众泰"公司。

毫无疑问，尽管内部自己人张书芳，在"我的大学"里，成绩优秀，能独当好几面，但跟外来人唐先生这样的国家级专家比起来，就显得土了点儿。

而葫芦峪公司虽然已经名声在外,但毕竟实力还不大,比起有若干亿资产的外来户吴老板来说,还是小了点儿。

然而吴春晖,这个河南武钢人,企业家,看了媒体宣传,并经过农业部介绍,前来葫芦峪,决定投资合作。

这就组成了众泰土地整理有限公司,张书芳任总经理,河南方面的人任副总经理,唐宏伟则作为吴老板的代言人,以资深专家的名义,前来帮助工作。

内外结合,天衣"有"缝。

"土地整理"就是造地,这可是利国利民的大好事,但需要大量的投资、花钱,葫芦峪必须借助外力,才能圆满完成。所以这个众泰公司全部5000万的投资就由河南人出了,但股权葫芦峪公司却占60%,控股,因为它是资源和技术入股,模式入股。

于是事情就显得有些奇怪了。本来应该由葫芦峪方面出技术,但在我找唐先生座谈之前,来到张书芳办公室,见唐先生正坐在沙发上,给张总讲课。

张总虚心地听着,唐宏伟理直气壮地讲着。我不敢断定那讲的都符合实际情况,但起码有许多科学的名词、术语、指标、数字等等,可供参考。张书芳虽然虚心听着,但也随时提出不同意见。差异就是矛盾,何况内与外,差别不小。他们在互相抽鞭子。这样也好,切磋砥砺,精益求精,不断提高葫芦峪模式的科技含量。

这种"杂交"也许是一种进步。

唐宏伟现为中国有机农业认证办公室副主任,经常下来做一些调研和巡察工作,现在在葫芦峪帮忙,也属于工作范围。他过去也帮助吴春晖老板开发过农业,所以才牵线搭桥,并通过农业部,请吴老板来葫芦峪投资。

吴老板来投资的情况,刘海涛给我介绍过:

吴春晖是个非常有魄力的中年人。他给刘海涛打电话说:"刘总,听唐先生介绍,还有媒体宣传,你的葫芦峪搞得很好,我要来投资,欢迎不欢迎?"

刘海涛说:"欢迎倒是欢迎,但是我劝你不要盲目投资,媒体宣传不算数,你要亲自看看,我也不陪着你,免得妨碍你随便看,看死角,看完了，觉得可以投就投，不可以投就不投，但得把意见撂下，做个朋友。"

吴老板说："我已经来了，唐先生正领着我在山上转呢！怎么样，一会儿见个面。"

见面第一句话，吴春晖就说："我跟你合作了！"

刘海涛说："看准了？那好，咱们就合作。"

吴老板说："这么相信我？不了解了解我的企业情况吗？"

刘海涛说："你打过1个亿来，你就干，还用得着了解吗？"

吴老板哈哈一笑："1个亿也不是打不过来，但先打3000万再说吧！"

第二天，葫芦峪公司的财务账上就收到河南武钢打来的3000万元。

我说："吴老板也真是爽快，第二天就打来3000万。"

唐先生说："他主要是信任我。我们是多年的老朋友了。"

老朋友如果不是农业专家，信任度也不会太高。而面前这位唐先生，是中国农业领域第二大秘密技术的拥有者。第一大秘密是袁隆平的杂交水稻，第二大秘密技术就是唐宏伟的荒漠化治理。

我顿时顶礼膜拜了。荒山治理跟荒漠治理也就只差一个字，葫芦峪有幸请来这尊巨神，真是"福禄"不浅！

唐先生接着说："吴老板的姐夫是一位很大的领导，特别支持我帮助他内弟为农业开发做贡献。所以我绝不能选错平台，否则对谁都交不了账。"

说罢他的表情显得很沉重。

我知道，土与洋、大与小又互相抽鞭子了。

便启发他说："选葫芦峪选错了？"

他一笑说："那倒不是。有刘海涛这杆大旗戳着，葫芦峪前景看好。"

我很高兴："那就是说有点小矛盾？"

他说："也算不上矛盾，只是有点不顺利。"

他就说了一种情况。目前众泰公司流转过来的土地倒是不少了，但统一规划还不够，这儿一块，那儿一块，不能连成一体，开发起来有难度。在流转过来的荒山中，有的标着是国家林地，不能开发。其实也不真正是林地，只是顶个林地的数。有一片共690亩，就是这样的"林地"。你不开发吧，它明明是荒山，又在规划区里边，别的地方都开发了，缠上了金腰带，到这儿却光秃秃地断了。你开发吧，它是"林地"，国家不给你占地补贴，你不是白开发了吗？

有意思。那么张书芳的态度呢？他说，张书芳的态度就是刘总的态度，开发，活人不能拿尿憋死，让荒山长出果来才是硬道理。这个道理是很硬，我也赞同，但吴老板受不了，他是出钱的，拿不到"占补"，收不回投资，不白忙活了吗？我说，那怎么办？他说，关键还是看刘总。我认为他是导演，不是演员，不能像演员那样入戏，自我膨胀，腾云驾雾。要跳出演员的角色。棋子可以入戏，你是下棋的人，得布局。入戏是你的表，不是你的里。你要统揽全局，跟政府去协调，把不不符合实际情况的"林地"去掉！。

正在这个时候，他的手机响了，原来是北京来的专家团到了，都是他的老关系。他正在帮助平山县和葫芦峪申请国家有机农业示范区，这可很不容易，全国有几个示范区！但上边对他们报的材料很感兴趣，便派专家团下来了。唐宏伟的能量不可小觑。成员大部分是他的朋友，所以他要去接待。这可是件大好事，不能耽误。唐宏伟走了。

对这次谈话我还比较满意的。一是看出唐宏伟对葫芦峪帮助不小，二是"内外结合"虽然有些小摩擦，主要是牵扯到与县里关系的一些问题，比如"林地"。但我认为这些问题并不难解决，因为我采访过康海军、史典礼、牛存竹、陈风友等人，他们都是众泰公司的干将，是县里各职能部门的退休干部或二线人员，有人脉关系，且办事灵活，全是协调大师。

康海军是众泰公司资源整合部主任。这众泰，麻雀虽小，五脏俱全。有财务、工程、规划、资源、办公室各职能部室，共计20人。资源整合部是最为关键的，没有它把荒山坡地从老乡手里流转过来，众泰就没有资源，何以造地？所以刘海涛就把自己一个最得利的助手康海军派过来当主任。

康海军也50岁出头了，平山岗南镇马湾村人，当过兵，但不是海军，是陆军的一个侦察文书，复员后在地毯厂干过，但主要是在四强跟刘海涛干，当过PVC管材分厂的厂长，改制后他还参了股。他是我上面提到的那几个人中唯一不是退休干部和二线人员的。

但协调能力同样很强，而且因为当过侦察兵，很会在荒山上察看地形地貌，流转的荒山坡地哪儿不好，哪儿打了埋伏，绝对瞒不过他的眼睛。跟乡镇和村里、村民打交道，就得更有学问了。他一般只对群众做宣传，讲道理，但不涉及具体事情，更不涉及具体合同，但合同的内容可以讲，好处可以讲。他让老乡跟村里签合同，有什么扯皮的事他们自己解决。荒山90%都在各户手里，先让各户流转到村委会，条款同意与否，召开村委会、村民大会解决。但是签好的合同必须交到农民手里，一亩多少钱，写得清清楚楚。最后由村委会造表，报名单，钱必须发到村民手里，但公司只跟村里签合同。还要跟县里协商。资源整合部有8个人，有检察院的原副检察长，科技局的原副局长，土地局的副局长。凭他们的老关系，内外协调，避免不了摩擦，但最终问题总会解决。今年要拿下三万亩。

又是一个内与外。

史典礼是一个解决矛盾、内外协调的高手。

他原是科技局副局长，刚刚退休，是岗南镇郭家庄人，河北农大毕业，他认识刘海涛是因为科技局管项目，管到四强去了。四强要上一个新项目PVC管，但资金不够，史典礼便动用关系，跑部进京，结果把国家科技部科技风险投资公司的人请到平山来了，经过考察，拨下来一大笔专项资金，才把PVC管搞起来。

凭着这个大功劳，他退休后进了葫芦峪，为整合资源，而启动了自己的人脉，跑各个部门，见大小领导，解决矛盾，协调关系，做了大量工作。他说，平山八山一水一分田，土地越来越少。1999年开始造地，到现在一共才造了不到2万亩，可是葫芦峪本部一个园区，就造地2万亩。我们众泰公司有六个园区，今年一定完成造地3万亩的任务！

牛存竹，这个身材不高、精悍利索的原土地局副局长，内退之后，来到葫芦峪，在土地流转和规划建设上，给众泰公司把把关。我认为这是无可非议的，但是他很害怕，说千万别在书里写我的名字。

为什么？原来最近在报上看到一篇文章，国家干部不能在企业兼职。

但我不能因为一篇文章，而隐瞒公司的实际情况，哪怕是犯了法，也好提醒上边赶快来法办。所以也就不顾老牛的警告，秉笔直书了。对不起。

老牛是平山县小觉镇扶洛村人，高中毕业，性格直爽，坚持原则，有一是一，有二是二。在众泰公司，他是规划部主任。唐宏伟十分佩服他，说能不能造地，造什么样的地，都得听牛局的。这人不说假话。看来内与外虽有摩擦，但可以统一到不说假话的基础上。牛局就是一个内部人和外部人都认可的标准。问题就这么简单。

他说，对于造地，国家开始的标准比较低，程序也很简单，验收也不严格，太宽松了。后来逐步完善，田、水、路、林、电，生态环境，塘坝，变压器，高压线，低压线，潜水泵，扬程，蓄水池，等等，什么标准，如何布局，都有了具体而严格的要求。

对田块的方向居然也有要求。这个我从别人口里始终没有听到过。牛局这里听到了。他说，田块应该与当地主风向垂直，或与主风向垂直线的交角，不大于30度到45度，来设计施工。我知道，这是从通风好的角度考虑的。

谈到耕土层深度的时候，他忽然骄傲起来，因为葫芦峪的标准，比国家标准还高。现在一直坚持这个标准不动摇。当然不能动摇，这是吃了李保国教授一鞭子得来的教训。牛局对此很满意，因为实践证明，这样高人一等的地，确实是旱涝保收的"聚宝盆"。

那就是，田块要大，最好达到90亩，小点儿也行，耕作层30厘米以上，葫芦峪则为40厘米以上，并且向下深翻80厘米，共1.2米的活土层，再铺上厚厚的鸡粪，这是何等的宝地啊！再加上底宽0.5米、顶宽0.4米、高0.4米的田埂，U形水泥排水沟，每隔30米的一个白色的不锈钢的输水管道的阀门，而PVC的输水管必须在造地时全部埋在地下。

这时候进来一个高个子，是资源整合的副检察长，说还有村没有签合同，需要调整地块，跟着也得调整规划。牛局就拿出IPAID看图，让他指出在规划图上的什么位置，因为这规划得上报省国土资源厅批准，马虎不得。

正在这时，进来一个葫芦峪公司办公室的人员，登记屋里的插座。我很好奇，问登记这个干什么。她说，反正领导叫登记。我无可奈何地摇摇头。这时进来一个中年妇女，说这是低值易耗品，财务上要求统计，因为这也是公司的资产啊！

我立刻对她很感兴趣，问道，您是——牛局替她说，她是账务部主任。我大为高兴，说能跟您谈谈吗？她却迅速跑掉了，并声明千万不能暴露我的名字。

跟牛局一个心理，怕暴露兼职的秘密。

7. 峪里的年轻人

一开始我住在山上，后来为了采访方便，住在县城宾馆里，离公司办公地点近了。接我的司机石全红说，还得捎个人回去。到了二层楼基地，我看到被捎的那人是个胖姑娘，正给几个妇女签劳动合同。不一会儿签完了，匆匆上了车。她非常表示歉意，说耽误你时间了。我说，不，正好我可以采访你一下了。便要过一份合同看了看。原来是公司的法人代表刘海涛，跟葫芦峪生产基地的每个生产人员和技术人员签的劳动合同。有合同期限，包括试用期，工作和休息时间、休假，劳动报酬，公司给缴纳了各项社会保险费，并规定了严格的劳动保护和职业危害的防护，是个很严肃的合同。

接着我便问了一些情况。她叫刘瑜，90后，平山县白面红村人——好奇怪的村名！河北科技师范学院毕业，她是被招聘到公司的，面试笔试都过了关。特别是面试，她做得很好。面试她的人现在已经自动离职回南方老家了。后来我了解到，他姓吴，是常务副总经理，经济学硕士。离职的个中缘由不详。但刘海涛领着员工给他饯行，颇有挽留之意。但人各有志，不能勉强。当时这个吴总非常欣赏刘瑜。面试时让她做一次现场培训讲话。恰好她毕业后在4S店干过，做人事专员，经常招聘和面试别人，测试他们对汽车和销售的热情。现在要表现自己的热情了，一下子就爆发了，从人事的六大模块讲起，什么人力资源的规划与设置，培训的方法，绩效的考核，新老员工的关系，等等，说得头头是道。吴总说，那就给你一个平台，在葫芦峪好好干吧！一个月的试用期过后，留下来了，填表，办公室签意见，最后由刘海涛总经理签字。

吴总过去试用过三个人，都不合格，辞退了。她是硕果仅存的一个。所以吴总那信任的目光，永远鞭策着她努力前进。她被分配到办公室的人力资源部，正赶上档案整理，把平山葫芦峪和河北葫芦峪的档案分开。为什么要分成两个葫芦峪？因为河北葫芦峪是要申请上市的，有一套非常严格的审批手续，必须按照要求做好，所以要分出去。于是她就不断地把文字材料扫描变成电子版，执照、合同、验资审计报告，等等。扫描之后，还要把纸制材料，装订成册，送进文控室。

"那一个多月，我真减肥了。不过现在又长胖了。"她总结说。

到了葫芦峪办公楼前，正好碰到刘海涛要出去。他看到刘瑜陪着我下了车，就说："好了，有刘瑜就行了。赵作家就交给你了，你领着他采访吧，给他叫人。"

想不到刘总这么重视年轻人，重视刘瑜。

胖姑娘就非常认真地为我服务，把我安排在总裁办公室的小套间里，帮我插上笔记本电脑，并且打手机联系座谈的人。很快王建业就来了，是个80后，办公室副主任，唐山迁安人，河北师大艺术设计系毕业，先在公安局消防部门工作，搞新闻报道，太紧张严肃，她不喜欢，就奔着大自然的绿色葫芦峪来了，通过网上招聘。说话轻声细语，不紧不慢，很文静，给人以安全感，这也正是她离开火灾的原因吧？她说爱好文学，喜欢看葫芦峪的青山绿水。至于工作，她说办公室有六个人，文秘、人事、项目，她具体管对外宣传、接待、形象设计、行政、网站。但刚说了个开头，她就接了一个电话，有事走了。

后来又找来一个年轻人叫梁晓龙，也是80后，平山县营里乡杀虎村人，靠近五台山，石家庄外经贸职业学院汽车市场营销专业毕业后，在北京搞汽车销售，经朋友介绍来到葫芦峪。机灵，聪明，爱跑事，爱干事，抓项目，交社保费，申报项目和后期跟踪，协助验收，大棚菜，苹果基地，核桃，苜蓿，柴鸡，沼气池，供户取暖，到处都能看到他的身影。我感到了峪里年轻人的冲天朝气。

我见到了办公室主任尹利鹏，他应该算中层领导，但也是80后，仍可归入年轻人系列。

他粗壮有力，精神百倍的样子。其实我们早就认识。早在今年4月我采访平山县委宣传部副部长齐庆三时，在座谈庆三同志事迹的会上，我就跟尹利鹏坐在一起。他说我就是葫芦峪公司的，为刘海涛服务。我立刻交换名片，并自我介绍，说太好了，到时我采访刘总时，你一定要多帮忙。他说没问题，提供资料，找人都没问题。给我一种认真负责、积极向上之感。

来采访的第一天，我就又碰到了尹利鹏，打过招呼之后，他便匆忙拿个小本子，跟在刘海涛身边，记下刘总发布的每一道指令。刘总正指挥着在几个刚装修好的办公室和会议室里，摆什么、挂什么等等，特别强调的是文化品位。

当我和刘总准备上车走的时候，他很抱歉地凑过来说："刚才照顾不周请多原谅。看您还需要什么？"

我说不需要什么，这不有刘总嘛！便与他挥手告别，他热情地目送着，使我心里感到很温暖。

时隔两周我进了他的办公室。他立刻站起身来，很有愧地说："来了这么长时间，我也没有机会到山上去看您。我过去对您的承诺也都落空了，材料也没有给您准备好。"

说着就在柜子里找材料，找了半天也没有合适的。嘴里还不停地跟我说着话："有机会我得领您在平山转转，西柏坡、南滚龙沟、驼梁这些著名景点，您肯定都看过，咱就不去了。我领您去看白毛女洞。北冶乡的那个山洞，特别险要。我领您去看。"

后来我说没有时间了，才没有去。

我在想，这个年轻人为什么对我这么好呢？当时还不太理解。后来又接触到陈文茸、任三元、马姣、付江英等人，综合起来，他们有一个共同的特点，那就是很有紧迫感，好像被一条无形的鞭子在抽着，不停地往前跑。那条鞭子就是创业的危机感和对成功的期望值。他们对刘海涛寄予了巨大的信任，认为只有在他的思想和魅力这个大平台上，付出他们各自的努力，才能成功。他们都很会为自己的前途考虑，不想混日子。希望公司大发展，到将来他们都成为元老级人物，那是一个怎样灿烂的前景啊！

这好像是一个完美的结合。

而对于办公室主任，接待好一个作家，对于宣传公司是大为有利的。

他停下找材料，说自己当办公室主任的体会："我的经验和做法是，眼快，手勤，眼界宽点，心细点。"

回想他在刘海涛面前拿小本记指令的情景，我完全相信。

我看到他拿着一张纸在犹豫不决，就问那是什么？能不能给我看看？他说是农业部的有机产品认证书，就递给我了。

我如获至宝。这之前许多公司的人对我说，葫芦峪是新造的土地，没有经过污染，又施用的是农家肥等，所以都是有机农产品。我很相信，也值得相信。现在有多少是冒牌的假货！打上一个有机产品的字样还不容易吗？但葫芦峪与他们都不同。所以我相信葫芦峪，哪怕它没有认证，我也相信那是有机产品。认证是那么容易的吗？

现在他居然把认证书拿出来了！

我看着上面的文字和印鉴。写着核桃与花生，写着日期，写着亩数，权威人士的签字，顶级部门的印章。我陶醉了。葫芦峪的有机产品，货真价实！

我的情绪感染了尹主任，他好像猛然发现了自己的价值，"眼快，手勤，眼界宽点，心细点"的办公室主任技能之外的价值，很兴奋地说道："这个证是我跑来的。我去北京找人家，人家都是专家，那么好找的吗？咱又没钱送礼。刚起步的农业公司，送礼也送不过别人。干脆，咱们就打诚意牌，说荒山上的处女地，说我们真有宝葫芦，不去看看？就来看了，一看就被吸引住了，再一检测，一点儿残毒没有。"

我看着那张价值连城的证。

他却说："那张证过期了。您看看，有效期限是，2012年11月8日到2013年11月7日。这证明去年的核桃和花生是有机的，今年还没下来果，怎么证明？证明不就虚假了吗？但他们定期来检测，随时跟踪，到今年年底，又会发我们一张新的认证书。是农业部中绿华夏有机食品认证中心，每年都来检查，土壤水质气候，有没有残留，十分严格，差一点儿，都不会给你发这个证。"

当时是我第一次采访的2014年，现在到了2015年，2014年的证早就发下来了。

来了两个1988年生人的座谈者，带着成熟的孩子气的礼貌。一看便知，他们心里想的，跟你所想的有很大的不同。人家是那样的海阔天空，你却是那样的狭窄。这从衣着上也能看出。虽然因为在公司不能特别出格，但那色彩的搭配和呈现出的几何形状与线条，仍显出独特的随意和不羁。

这就是自己掩盖不住，并谁也征服不了的青春。

但是公司却把他们囚禁在工作里了。

那么自然，那么不显山，不露水，以致他们自己都乐此不疲，一点儿也不觉得有什么不对劲。

一个初创的公司，又没有完整的规章制度，却能做到这一点，只能说神奇。

我又想到了那个刘海涛,他看上去,并不是那种精明干练的人,甚至有些老调和拖沓,但他却能黏合和融化许多东西,并且铸造出一种全新的东西来。那东西就在人们的眼前晃啊晃。终于被认出来了,是一个大大的葫芦,不,葫芦形状的空间,是一个峪。

峪里有很多年轻人在唱歌跳舞。

唱歌跳舞般的工作,当然都很情愿了。

刘海涛居然可以给年轻人施了这种魔法!

这种鞭的哲学太厉害了。

这绝不是我凭空想象。他们非常驯服地给我讲述着。一开始进屋时,显现出的那种代沟,不见了。问什么,答什么,而且言之有物,规范而细致。

主要是任三元在讲。

他是赵美合的小女婿。

他是平山县大吾乡米家沟人。河北经济管理干部学院毕业,学的是电子商务。毕业后,自己先开公司,干个体,不行,失败,才来到葫芦峪。但野心不死,而刘海涛,按辈分来说,应该叫舅姥爷,居然知道他的这种心气。他感到这比什么都亲。让他搞项目。从无到有,搞一种项目的设计,然后去报批。这是想象力和求实精神的完美结合。通过考察和计算,在葫芦峪要建设年产143万公斤的设施蔬菜种植基地,也就是塑料大棚,占地150亩地,建66个大棚,长110米,宽8米,温室大棚,种植西红柿、黄瓜等各种蔬菜,当然都是有机的。道路、管理房、公示牌、浇水、排水等配套措施,都要做好。实际做好,报批的项目书上更要做好,甚至要做得更好。

"这是我们的专业秘密。"他说,"各种图表,各种文字材料,各种数据等等,特别复杂,有的科目,我们自己做不了,得请工程咨询造价单位做,请河北方田设计公司做,给人家钱,2万多元。"

我说这是不是有点烦琐哲学!他说不怕烦琐,只有搞烦琐了,搞细致了,才能被批下来。这个设施蔬菜基地是2013年建成的,今年就能验收。主要因为我们的项目材料做得好,批准了,过关了。人家不能把你这150亩地摆在办公桌上吧,但是可以把我们做的项目材料摆办公桌上。

这话说得很好!

这时我拿出了马姣给我的一本《2015年河北省平山县红富士苹果种植新建项目申报书》，申报单位是赵美合的葫芦峪生态农业合作社。厚度有1厘米多。他说，这个不行。我们那个申报书有5厘米厚。

我只有瞠目结舌了。

最后他才说出最诱人的东西："设施农业这个项目总投资960万，如果验收合格，可得财政补贴400万！"

葫芦峪还有这样的好事！

这样的好事还不少呢！平山县打造核桃之乡，葫芦峪当然是重中之重。核桃补贴得了120万元，苜蓿补贴得了160万元。当然都是他做了项目报上去才得到的。别看是厚厚的几大本，但是值。

8. 黄色挂毯

上卷说到在采访的最后几天，我去了阜平县，但我是怎么去的，去了看到了什么，听到了什么，都没有来得及具体说。只顾说杨向天和刘海涛的关系了，刘海涛特别信任这员老将，是把他作为一匹老骥伏枥的快马派到阜平去的。

那天我是坐杨向天的车，也就是说，他回县城向刘海涛汇报工作，第二天捎上我去阜平的。接我时他下了车，好像也没有握手，只是很客气地说，上车吧！匆忙中我看了他一眼，中等身材，头发稀疏，60多岁，眯缝着眼睛，嘴角挂着神秘的微笑，一副老谋深算的样子，特别像香港著名影视演员，在《零号特工》中扮演中统头目修远的午马。

从平山到阜平有两个小时的车程，浅山深山，景色迷人。但也不可否认，山上的植被是很稀薄的，有的没有绿色，但山形也很好看，巧夺天工。现在我的眼睛也有了毛病，那就是每见到一座山，首先不是观赏，而是看能不能造地。

杨向天好像知道我在想什么，就说："这周围的山要比阜平好多了，坡度不大，石头不多，很容易造地。"

"那阜平——"

"阜平可有好戏看呢，去了就知道了。"

于是就不再看外面的景，专等着看好戏。

但话头不能断，还得接着抻。

"你身体怎么样？这么两边跑，吃得消吗？"我问。

他说："不跑就吃不消了。身体是个很神秘的东西。闲着反而不行，干不愿意干的事，也不行，干缺德的事，更不行。"

很有意思，话中有话。我洗耳恭听。

"你看我现在不跟好人一样吗？全是自己调节的。"他得意地说，"我得过脑血栓，但这家里人都是大夫，送医院抢救及时，捡了一条命。但左侧还是有点麻木，不利索。后来就身体自我调节，又得了一次脑血栓，这次是右边麻木，不利索。没过多少日子，两边一中和，互相抵消，都不麻木了，行动自如了，像现在一样。"

我暗暗称奇。

他接着说："这是身体的自我调节。工作上的事，身体调节不了啦，就得自己主动调节。十多年前，不到退休年龄，我就退下来了，不在政治上跟他们钩心斗角了，干干企业，跑跑项目，挣俩小钱，非常愉快，不仅脑血栓没有再犯，糖尿病也好了。如果不早点解脱，整天坐在屋里跟人斗法，肯定还得'拴住'。"

太明智了！真是老谋深算！

我小心地问："你在政界不是混得挺好吗？我听海涛说过，你们都在王坡公社干过。"

他说："在王坡那段是很不错，交了海涛这么个朋友。以后也不能说错，在别人看来，还可能说好。"

有点意思。我接着往下听。

他继续说："1975年我离开海涛，到了县革委会商业组，任财务科长、信息科长、秘书，职务不断变动，最后当商业局副局长。1987年到烟草局当局长，2012年正式退休。但在职干到2000年12月，得了脑血栓。赶得早，不如赶得巧，给我找了个借口。"

原来如此。

"那么你爱人呢？"我问。

"她管天管地。"杨向天自豪地说，"在省地震局和气象局都当过干部，这不是管天管地嘛！我退下来时，她正在邢台市地震局当局长。她是宣化师范化学系毕业，那个年代，工农兵学员。"

我说:"现在填简历都让填'大学普通班',不填'工农兵学员'了,那段历史抹去了。"

杨向天说:"组织部门真有高人!你想知道我爱人的名字吗?"

我说:"当然想!她叫什么?"

"赵秀姐。"

好名字!

一路上我一直被生动的杨向天感动着。这人很了不起。这绝不是表面的风趣和幽默,这是深藏不露的大智慧的外在表现。要不他能悟出读好三本书的道理,能在短时间内造出那么多地吗?我真是迫切地想看看那些地的好戏了。

其实这场好戏的序幕,早已在葫芦峪就拉开了。李小健带领的参观团不就是吗?

然而还有一个对于我的序幕。那是前两天才拉开的,正因为看了那个序幕,我才决定到阜平来,否则杨向天说的好戏,我很有可能就错过了。因为我的采访是没有人引导的,除了刘瑜给我叫过几个人,基本上都是自己找人。跟历次采访全不一样。过去的采访,被写作单位恐怕哪儿有遗漏,好典型看不到,安排人座谈,领着实地察看。刘海涛却没把这当回事。正如杨向天对的他的评价,此人宏观可以,微观不行。比如对我采访这件事,刘海涛不闻不问,哪怕把阜平这样的好典型落下,他也在所不惜。而杨向天就不同了,不仅在车上给我说情况,下午马上安排去冯家口参观,晚上找人跟我座谈,同时还把很多材料给我拿上。开始办公室主任杨恩华只给拿了一些重点材料,他说不行,多多益善,把所有材料都给作家看看。

刘海涛微观不行吗?也不见得。一人一个看法。比如他跟许多合作伙伴,现在又加上各级领导的谈判手段,大多数情况下,都是以退为进,这不是微观上的智慧吗?噢,也许你认为是宏观。

还是先说我看到的那场序幕吧!

那是6月30日,巴西足球世界杯进入了淘汰赛,如火如荼。范佩西的鱼跃冲顶,罗本的脚踩风火轮,已经成为佳话。早晨我和刘海涛约定上午座谈。不一会儿打电话来,说到山上去谈吧。便让秘书武金文先把我送到山上。路过中心蓄水池时——结合旅游,叫了观景台,我看到山顶上停着两辆大轿车,便让小武把车也开到山顶上停下来。许多戴着小红帽的旅游者从蓄水池的台阶上走下来。为首的是公司领导成员之一邵蔚女士,她边走,边对身旁的人说着什么话。我便过去问:"邵总,怎么回事?"她说:"这是阜平马沙沟村的,来了50多人。"然后就给我介绍了带队的杨恩华。他过去跟杨向天是一个单位的,县烟草局副局长,现在在阜平葫芦峪当办公室主任。

正好马沙沟村主任也在旁边,就握了手,说一会儿好好谈谈。

我先到接待站,不一会儿马沙沟的大部队就来了,坐了好几桌,准备吃午餐。我见缝插针,跟村主任坐在一块谈起来。

他叫孟庆章,54岁,高中毕业,在北京当过5年兵。他说,当村干部已经三年了。这次来了50人,有党员,有群众。公司包的车,花的钱。去年6月县里乡里介绍,说按平山县葫芦峪的模式搞开发荒山。看了合同,然后丈量土地。10月份开的会,同意了。先来了18名村民代表看了。也是10月上的钩机,100台。共4000亩荒山坡地,已经造地3600亩。水电有了,主管道上了山,9台水泵,15个蓄水池。今年天旱,只种了花生、红薯,栽了一些树。今年秋或明年春栽核桃。都同意,有的嫌给的少,有点意见。坡岗次地有1100亩,就是村民自己开荒山种的地,有的还栽了枣树,叫枣埝子地,也叫沙埝子地,可收一些枣。每亩补800斤玉米,其实收的那点枣哪儿抵得上800斤玉米?顶多抵三四百斤。800斤玉米再折880元,给你,比收枣多一半。荒山入股后,前几年没有收入,公司也不给回报,一旦有收入,就三七、四六、五五与各户分成,逐年增加,50年不变。造地时村民干活,又挣一笔钱。我说,这是公司给我们子孙造福啊!现在年轻人不种地,但50年后,这些造好管好的地全是子孙的。我见过刘总,这人厚道,请戏班子给村里唱戏,租车让大家参观。这次参观不是解决思想问题,而是开阔大家的眼界。

正说着村书记走过来了,叫董金发,腿有点瘸,说自己高血压。当了16年书记了。

吃饭时刘海涛跟大家见了面,说咱们都是一拨儿的了,好好种地,都把地种成宝葫芦!这时大家不约而同地看了一下头顶上,满是悬挂着的金黄色的葫芦,伸手就能摘下来。

看了这场序幕,我必须到阜平看看了。

到阜平后，我很想去看看马沙沟，但老杨说，还是先看冯家口吧！片大。

下午杨恩华陪我去看冯家口。这回上了阜平到保定的高速公路，好像感到作为革命老区的贫困县，也必须加速开发了，习近平总书记都视察过了，不能再没有起色。阜平葫芦峪任重道远了。后天就要在阜平开全省的现场会，有60多位贫困县的县委书记、县长要到阜平参观，到冯家口看葫芦峪公司造的地。

下了高速，快到冯家口时路不好走了，需要在河滩里走土路，颠簸很厉害。我说去咱葫芦峪可都是水泥路面。杨恩华一指河滩上面说，那不也是水泥路吗？刚铺好，还不让走。我问，后天让走吗？可别给参观的人留下坏印象。他说，就为的是后天嘛！开现场会的领导当然不能走河滩路了，走上面的水泥路，一直通到冯家口。

一片不同的山展现在我面前。因为严格地说，它不叫山，而是把一块一块、一条一条、一个长方形再一个长方形的黄色的土地，挂在你面前，不，是铺，一片一片地铺展在你的面前。这必须先把山凿成台阶，然后在把巨大的黄色的地毯铺上去。我们就叫它黄色挂毯吧！因为虽然是铺在高处，平面向上，但老远看去，仍然像挂着一样。

随着车的移近，就绕行在一张张挂毯的下方，我便看清了上面的图案，有镶上去的一段一段的白色竖线条，那是U形水泥排水槽。在阳光的照耀下，每张挂毯上，都会有三五个银色的小东西在闪光，那是埋在地下的PVC管伸出地面的不锈钢阀门。

我们终于绕到一个中心山头上，这里是后天接待现场会，大后天，大大后天……接待数不清参观者的地方，因此就有一块很大的标语牌耸立在那里。同车而至的书法家高先生，一跃而下，直奔标语牌走去，在标语牌的衬托下，他就显得十分小了，他扬着手对杨恩华说，明天得搭很高的脚手架我才能写。写什么呢？词当然已经拟好了："打造华夏绿色龙脊，谱写新型农业传奇！"气吞山河。早就超出了葫芦峪，也飞出了太行山，而是华夏大地，而且是龙脊！谁有这样的气魄？晚上回去我问杨向天，这是你出的词吧？他说，不是我，是刘海涛。一向善于幕后操作，而把刘海涛推到前台的，老谋深算的"修远"，这回恐怕也是如法炮制吧？不得而知。但我也不必过于求证，这老哥俩，谁跟谁呢！而且刘海涛一开始就是想给杨向天一个平台，让他干成最后一件大事，过去得过全县第一，全市第一，全省第三，现在就让他得个全华夏第一吧！

我一直反感标语牌，唯独对这一个还未写成的标语牌我不反感，就是因为这种气吞山河的词，与气吞山河的事，结合在一起了。如果把这样的词，写在政府大院里，我会不屑一顾。写在山上，就不同了，特别是这一片铺满黄色挂毯的山。确实是打造出来的绿色龙脊。今年还是黄色，明年就变成了绿色。

站在山上往四周一看，全是这样的黄色梯田，十分整齐，特别壮观，一眼望不到边。我感到了须臾不可离开的黄土地的伟大和温暖。但杨恩华说，这只是第二项目区，有3000多亩。我终于知道了3000多亩的概念是什么，太大了！他说，还有第一项目区和第三项目区呢，都连成了一片。我说，看不到啊！他说，看那个示意图。

我来到了一个小标语牌前，看到了冯家口村的示意图，圆乎乎的，也像个没有腰的胖葫芦。冯家口的6个自然村在东面，到了边界，没有地了，东南是第一项目区，西南和西面就是这第二项目区，北面是第三项目区。这三个项目区加起来是9000亩，已经像看到的第二项目区一样，全部铺上了黄色挂毯，并且镶上了图案。

这种气势还配不上那条标语吗？

看着这样轻而易举造出的大片黄土地——是的，轻而易举，不能不使人产生这样的联想啊，一年时间还不到，去年10月才动的工，到我采访时，才是2014年6月，就神奇地变出了这一大片，3000亩已经望不到头，还有整个冯家口的9000亩，还有包括马沙沟在内的四五个园区，共1.9万亩呢，那得多大的一片啊！于是我便产生了一个错觉：轻而易举，并从这一错觉出发，回到驻地，问杨向天，阜平的地比葫芦峪好造吧？

杨向天笑而不答。我知道问得不妥，但也收不回来了。只得岔开话，发表自己的正面感慨，真好！比葫芦峪还使人震撼，而且这么快的速度，这么短的时间！

他没有回应，却回答我前边的问话说："阜平葫芦峪的地，比平山葫芦峪的地难造。你想啊，咱们是外来户，人家能把肥肉丢给你吗？留给你的全是硬骨头。沙河以南的荒山全是熟透的片麻岩，咱们勘察过，但没有指望，那是肥肉，肯定不会给你。冯家口、王家岸、东板峪店给你了，全是难啃的硬骨头，尤其东板峪店最难啃，片麻岩里掺着大块的岩石，比花岗岩都硬。哪儿难啃，我们先从哪儿下嘴。李小健带着80台钩机上了山，那阵势！"

这样的硬骨头都能啃下来，别的就更不在话下了。县领导非常高兴。

杨向天熟读的三本书之一就是领导。这两万来亩可是领导的政绩啊，光占地补贴就能得多少！而且落实习近平同志视察阜平的指示，才是最大的政治。但没有葫芦峪模式，就没有这个成果。阜平是个穷县，造地得花大钱，哪里有？葫芦峪改造荒山的模式好，但荒山和模式不能做贷款的抵押，这也就是说，葫芦峪贷不来款。杨向天就动用京津冀的关系，借款3.7个亿，投进去啃硬骨头，而且还把这之前匆忙挖的"水平沟"的钱也给还了。

哪头炕热县里能不知道吗？因此葫芦峪公司也收获了县里的很多好处和优惠政策。

杨向天最后说："我知道刘海涛总在举着一条无形的鞭子，但永远打不到我身上，因为我是一匹不用扬鞭自奋蹄的识途老马。"

卷四 鞍

鞍是什么？是"未下鞍"的坚守。面对艰难险阻和明枪暗箭，需要坚守，采用何种管理方式，也需要坚定和坚守。这是生死线上的掰腕儿。

"大园区＋小业主"的经营管理方式。

葫芦峪园区之所以能够持续健康发展，主要是建立了"大园区＋小业主"的经营管理模式，将农民利益与园区利益拧成一股绳，使园区与业主、公司和农户互为依托，共担风险，共同受益，进而调动了农民群众的种植、管理积极性。"大园区"的现代化管理理念必须坚守，就是依托公司实行统一种植、统一管理、统一收购、统一品牌、统一销售"五统一"，解决一家一户分散生产与千变万化大市场的对接问题；"小业主"的传统承包方式也要坚守，不能放弃，在"五统一"的基础上，以50亩为单元，由农民公开承包、分片包干，通过个性化、多样化种植提高效益。在"大园区＋小业主"的经营管理模式下，农民可获得四方面的收入：一是土地流转收入，根据不同的土地流转方式，每亩至少收入600元；二是打工工资收入，人均每天至少100元；三是经营管理收入，园区为小业主每年每单位付2～3万元管理费，收获的核桃等农产品，按合同约定的基数上交公司，高于基数部分归小业主所有；四是树下间作收入，林间树下兼作的药材、小杂粮以及散养鸡等收入全部归小业主。目前，园区已培育小业主近百个，吸收固定劳动力630人，人均纯收入达到6800元，远远高于当地4600元的人均水平，初步达到了"国家得绿，企业得利，农民得富"的多赢目标，让农民通过园区发展得到最大实惠。

"未下鞍"不仅是一种精神,也是一种胆量。

刘海涛骑在快马上一往无前。

张书芳论算账,不比刘海涛差。差在哪儿了呢?胆儿。他没有刘海涛的胆儿。因此只能当副手。从此他明白了一个道理,主帅和将军是不同的。刘海涛是主帅,有眼光和胆量——战略上的胆量;他则是将军,只能冲锋陷阵,却没有孤胆。

造地没有收益,却欠了3000万元的账,债主逼上门,眼看死路一条了。

刘海涛却还是刘海涛,看不出一点儿慌张和害怕。

采访时我问刘海涛:"你有什么底牌?"

他说:"底牌太大了,那就是大地,你站在大地上还怕个啥?土地,让土地长出钱来,这就我们最大的底牌。你还慌个啥,任何人都要向土地膜拜顶礼。不是我们有求于人,而是人们有求于我们。"

刘海涛汇报:

我这有一部分尖端人才,是制定标准的,剩下的让他们学习,开办学习班,提高村里农民的素质是第一位的,我给他们规定的是,你学习、培训、及格了,超过60分以上了,你就可以进入园区承包,当"小业主",达不到这个水平进不来。这样与利益挂钩,他为了多挣钱,就去自主地学习了,农民的素质就提高了,工作就比原来省事了。我把标准制定好,你执行标准就行了。我这有4%~5%的人,包括河北农大、农科院、林科院的科研人员都在这儿,根据园区的发展制定标准,农民执行标准就够了。

1. "老太太万岁!"

刘海涛办公室里还有一副对联:事到盛时需谨慎,境至难处仍从容。这对联的下半句,特别适合当时他的处境。他的确"境至难处"了,而且非常之难,都危险了。

那是2012年,公司的发展已经有些规模了,在赞扬和反对声中顽强地成长起来了。但是欠了3000多万元的债务。照说这些债务如果放在一个有点背景的公司面前不算什么,哪儿活动活动,融点资,贷点款,还解决不了。但他却走到尽头了。他和两个外甥已经投资1.78亿,所有的家底都掏空了。所谓融资,也就是找熟人借钱,或者看好这项事业的老板投钱。当时熟人不再借给他钱,因为看不到一点儿希望。开山造地为了什么?不为了有收益嘛,但是你的地里长出什么来了,什么也没有长出来。前年不是还来了个教授,说你是瞎胡闹,把树都给你刨了。别再跟着刘海涛发疯了,赶快把钱要回来吧!

投了资的老板倒没有要钱,但有了觊觎之心。因为他们不仅关注而且还研究葫芦峪,那也是他们事业的一部分嘛!现在看到刘海涛遇到难处,便有了取而代之的心。不想一部分,而想全部了。王侯将相宁有种乎?是的,葫芦峪是你打的天下,我们虽然资金比你多,但眼光不如你,输给你了,那就投资支援,弥补一下吧。但此一时彼一时也。现在我们可以全部收购了。虎视眈眈。

有吞并心理的不只是个体老板,还有某些部门,看到他的公司办不下去了,出于好意,那咱们接管了它算了,反正发展农业,名正言顺。

债主们逼上门要债。员工们已经好几个月没有发工资了,但是以北京团队为首,不发工资照样干,永远与公司患难与共。别的员工在北京团队的影响下,也都沉得住气,跟公司风雨同舟。

但是山上的钩机受不了啦,得烧油,得发工时费。这是一笔不小的钱。要不百十台钩机从山上撤下去,那就等于宣告失败,溃不成军了。债主们就会更加逼债,法院就会宣布企业破产,挂牌拍卖,那些觊觎已久的个人和部门,就有了一个竞争的机会。

与其把这样的机会留给别人,不如留给自己。

但他万万没有想到,第一个支持他的人是妻子周凤婷。

她把一百万的存折拿了出来,交给了刘海涛。

刘海涛不接。

她说:"拿去吧,发钩机费。我爱听远处山上传来的那种声音,听着心里踏实。不听睡不着觉。别这么瞅着我!我说的都是实话。书堂每天都来看我,白天哪个山上有多少台钩机在干活,我都知道。一闭上眼,声音就传过来了。晚上闭上眼还是那声音,我才能踏实入睡。你把钩机一撤,白天的声音没了,晚上肯定也没了,我可怎么睡觉!"

竟然是这样的理由！

完全是幻觉。她没出什么毛病吧？

"凤婷，你……"

周凤婷笑笑说："我好好的。我虽然出不了屋，但山上的事都知道，上工的，下工的，栽苗的，浇水的，撒粪的，除虫的，拉枝的，打杈的，热热闹闹，跟过去生产队干活一样，多好！钩机撤了，不造地了，这么多人到哪儿去干活？又都一家一户伺候那点承包地，多没意思！累死累活，收入不了几个钱。你别忘了，那时候你在城里上班，我在家一个人经营15亩地，一头牛，一挂车，起早贪黑，落下啥了？看现在那些妇女们，骑着摩托上班，每月能挣2000元。你要是不干了，那不是砸人家饭碗子吗？"

竟然有这样的高度！

真是爱妻不出门，全知天下事。

刘海涛向我谈到这段情节时，颇为动容，说道："冲着我老伴，我也得把公司办下去！她把养老的钱都拿出来，救命钱都不要了，破釜沉舟了，我还能有退路吗？我是绝没有退路了，必须死战到底，死扛到底！别人到了这个境地，可能是慌，不知所措，我却不是，越危急，我越沉着。跟那副对联说的一样，'境至逆处仍从容'。不知我本身就具有这种特点，还是潜移默化，受了对联的培养，反正我就是这样一个人了。这让张书芳很吃惊。"

不仅张书芳吃惊，闫春海更是把心提到了嗓子眼儿，账上没钱啊！这么大一个公司账上没钱，这日子可怎么过！束手无策，等着人家来查封吗？

正在这个时候，账上打来100万！师母的钱！这个汉子眼睛湿润了。但容不得细想，取出钱就上了山，发给开钩机的伙计们。他对正在作业的师傅们热情地打招呼："大家辛苦了，发工资！"

然后就把钱给了工程的承包人，也就是钩机司机的老板，是他雇的钩机，有的司机纯属打工的，有的是自己的车，自己开。

钩机司机们欢欣鼓舞，但又也有些抱歉，几天没拿到钱，又疯传公司债务累累，便说了些不该说的话。但也没想马上离开。虽说到哪儿都有活干，特别是房地产火热，拆房平地，乌烟瘴气，你就干去吧！但总觉得不如在山上干好，什么支援农业，服务三农，还是别提这么高吧！起码不是坑害别人，养肥自己。这不都赔钱了，干不下去了，上边也不支持了。唉！

这段心理，有根有据，是我让焦书堂给我找了一个当年的钩机师傅，那台挖掘机就是他自己的，自己的钩机，自己开。是他亲口这样跟我说的。

当闫春海把钱交给承包人时，那钩机司机说："今天怎么还总监亲自出马了？"闫春海眼睛湿润着说："臭小子！催！催！催！这是我师母养老的钱，都给你们拿出来了。我能不亲自递到你们手里吗？"

工程承包人和众司机都无言了。最后不约而同地喊道："老太太万岁！"

张书芳的担忧，不像闫春海这么表面和急迫，但要比他沉重得多。

他是投资人，把所有家底都搭进去了。

这人也有个特点，心里慌乱，言谈举止也表现出来了，但绝不做得太激烈，这样就更让人看着揪心和同情。

他找到刘海涛，显然已经有些语无伦次了，但还忍着，说道："表兄，那钱……那地还造不造？他们都盯着咱们呢。我看有危险。有一笔款……还有一笔钱……"

一说到钱，总是说不清楚，总得使用删节号。钱是个走投无路的大问题了。

"那你的意见是什么？"刘海涛平静地问。

张书芳说："你得去弄钱。但你又弄不来。"

这回逻辑清楚了。

刘海涛笑着说："我弄不来，那你就去弄。你不人缘特别好吗？"

张书芳说："我那都是小人缘，几十万可以，多了不行。"

刘海涛说："几十万也不少，拿来吧！"

张书芳说："这要放在前几个月，不像现在闹得这么凶，我能拿来，现在拿不来了。形势对咱不利。"

刘海涛说："看把你急的！没那么严重。咱们的地里能长出钱来，咱们的人心也能长出钱来，你还怕什么呢？"

张书芳心想，到什么时候了他还开这种玩笑。便说："说真话，你心里不害怕？"

刘海涛说:"我永远不害怕。"

张书芳心想,这个人真有胆儿!我怎么就没有呢?

刘海涛见他可怜的样子,就安慰说:"表弟,你在社会大学里也闯荡这么多年了,你还看不透吗?那些逼债的人,跟咱们有二心的人,也在观望。这个时候咱们千万不能自乱阵脚。你看现在山上的人,心多齐!这就能长出钱来。我老伴,你表嫂,不就把养老的钱拿出来了吗?众人拾柴火焰高。今后还会有人拿钱,你等着吧!"

"可眼下……"

刘海涛说:"我说的就是眼下。只要咱们的核桃还在地里长着,只要咱们的心气不倒,不仅不倒,而且还要气冲斗牛,气冲霄汉,那么想把咱们拉下马的人,就得想想了,就不敢轻举妄动了,搭上弓的箭就得收收了。这时候你要自己害怕,滚鞍摔下马来,那就正好称了人家的心意了。我就不害怕,除非中箭落马,我绝不下鞍!"

张书芳下意识地晃了晃身子,似乎还在马鞍上。就说:"那我做点什么?"

刘海涛说:"该咋干还咋干。挺起腰杆来,天塌下来,我给你撑着。"

当我采访张书芳时,他说:"通过那次谈话,我真正看到了自己跟刘海涛的差距。过去只觉得思路跟不上他,算个账,干个细活,也不比他差,甚至比他还强。通过那次交谈,我知道了最大的差距,最大的不如他,就是胆儿,没有他那个胆儿。干大事的人都得有胆儿,没胆儿的人,干不成大事。"

当时我们正坐在越野车上,过了九龙潭,向葫芦峪开去。道路越走越好,不再颠簸。他说:"看到这条路了吗?多好走!直接就到葫芦峪了。如果绕,得绕好几十公里。这就是胆儿,刘海涛的胆儿。那时葫芦峪才刚刚起步,他就敢修这条路!要把葫芦峪跟西柏坡连起来,来一条热线!"

说着汽车就开上了山顶。他让车停下来,我们站在山顶上往下看,他指着我们正要行驶过去的这条路说:"你看那一段路,路下面的坡有多么陡!那是阎王爷鼻子,山脊像刀锋一样,特别窄,也就有一米宽吧,钩机根本开不上去。但我得爬上去想办法,我就拽着酸枣棵子往上爬。手扎破了,一点儿疼都感觉不到,因为身子悬在空中,随时都有掉下去的可能,你还能想到手吗？但不管怎么说，我当时的胆儿也不算小吧。但跟人家刘海涛比，还是小巫见大巫了。他说，表弟，谢谢！你给我扯了一条彩带。那么艰险的路，他比喻成一条彩带，多大的口气！"

说着兴奋地拉我站好位置，指着山下说："你看这几条山脊，包括阎王爷鼻子，上面的路，像不像彩带？"

我惊呼道："太像了！"

接着我就没有了说话的意识，完全沉浸在美景之中。那沿着山脊修的白色的水泥路，曲曲弯弯，反复折返，恰如抖动起来的白练一条。夕阳照射上去，分明是有了色彩，真正变成了彩练。于是刘海涛便把它舞动起来。什么阎王爷鼻子的险要全不在话下，只不过是彩练舞动时的一个小小的褶皱，而且只维持了一瞬，一弹，又展开了。

我想，当时债务危机，他一定也有这种舞动彩练的感觉，便不由得脱口而出："确实胆儿大，确实豪迈，当空舞彩练，就把阎王债甩掉了！"

张书芳的豪情也上来了，这是很少见的。几次接触，这人说话总是慢言慢语，从不激动和着急。此刻却一反常态，一双很大的眼睛放着光芒，脸颊泛红，秃顶上的几根头发，也都直立起来，手指着葫芦峪，大声地说："看，那边有个红梦寺，一个犯过罪的、改邪归正的和尚，住在那里。住在那里干什么呢？整天做葫芦梦，我想他那梦，不见得有我们今天干得这么好。还有，那边，是金火台，《隋唐演义》上说大战葫芦峪，火烧金火台，就是这个葫芦峪和这个金火台！在古代我们这地方就上了书了，作为做过那样的梦，见过那样火烧和大战的葫芦峪人的后代儿孙，什么没见过！有日本鬼子的碉堡群为证。所以有了葫芦峪的历史，有了阎王爷鼻子，有了刘海涛的榜样，我也应该胆儿大起来，2012年那场雪算个什么！"

2. "核桃仙子"

要说危难时刻，仍然从容不迫，毫不动摇，骑在马上未下鞍者，技术部经理梁红霄也是其中之一。

这个身高1.65米，不穿高跟鞋，仍然是亭亭玉立的少妇，走到哪里，哪里都会出现一道靓丽的风景。所以她就到处地走。她知道，在这个危难的时刻，她的出现会给大家带来信心。因为大家的关注点是核桃，没有核桃，核桃长不好，葫芦峪就完了。刘海涛心里有底，主要仗的就是核桃。而她就是核桃的代表，核桃的化身。工作时，人们看到梁红霄是一身短打扮，下班后，人们看到她长裙曳地，长发飘飘，便不由得惊呼："核桃仙子来了！"

那时候，从县城到葫芦峪生产基地还没有班车，公司又没有能力给她这个级别的干部配车，只有副总经理张贵双有车。别的员工有的开私家车，有的骑摩托，有的蹭车，往返在县城到基地的30公里的路上。梁红霄却干脆住在了山上，把两岁的儿子交给父母照顾。

别说下鞍了，连山都不下了。

这个地方，如果我不补充说明一下，读者也许就一带而过了。住在山上就住在山上呗，艰苦一点儿，精神可嘉。但远远不是这么简单的事，因为我在山上住过。

我上山的第一天，刘海涛就把我安排在接待站他的房间里。我一看，大床铺、卫生间、电视、空调，便非常高兴。几个女孩子在旁边办公室的说话笑闹声，不断地传送到我的耳里，感到很惬意。但是吃过晚饭以后，她们便各自骑上摩托，挥手告别，回家里去了。开始我还没有什么感觉，觉得美女走了，但山上的美景还在。在夕阳的辉映下，扭头一看南边山脚下的小水库，抬头一望东方山头上的宝葫芦，披金挂银，分外妖娆。

但是夜幕降临之后，感觉便完全变了。那就是随之降临的恐怖，填满了所有的空间。全部的山都隐去了，一片漆黑，远近没有一处灯光，这在别的地方，哪怕是乡村，也是很少见的。于是好像有无数猛兽，向接待站的唯一灯光奔跑而来。噢，这地方倒没听说过有狼。但坏人，对，坏人，不法分子，会不会偷偷潜入，谋害于我？那时候，我非常庆幸，自己是个男性。被侵害的可能性不是很大。

以我当时的心情，联想到梁红霄一个人住在山上，我震惊了。

而且那时候的山，跟现在的山不一样，更加荒凉。她住的地方跟我住的地方相比，也是天壤之别。她住的地方现在叫农家院，那时候还没有冠以名称，只是挨着大水库建的几间房子而已。她就住在几间房子的一间里面。在万籁俱寂和墨一样黑的夜里，只有那间屋里闪出孤独的灯光，彻夜不灭。

座谈时梁红霄说："我在山上住了两年半……"

整句话还没说完，我就惊呼："这么长时间！为了啥？"

她接着说："这两年半是，2011年，我来的当年，还有2012年和2013年，到我快生小孩了，才下了山。住在山上很害怕，就我一个人，又是个女人。所以夜里我不敢关灯，整宿亮着。您问为了啥？也不特意为了啥，就是好多事凑成了，或者形成了，我留在山上的理由。"

她就说那些理由。

她觉得她必须珍惜葫芦峪，这是一个自己的根的产业。过去她在邢台绿岭公司干了三年，条件比葫芦峪好，但不是自己的根。自己的根在平山，不在邢台。有人说，你就这么狭隘吗？梁红霄说，不是狭隘，是真理。这个地方生了我，就是我的福地，就最能养育我，我在这个地方扎下根，就能长成参天大树。葫芦峪虽然还不是生她的地方，但刘总说了，葫芦峪模式还要不断地复制，已经复制到西柏坡，下一步就是孟家庄镇和下槐镇，就到了她的家乡了。

这就是住在山上的理由吗？应该是的。因为山就是她的根。

她又说，给林业局局长写信，没有回音，这不赖他，也许秘书根本就没有转给他。她也不应该走这个路径，因为此路是不通的。所以她也早就放下了，不屑一顾了。为什么现在又提起来了呢？因为她发现了个新的路径，这条新的路径在民间，而且宽宽阔阔，光光明明！她要在这条路上走出个样来，让那位不管看到她的信，还是没看到她的信的那位局长后悔。也许人家并不后悔，但她必须做出让他后悔的事来！

这也算一个住在山上的理由。

她又说，她上山后，觉得技术力量还是单薄，没个帮手，就打上了应届大学生的主意，就招了三个男的，都是学农的大学生，非常高兴。但没过多长时间，又都陆续离开了，不是因为前途不前途的问题，而是怕艰苦。

她只有在农村妇女中找帮手了。找来十几个人，手把手地教她们如何嫁接、如何授粉、如何叶面喷雾。但她们不好好学，喊喊喳喳地挤在一起，笑她，气她。把她气哭了好几回。最后，多了，说服教育多了，也就一点一点地服了。手里有23个妇女，真正带出来的有7个，其中以曲慧欣、焦丽平最为优秀。

这是第三个理由吗？给那些不争气的大学生做个榜样。

让她最没有想到的是，2012年的形势，真是黑云压城城欲摧啊！她不想看到葫芦峪中途下马，或者易手他人，因为这跟她的根哲学抵触，她要在这里扎根，而且是与刘总风雨同舟，百折不回，那才有意思。如果刘总中了箭，滚鞍落马，自己该怎么办？所以必须在关键时刻给予刘总最大的支持，那就是坚定不移地住在山上，并且要到处走走，山上山下，公司内外，甚至在他的"敌人"面前，让他们看一看"核桃仙子"的风采，看一看满山的核桃，你们也配！

一个"你们也配"，显示出她那"士为知己者死"的知识分子性格——古代的，据说古代知识分子都有这种性格。但梁红霄是现代人，难道她在效法先贤吗？

不管怎么说，她是热爱自己领着造的那些地，栽的那些核桃，不能随便什么人都能去玷污的。当时她根据葫芦峪的实际地质、地形情况，用的是自己摸索出"33584"水平梯田整理法，不仅节约土地整理资金，而且整出的土地有机质含量高，土壤肥沃，能够增加单位面积栽植棵数，提高栽植成活率。

另外她还通过实验，把叶面喷施氨基酸，应用到核桃树的追肥管理中，避免了土壤施肥中大量元素养分的流失，从而满足核桃树对中、微量元素的需求。一套适合平山气候、地质、地势条件的核桃管理技术已初具雏形。

这都是自己的知识产权！逼债也好，想霸占也罢，我的知识产权不卖，天价也不卖！

看着她因为激动，脸颊微微有些发红，我劝道："现在不没事了嘛！犯不着再生气了。"

她说："是的，其实当时我就是担心，刘总干的事业多好，应该得道多助。怎么反而出了那么多麻烦？房地产商几个亿几个亿地贷款，有多少利民的成分，好房子，一般人谁买得起？还不是贵族阶层享受！但是葫芦峪却贷不出款来，才几千万，就能置你于死地！"

还在继续激动。

"所以我就给他们来了个绝的！"梁红霄破釜沉舟地说，"宣传自己，因为宣传自己也就是宣传葫芦峪，外界就会少打她的主意，只有向她学习和致敬。我接受了平山县妇联的采访，让记者写了稿子，刊登在《石家庄日报》的《走进妇联，巾帼建功，建设优美环境建设美好家园》的栏目里，题目为'扎根乡土追寻梦想——平山县葫芦峪农业科技开发有限公司梁红霄事迹'，发布时间是2012年4月23日。"

3. 铆 钉

焦书堂是个农民。但严格地说，还不太纯，因为他跟着他叔在四强干过若干年，长了很多知识和见识。比如学他叔的讲话等等。

但我在葫芦峪山上最先接触的人还不是他，因为他事情太多，并多少有点小架子，不肯与那拨儿班组长们为伍，来跟我座谈。

那天来的几乎都是纯农民。有塘坝班长刘书国、派活班长焦栓道、大棚组长刘兰顺、杂活组长刘明芳和小业主李军海。

那时候我因为是刚到葫芦峪，对刘海涛了解还不是很多，所以他们说刘海涛的事，我都认真记录了。除了李军海，他们都是跟刘海涛一个村的，都是下峪的。

刘兰顺，不高的个子，很精干，70岁。说有两个女儿，都出门子了，一个儿子在市里上班。他中年丧妻，单身，就住在大棚工地的宿舍里，能骑电摩。

然后就说刘海涛。说他在村里开过拖拉机，当过民兵连长，革委会副主任。都有梦，年轻人都有梦，他到新河买树秧，是苹果秧，买了一汽车，有几万棵，栽上了。但那时是生产队，管理跟不上去，成活的不多。我记得当时他还念了一句诗，什么"天涯何处……"，后边记不得了。然后就到公社当协理员，经常带民工出去干活，西柏坡、会口二机厂，都去过。后来就到煤矿上班去了，再后来，就是当下，又落叶归根，回来了。

很简单，也很客观，但听着很有味道。

该刘明芳说了，他个子很高，弯曲地坐着，63岁。是机械班组长。他说自己跟海涛是小学同学，刘海涛从年轻时就有心眼儿，还不怕吃苦。用自行车驮着小猪到山西去卖，一次驮13只小猪，一只赚一块钱。还在村里当过一年多代课老师……别的就跟刘兰顺说的一样了。

居然卖过小猪，而且一辆自行车驮13只小猪！技术。

健壮的红脸大汉焦栓道，也60来岁了，他没顾上说刘海涛，他自己的事太多了。他是生产班长，其实就是过去的生产队长，管着一两百人。什么大棚组、机械组、花草组、工程组，他管的事多了去了。不过每个组都有带工的组长，也很负责任。他主要的任务是分配活。每天早晨上工，由他来分配活，跟过去生产队长一样。

今天来的这些人，班长也好，组长也罢，都属于以焦书堂为经理的生产部的领导。

焦栓道说，我们下峪村是穷到底儿的村，现在跟着公司闹翻身了！"转、股、租、换"弄得家家腰包都鼓了。我10亩梯田入了股，每年分1万元，今后还要多。100亩荒山，1983年分的，那有啥用，连棵草都不长，所以当年我就一转手卖了，卖了16元，跟承包费一个价，不赔不赚。现在后悔了，因为流转给公司，可得5位数！

只有50多岁的李军海不是下峪村的，而是西王坡村的，当过村主任。浓眉大眼，连鬓胡子，但说话却不诚实，始终没有说自己是小业主。事后我从材料上看到他的大名，原来是承包了10个单元的"大业主"，每个单元50亩，他是500亩！难道是怕露富？以后再说他吧！

最后发言的是刘书国，但这之前，没有少插话，一看就有来头。果不其然，事后查明，他是原下峪村支书，去年省委领导下来视察，就住在他家里。

此人57岁，中等身材，红脸膛，秃顶，为人热情大方。此后我多次坐在他的摩托后面在山上转。

他高中毕业。小时候，因为父亲是大队长，刘海涛是生产队长，刘海涛就经常到他家来请示工作。他发现刘海涛对他这样的小孩好，对老人亲。这个印象一晃就过去了50多年。2005年，刘海涛又来到他家中，商量事情的对象不再是他父亲，而是他，跟他商量事情。那时候他是村里的会计。刘海涛说，我想请个教授，来咱村考察考察，看能不能种玫瑰，可以做玫瑰油，经济价值很高。然后就把教授请来，在他家住了一个礼拜，考察后说，适合种玫瑰，并且可在西边山上风力发电，解决电力问题。但是开了三次村民大会都没通过。小农意识，怕干不成，口粮也保不住了。

2007年刘海涛又来到他家，还是接着茬儿说玫瑰，说这次咱不占耕地，开发荒山。后来就有了现在这种局面，不知怎么，玫瑰没有种起来，却栽起了核桃、苹果和寿桃。

"不管怎么说吧，"最后他总结道，"过去披星戴月，干一年解决个温饱；现在干一年，就奔了小康。"

那时候我还不知道有2012年那道坎儿，也就没有提问和捕捉这个。现在翻看记录，看到刘书国说："四五个月发不起工资，海涛把在县城的房子都抵押出去了，找钱给大家发工资。"

由此引发了我的回忆，记得当时大家的情绪很激动，并记住了一句很典型的话，只是不知道是谁说的了。那句话是："风吹草动总免不了，听蝼蛄叫，就别种地了！"

如果这个座谈会放在2012年开，我一定会得出这样的结论，葫芦峪公司垮不了，因为它的每个成员都像一颗坚硬的铆钉，每颗铆钉都狠狠地铆在了刘海涛骑乘的那匹快马的马鞍上了，保证马鞍散不了架，让他稳稳地骑着，冲锋陷阵，没有后顾之忧。或者说，每个铆钉都铆在他乘坐的那辆宝马车上了，任他高速奔驰，一往无前。

刘海涛做的是农业，农业离不开农民，当我看到农民在葫芦峪模式里运转得那么灵活，那么如鱼得水，我就觉得任何风吹草动，电闪雷鸣，都不可动摇这个模式了。

有一天早晨，我想看看焦栓道是怎么分配活的，也像生产队那样，一敲钟，社员们都到队部集合，等着生产队长派活吗？

我从接待站爬了一个山坡，登上了葫芦峪公司那个最原始的山顶，即小东沟儿的山顶。这个山顶不仅塑有一个象征性的葫芦，还建有二层楼的生产基地的办公场所，包括办公室、客房、宿舍和伙房餐厅等，被圈成了一个院子。院外是一片很大的空场。空场的北侧是一溜儿库房，盛有一袋一袋的花生种、PVC管、一般塑料管、电线、铁丝、五金用具、机械零件、高压喷雾器等，就是没有化肥和农药。掌管库房的胖女人是从四川嫁过来的，总是在笑。旁边还有一个火箭弹库，是气象部门的，防雹用的。南侧是个休憩凉亭，被围在圆形的葫芦架里边。那天我邀请老友薛景辰上山，就坐在亭子里。有两个老者正在给架底下的葫芦秧浇水、施肥。都70多岁了，还能被调动起来，干活挣工资，每月也是1800元呢！

那天我上去得比较早，刚6点多钟，离着上工的7点还有段时间。我先是碰到了张永亮。他是大棚组组长刘兰顺的副手，上次在大棚前碰到他时，他正用摩托驮着几个水管的弯头和阀门，要到一个地方去换件和维修。但很乐于表白地跟我谈起来。只是没谈几句，我约好见面的李军海来了，便把他挤了。

现在重又碰上，他一眼就认出了我，我辨认一下，也认出了他。我说，你这么早就上工了？他说，我到库房要几个阀门，给水管安上去，让他们一上工就能干活。我说，那你就辛苦了！他说，我不怕辛苦。然后愉快地表白，他说他管水管维修，电器也管，柴油机也管。我和老婆就住在山坡的鸡舍旁边。我4点半起床，做饭。我老婆康秀平在鸡舍喂鸡。鸡虽然散养，吃虫子和苜蓿，但也必须补充精饲料，饲料是刘美中按自己配方做的，没有激素。有鸡需要的各种矿物质和防止生病的中草药粉末。她管着二大、四小共六个鸡舍。大舍每间600只鸡，小舍每间200只，一共一千多只鸡。我儿子……一看表，不行了，便立刻骑上摩托走了。挥手告别时说，到我家玩，不，到我们鸡舍去玩。我用摩托车来接你。我真想去，也有他的手机号码，肯定招之即来，但就是没有时间了。

他一走，我看到在一个告示栏前，站着一个中年妇女，趴在镶着的玻璃框前看得非常认真。就走过去搭讪，看什么呢？这么认真！她说，看记工表呢，给我少记了5个工。我得找他去，这个梁军军。军军！我问，还有记工员啊？过去我就当过生产队的记工员，颇有感情。她说，当然有记工员！那个穿蓝格T恤衫的就是。军军！但她只是喊，并不去找。反而对我很感兴趣。老板，你也是来投资的？她问。没等我回答，又接着说，我是西王坡的，不像人家东王坡，荒山、坡地、梯田都入了股了，我的地都在葫芦外面，中间隔着一个敬业集团，山都让敬业集团买断了，连不起来，入不了股。老板你来开发吧！我家有5亩地，可以投资搞养殖，我叫李素花，我老公叫李国国，一打听谁都知道。我说我不是老板，我是作家。噢，作家不行。她说。军军！这回真的去找军军了。

上工的人陆续来了。我走到武三花旁边，她骑的是电摩，电摩没劲，上坡时还得蹬。摩托太贵，还烧油，污染环境。她这样为自己不舍得买摩托车开脱说。但我特别欣赏她这个电摩，装备非常齐全。后座上绑着一个塑料椅，是接送孙女上幼儿园的。还竖着绑一铁锹，车前小筐里放一把小锄。因为不知道今天派她干什么活，便准备了两样工具。她今年47岁，也是西王坡的，儿女都在敬业集团上班。这两大公司也真有意思，葫芦峪公司搞农业，敬业集团搞钢铁，一山之隔，一边是大烟囱，一边是生态农业，相映成趣，互相抵消，但都用的是农村劳力。

大场面马上就要开始了。人们从三四个方向上得山来，全是机动车，电器化，没有一个骑自行车的。但妇女老人居多，青年人很少。共有百十号人，其余大棚、机械、修塘坝的人都分别在不同地点集合在刘兰顺、刘明芳、刘书国名下干活。焦栓道出场了，穿着白色T恤衫，灰色大裤衩，拿着个黑色封面的小本（过后我要过来看了看，封面上也印着敬业集团字样，看来他家也有在敬业集团上班的，工农联盟了），照上面写的分配活。这儿走一下，那儿走一下，对上工的人发布命令，人们很快就一拨一拨地开上摩托下了山。广场上转眼就空荡荡的了。

在老焦走到院内打卡机前打卡时（班组长打卡，生产员工不打卡，出工情况由带工的组长掌握），我要过来他的小黑本，上面写着：到下峪、桃林、觉石院、转角沟村下，给花的苗圃锄地，18人；三道洼浇地4人；原浇地者还浇地，21人；其他到村边"沙木细"（错别字，是"撒苜蓿籽"。看来"文革"中的高中生就那么回事）60人；跟车浇水还浇水17人；涝洼沟修地10人；龙岭沟浇地3人；石门东岭浇地6人；东沟浇地3人；其余北坡根点花生。

这跟过去生产队的集体干活，也差不了多少，都是陆续到来，领命而去。年长的人对此都会保留着自己独特的记忆，悲凉也好，温馨也罢，总之是一种珍贵的回忆。所以突然旧景重现，总会有些感慨唏嘘。笔者便是。

然而时过境迁，形式相同，不等于内容一样。且不说装备上的不同，单说精神气质，那些上工的社员就远远比不上现在的公司员工。昔日是那样的单纯，或狂热，或盲从，表面上的说说笑笑，掩盖不住一天的工分只值两个钢镚儿的悲哀。而现在的公司员工呢？大气而自信，往那儿一站，也互相说说笑笑，甚至提些意见，表示些不满，但那是真正主人翁的姿态。我在里边有股份啊，"有限公司"就是"股份有限公司"的简称，有我的股份在里边。荒山、荒坡、土地入股时已经拿到钱了，而且年年分红拿钱，今后还要更多，而且每天的工资就是60元！所以无论表面上他们是什么姿态，腰杆子总是很硬的。这对于目前许多贫困地区的农民来说，这简直是一个奇迹！用焦栓道的话说，过去下峪是穷到底儿的村，现在你看看那些上工的妇女，哪个像穷到底儿的？

这百十多号人同样是铆在马鞍桥或宝马车上的铆钉。

想搞垮和接管这样一个葫芦峪，难度太大了。

4. 临危受命

张贵双临危受命，从西柏坡调回到公司总部任副总经理。那正是2012年，债主逼债，野心家觊觎的危难时刻。他的主要任务就是，稳定人心，管好生产。

他个子不高，很粗壮，嘴方鼻阔，双目有神。之所以把他调上来，委以重任，用刘海涛的原话说就是："双人品好，有办法，工作狂。"十个字，再多没有了。

张贵双1977年生人，石家庄大学管理系毕业，灵寿县人。他为什么能跟刘海涛发生联系，原因很简单，他和刘海涛的二女儿刘卫平是正定中学的同班同学，李小健也是刘卫平的同学，但刘卫平向父亲推荐了张贵双这个人才，却选择了李小健这个老公，也算公平合理。

张贵双进四强集团后，担任办公室副主任，都是些事务性工作，没显出有什么特别出手的地方。但是危急一来，四强改制，刘总参不了股，张贵双的人品和谋划水平就看出来了。改制之后，四强分了好几摊儿，都知道张贵双是个人才，都想拉他，但他跟定刘总不动摇。虽然当时刘总完全失去了势力，前途虚无缥缈。

他坚决支持刘总转移北京的决策。但他的跟随和支持，不是简单地表态和表决心。表态和表决心，当然也不错，在当时的情况下也很需要，但更为重要的是谋略。刘总看准了申办奥运的契机，去北京创业，那么四强怎么办？一刀两断吗？张贵双的回答是否定的。不能一刀两断，要尽量保持好关系，并且要看到对咱们有利的一面。

比如刘总在四强的威信，是任何其他的人都不能代替的。这就是一笔无形的资产，要充分加以利用。另外，改制后，新法人代表不好确定，按照法律，刘总就还是四强集团的法人代表。这一点不宜公开宣传，但关键时刻可以发挥有利于我们的重要作用。

这一点真让张贵双说对了。在北京转了一圈又回来创办葫芦峪公司，办公地点一时不好解决，新建毕竟要花些时日。四强的原址可不可以用？

当然可以，而且名正言顺。因为刘海涛还是法人代表，新的公司可以尽量吸纳四强原来的职工来工作，并且给予退休人员以生活保障。这样经过法院允许，葫芦峪公司搬进了原来的四强大院。

另外刘总的威信和人格魅力，当时就发挥了作用，饮料的品牌拿到北京去与新的公司合作，效益很好。原来塑胶公司的产品，也拿到北京市场去销售，同样对刚刚起步的他们也是雪中送炭。

而且为了实施这些谋略，他身体力行，东奔西走，带领手下人夜以继日地工作，把拼命三郎的工作狂本色，展露无遗。

当然在北京团队里，他也跟大家一样，没有能坚决支持刘总回乡搞农业，认为没有成功的把握。但是干上之后，他就回想起跟随刘总在北京参观那么多农业园区的优点缺点，便取长补短地想到，葫芦峪必须有自己的特色。无论是在管理上，还是在定位上，必须有自己的独特之处。

这个观点很受刘海涛的欣赏。临危受命，也就是让他把葫芦峪的特色，搞得更加鲜明一点儿。我有金镶玉，不怕没有识宝人。不信葫芦峪这块宝石，这个宝葫芦，会没有人羡慕，没有人肯定，没有人支援，没有人帮助她渡过难关！

千斤重担压在了张贵双肩上。

他知道刘总在重用他，也在考验他。他的同学李小健不比他差，甚至比他更优秀，但得不到如此重用，就因为他是刘海涛的女婿，用人避亲，怕搞成家族企业。可是还有一种说法，叫用人不避贤。你是贤，留在岗位上，不是贤，不能胜任，照样滚蛋，把位子让给别人。自己能胜任吗？别想这么多了，干吧！

公司定位非常明确，那就是主打有机产品。张贵双对此深有体会，并把自己的体会，通过各种方式向外宣传。那时候媒体还没有怎么介入，只能是口口相传了。最原始的办法，也可能是最有效的办法。他逢人就说，葫芦峪公司是最有前途的。你想啊，现在的耕地还有没被污染的吗？没有了，都被污染了，板结了，老化了，没有肥力了。1955年的北大荒，黑土地，多好的土壤啊！肥土层有几十厘米厚，400年才能形成一厘米，多不容易啊！可是你猜怎么着？过度使用，现在不行了。现在北大荒的地，不用化肥，产量从1000斤降到400斤。因为土地没劲了。现在中国18亿亩耕地，中低产田占三分之二，就因为使用化肥过度。中国耕地占世界耕地的

9%，用化肥却占世界的25%！

　　施了化肥农药的土地，长出的粮食，结出的果实，都不是有机产品。人民的食品安全成了严重的问题。谁还敢相信这些被污染的土地！你说是有机产品，但你那土地是经过污染的，有说服力吗？但是在葫芦峪你却可以消除一切疑虑，因为我们的土地是绝对没有受过污染的处女地！

　　谁在荒山上施过化肥和农药？没有。我们把片麻岩的荒山改造成梯田，再把土质荒山的客土，运过来，铺在上面，哪里去找化肥和农药的影子？新的土地，当然会得到我们的无比珍惜，根本不施化肥和农药，让她们远离这些恶魔。我们施用的全是绿肥、有机肥、农家肥，光鸡粪就铺了多厚！

　　有人说了，不施化肥容易做到，不用农药可不行，虫子怎么办？那可够厉害的。他说，我们喷波尔多液，刷白灰，用黑光灯，物理和生物治虫。在蔬菜大棚里，你会看到挂着很多一张一张的黄板，那是用来粘害虫的。我们还把小赤蜂的蛹挂在树上，让它繁殖小虫吃害虫。

　　他就这样，一边做着，一边宣传着。他向刘总承诺，他要把葫芦峪的产业工人都培养成土地的卫士、植物的医生，因为土地和植物是我们生存的伙伴，只有善待它们，才能有和谐的根基，提高生存质量，天长地久，永续发展。

　　刘海涛说："这话说得有水平！向荒山要地，要粮，要果，要健康。把这作为口号宣传出去！"

　　为了实现"四要"，就必须加强管理。统一管理固然很必要，但能不能把它与承包管理结合起来，让它们各自发挥自己的优势不更好吗？他的想法与刘总不谋而合。于是"大园区，小业主"管理模式形成了。

　　这个管理模式调动了两个积极性，公司的统一领导和个人的主观能动性。后者作用的发挥也是至关重要的，既减轻了公司的工作量度和难度，又提高了生产效率。这是一种管理模式，也是一种经营方式。它把园区的利益跟农民的利益拧成了一股绳。"大园区"就是依托公司对荒山荒坡实行统一规划设计、统一施工建设、统一管理规范、统一产品收购、统一品牌销售的"五统一"，解决一家一户分散生产与千变万化大市场的对接问题；"小业主"就是在"五统一"的基础上，以50亩为单元，由农民公开承包，分片包干，通过加强责任心，提高管理水平，从而增加产量。"小业主"的所得，也便十分丰厚。

于是"小业主"成为农民竞争的一块肥肉。

于是张贵双的标准、要求出台了。

这块肥肉可不是人人都能抢到嘴里的。

有点像建筑上的"招投标"了，"中标"并不容易。

张总选来选去，选了二十几名"小业主"。都是农村里接受新鲜事物快的能人。

这时候，不得不再次说到李军海了。别人"中标"一个单元都不容易，他却"中标"了10个单元，承包了500亩核桃！以一当十。

那天石全红用越野车把我拉到刘兰顺的大棚处，我参观完蔬菜大棚，故意从架上摘了一个无农药残毒的西红柿，大口吃着出来时，看到了李军海，他正扛着两把丁字镐，单手扶着摩托，从我身边开过去。我说，一会儿找我谈谈！他说，稍等片刻！就没影儿了。刘兰顺说，他可是个大忙人！我雇了一拨儿整地的，是他介绍来的，缺工具，他就给找来了。这反映了他联系面广，很会办事。

就在这时我第一次碰到张永亮，刘兰顺的帮手。正跟张永亮说了几句，李军海就回来了，我就中断了与前者谈话，坐上越野车，跟在他的摩托后面走。

过了一个大坝上写着红字标语的水库，他把摩托停下了。路边就是一片核桃树。他走进去，指着一棵核桃树说，你看这棵树有多好！能结300个核桃。确实好。好就好在，他不像是树，只有半人高，枝杈全部伸展开，像一只绿色的大乌贼一样，占地有五六平方米，任人采摘它枝上的果实，伸手可得，探囊取物，不用登高，也不用弯腰，太可人了！

李军海非常得意，目光从这棵核桃树，移到沟边的一片树，显出自豪的样子。

正好我就给他来了个揭穿："心情不错啊，大业主！"

他不好意思地笑笑说："其实我也不是有意瞒着你，那天座谈的都是下峪的人，都跟刘海涛是一个村的，就我是外村的，地也不在葫芦峪里边，可一下子却承包了人家500亩地，人家本村的人都没争过我，我要在座谈会上说自己的事，人家还不说我得便宜卖乖。"

原来如此。

我就问:"这么说来,你也不是怕露富。那就告诉我,一年能挣多少钱?"

他说:"也就30万元左右吧!"

我倒吸了一口凉气。

又追问:"500亩,别人包一单元才50亩,你能管理好吗?当时包的时候,就有这么大的决心和勇气?"

他说:"是的,有!因为我看透了,园区有五统一的管理方式,一切技术问题、销售问题都不用我操心,我只雇人按梁老师制定的技术要求和标准去做就行了。肥料公司供给,防治病虫害的方法也公司提供,成本也记在公司的账上。我就是领着人执行而已。一个羊是放,一群羊也是放。"

很有道理。

不过我又有了疑问:"你看得挺准,但公司能认可你吗?"

李军海非常幸福地说:"刘海涛手下有能人哪,张总就是一个。别人都理解不了,说500亩核桃包给李军海,等着喝'核桃漏'吧!意思是核桃都会在我手里漏个精光。只有张总力排众议,说我看李军海行。有人说,别看他过去当过村主任,也没能领着大伙致富。张总说,那是他没赶上葫芦峪公司这种好形势。这话说得地道!"

张贵双确实有眼光,据梁红霄说,所有的小业主中,顶数李军海这个大业主管理得好。

张贵双就凭着一个定位和一个主打模式,把葫芦峪公司打造得响当当。不仅赢得了有见识人士的投资支援,使公司度过了2012年的危机,使刘海涛还能骑在马上"未下鞍",而且迎来了2013年省委领导的视察,明确指出:"园区是农民致富的聚宝盆。"

那天我是坐着张贵双的车上山的。他自己开车,一路上感慨万千。他说公司能有今天,真不容易。除了我上次给你说的那"三不"的话,你不要向外写之外,别的也得悠着点,不能暴露太多的阴暗面。

他不让我写的"三不",我已经写在前边了。

其实也没什么,焦点访谈受众那么多,还要揭露一些东西,我这报告文学不准有没有人看,难道就不能说点真话吗?

所以我还要把刘海涛说的"三不"郑重地写在这里:有的部门,离不开，靠不住，惹不起。

现在他所说的问题是，葫芦峪还是吸引不来大学生。他说，我早就买了一辆大巴车，并且专门招聘了持有A本驾照的石全红师傅，就为的是一旦招来大学生，我就整天接送他们，让他们工作在山上，生活在县城，年轻人嘛，没有夜生活怎么行？可是直到现在，一个大学生也没招来。相比之下，我更加感到梁红霄的可贵。

到了山上，他更加感慨万端。他走的不是平时上山的路，特意绕了一下，为的是多看几眼他那可爱的山。我也跟着大开眼界，原来这葫芦峪，藏藏露露，到处有奇观异景。我又看到了一片新造的地，也是如阜平那样的"黄色挂毯"。张贵双说："这是上帝赐给的东西啊！无公害，无农药，无残毒。其实老天都给你安排好了。你看，路这边是片麻岩，路那边就是土山。造地时把片麻岩的沙石挖出40厘米，堆成埝埂挡水。从这边的土山再把客土运过去，填在40厘米的坑里，阴阳结合，天衣无缝。这难道不是上帝赐给的礼物吗？"

我感叹说："这么好的礼物千百年来没被人们发现！竟让荒山那么秃着。"

张总说："所以，葫芦峪公司是第一个吃螃蟹的人。"

我说："张总，你真是好口才啊！"

张贵双说："刘总要求我们，要能说，能写，能算。"

走着走着，又看到一片新造的地，但鼓鼓囊囊的，下面好像有什么东西。张总说："下面埋着铰去老枝的实生树和嫁接好的核桃苗，这是沙性土壤，可以在里面过冬，明年好接着用。要不就是个浪费。"

的确如刘海涛说的"有办法"。

又说："你看到那一片片的苗圃了吗？今年也用不上了，明年，后年，大后年，都可以用，长大点没关系。总之，葫芦峪要变绿，韩信用苗圃，多多益善。"

我看，他真跟韩信差不多。

5. 九龙潭

在最艰难的日子里，刘海涛最爱去的一个地方叫九龙潭。从2011年下半年到2012年全年，他去九龙潭的次数最多。

为什么呢？因为那是九条龙出没的潭，常言说，龙潭虎穴我敢闯，他就是找这种感觉去的。2011年吃李教授一鞭，2012年又有人明着暗着地打闷棍，虽然性质不同，前者是为了他好，后者是盼着他糟，但都使他绝地反击，更新自我，奋起一搏，拿出"龙潭虎穴我敢闯"的劲头，迈过前进路上的沟沟坎坎。

他是到那里感受灵气，汲取力量的。大自然中有你所要的一切。越自然越未经雕琢，越有。九龙潭就是这样的一条山川。

2011年7月的一天，刘海涛带着张贵双、闫春海、尹利鹏、梁红霄，上午9点多钟就来到了九龙潭。他说，我领你们看个好地方。那时还没有"九龙潭"这个命名，大家也不知道要看什么，就跟着他走。但是没有路，得蹚水，深的地方到胸口，差点把梁红霄没了。但她不怕水，因为会游泳。

沟很长，因山势险要，水经常被阻断，形成潭。但又不能完全阻断，有少量的水跌落下来，形成瀑布。跌落的瀑布被撕成碎片，飞速地奔流。整条沟就这样山山水水地拧绕着、纠缠着螺旋上升，一直通到王母观山。

"山险水急好地方！"这是刘海涛的总结。

大家也似乎从山水奇观中感悟到什么，那纠结的山水就是在互相的厮杀中，各自展现出自己的优势，一方奇峰陡起，一方顺势而下。

刘总说："这里有九道弯，九个潭，九条龙。"

尹利鹏问："您数过吗？"

刘总说："当然。现在我已经数出两条龙了，沿着山水的走势去数。"

闫春海说："我看还是龙形自在你心中吧！"

刘海涛说："闫春海说得也不差。但那个龙形，需要你继续往上走，才能看出它的变化，才能分辨出是第几条龙。走，咱们继续往上爬！不亲眼看看真正的险要，真正的龙腾虎跃，总是印象不深。"

人们有些叫苦不迭了，但没办法，老人还在爬，年轻人能退缩吗？

就这样一直爬到王母观山下，往下一望，苍苍莽莽中，似有九条飞龙在竞相奔跃。

刘总跟大家一起，就来过这一次，但他从前曾跟一个叫闫华忠的人结伴来过，后来那个人去世了。

也就是从2012年开始，他下令让李小健和孙栋梁考察这里，并正式命名为九龙潭，作为旅游景区来开发。

这就引出了平山县旅游局原副局长兼党组书记高树志。

我是在王母观山下的二架梁，即王母西瑶池处看到他的。他领着我在山上转了半天，奇花异树、生态植被、悬崖峭壁以及伴随着它们的神话故事，使我大饱眼福和耳福。但暂且按下不表，只说下午他领着我观看九龙潭的情况，因为这与刘海涛有关。

高树志退休前，曾经帮助过刘海涛，而且帮助的方式与旅游有关。那一年刘海涛在四强集团也遇到了像2012年那样的情况，资金周转不开了，高树志慷慨相助，以天桂山旅游风景区作抵押，为刘海涛担保贷款300万元。

这个事老高早就忘了，但老刘一直记着。

2012年，刘海涛派李小健和孙栋梁去考察九龙潭的时候，就事先跟高树志商量过。别看老高过去管旅游，他还真不知道有这么个地方。听了老刘的讲述，很感兴趣，完全同意他派人去考察，并说自己也要抽空去看看。

老高看后，说挺好，可与九寨沟相媲美。刘海涛大喜，说这可是你旅游局长说的！你能不能尽快帮我把它建成一个景点，我好用它做抵押，来还债。现在我磨扇儿压住手了，几千万元的债，债主都找上门来了。原来他是这个目的。听起来虽然有些可笑，哪能在短时间内，把一条荒沟，噢，九龙潭，打造成景点，而且投资呢？你都欠了那么多债了。但想法尽管天真，大方向并不错，这笔旅游资源，应该得到开发利用。便说，你这想法很好，但抵押贷款恐怕远水解不了近渴。

刘海涛哈哈一笑说，我也是开个玩笑。现在我哪儿还有钱投资这个？不过让他们先考察罢了。高树志说，对，将来建成景点后，的确可以抵押贷款。刘海涛却说，到那时我就用不着这样了！你没看到吗，九龙潭的水经常被憋住，打着旋儿，流不动，但一旦冲开阻挡，它便一泻千里，势不可挡。只要是水，它就会把一切阻挡冲开。否则长江和黄河就不会从西流到东，横贯中国，汇入大海。

老高终于明白了，在那危急关头，刘海涛看到的，仍然是冲破阻力的胜利前景。这人了不得！让他帮助考察和建景点，固然从经济效益上做了考虑，但思想上的原动力，却是冲破阻力的九龙潭精神。

这样高树志也加入了刘海涛的团队。

他是一个无可比拟的坚固的柱石。

他，1947年生，正定中学毕业，没赶上高考，就"文革"了，当老师，教小学。1975年到古月工委工作，1976年到县委组织部、纪委，后又到人事局，任干部股长，干了6年，1987年到旅游局，任副局长兼党组书记。2001年二线，然后退休了。但热爱旅游，退而不休，经常到各景点帮个忙什么的。

老高胖胖的，黑黑的，说话声音洪亮，待人礼貌热情。

我们从王母观山上下来，在会口村吃了午饭，略做休息，便上了九龙潭。

他带着几个年轻人在这里干，原来考察这里的李小健和孙栋梁都到阜平去了。纪律严明，条件艰苦，但为了把一个奇景呈现在世人面前，个个精神抖擞，干劲冲天。

现在的九龙潭只是一幅正在绘制的草图。门前有了停车场，面对的山坡上正在分成三个平台，修筑门前的装饰。我们从左侧的坡路绕上去，高局指着第一个平台上做到半截的工程说："这是九龙壁，要把刘海涛看到九条龙，照他想象的样子绘在上面。草图我看过了，非常生动，不拘一格。"然后又指着第二级平台上有工人正在做着的工程说："这是九龙柱，立九个柱子。"最后走到了一个洞口前，说："这是藏龙洞。也就是入口，上来就给旅游者一个下马威，敢不敢钻进洞里去？"

于是我们就钻进去了。甚是凉爽，有灯照明。三米宽两米高，左手是两尺多高的水泥槽。这洞和槽都是学大寨时修的，引山泉灌溉，全长200米。

出了洞，看到高局长手下施工的人，打了招呼。看到石家庄的游人。现在游不仅人少，而且免费。高局长说："这九龙潭上有九岭村，谐音九龙村。被九条龙冲得七零八落，所以就有了70个自然村，人口2000多，3万亩坡地，50万亩山场。"

我说："你也养成造地眼光了，先看到山场和坡地？"

他说："那是自然，干什么吆喝什么。现在旅游只是我的副业，周围的荒山公司已经来人规划了，李怀军正在从白面红修一条路过来，马上九龙潭就跟他的孟家庄园区连上了，西边与西柏坡园区早就连上了，而且登上王母观上，就与葫芦峪连上了，整个是一个生态农业加旅游景点的大园区。"

每个人心里都充满了理想。

但是我要考察的不是这些，我到底要看看九龙潭真的能给刘海涛前面所说的那些感悟了吗？

我跟随高局长上到第一个潭，并沿着新修的栈道，站在了潭的上方，看那一潭碧水，暑气顿消，清风拂面，心旷神怡。感觉不错。可是刘海涛的那种感觉，似乎还没有找到。继续往上走吧！

沿山体栈道，走出几百米下来，到在山谷中，放眼望去，两侧怪石林立，绝壁倒挂。脚下各种水草树木丛生，竟然还有大片大片的芦苇荡，小鸟飞虫隐约其间，啁啾嗡嗡之声悦耳。哪里有似龙样奔腾的水？只有潺潺溪水哗哗流过，似与游人倾心交谈。

我说："好景！"

老高说："往上走还有好看的呢！可以说九龙潭是三步一潭，五步一瀑，碧潭清溪相间，奇石飞瀑争姿啊！最好看的要数白龙瀑布，百余米长，从天而降。最奇的要数黄龙潭，水里有一大块金子，捞又捞不到。原来是山洞的倒影，洞壁上真有一大块金矿石。亦真亦幻，很有情趣。不要考察是否真是金矿，到时再拿来炸药，把洞炸塌，把水污染，那不是破坏了大好自然景观吗？难道现在我们破坏得还少吗？"

描绘、叙述加感慨，有水平！

又过了一个不大的潭，看了一个小瀑布。正觉平淡之时，眼前展开了一幅奇景。花草树木忽然闪开了一条道，或者惊奇地退到两侧夹道欢迎，把中间让位给一块千米条石，无痕无疤，全是曲线起伏的细嫩皮肤，而所谓的九龙完全被驯服了，匍匐在上面，既快又安静地、绝不敢有任何造次地迅疾通过。细细观之，那水沿着条石的纹络曲曲折折地流，还真似游龙一般。这一块巨型条石竟然有千米长！老高为这段奇景命名为"长板旋流"，准确！

再往上走，山势、树木、流水似乎都没有什么奇特的了。老高就提醒我细看。细看什么呢？还是这些。老高又提示，往石头上看！

这一看可不得了，我吓了一大跳。原来近处远处、脚底下、山崖上所有的石头都不是石头，是虎，是熊，是狮，是马，是牛，是鹰，是雁，是花，是草……逼真而飞动，清晰又怪诞，呼之欲出，挥之即去。原来这都是石头上的画，不是人做的，是天成的，自然天成，天下一绝。老高命名为"壁画长廊"。

这条沟有4公里长。我不准备爬到顶了，体力有限。但我敢断定，不亚于九寨沟。

但刘海涛看到的那种九龙奔腾，冲决一切的气势怎么一点也感觉不到呢？也许我被老高误导了，如果让自己平心静气地看，体会，没准九龙就会冲出龙潭大显神威了。也许他故意没有往那方面打造这个景点，没有突出九龙的气势。这不是有悖于刘海涛原来的意图吗？他那次带领团队领导成员来看的目的，不正是要让大家，"亲眼看看真正的险要，真正的龙腾虎跃"，从而获得信心和勇气，冲破阻力，渡过难关吗？

我就把这个问题提了出来。

老高一笑说："时过境迁。我知道老刘的想法，也清楚他让我来的目的，但我不能由着他的性儿去打造这个景区。我得对客观环境和长远利益负责。2012年的形势，不等于葫芦峪永久的形势。用那时的纠结、对峙、较量的战斗状态、斗争心理，去处理现在葫芦峪的事物，恐怕都要南辕北辙、适得其反了。我们要打造的是，生态安全的农业园区，辅之以休闲文化的景观旅游，一切都是和谐的安详的，怎么能让九条龙出来张牙舞爪呢？"

很有道理。但我又问："刘海涛同意、认可了吗？"

老高说："前几天我把他领来了，让他从山底下走到山顶上，全程看了一遍，他的感觉是四个字：境由心造。"

什么意思？

原来老刘彻底服了老高。看了老高打造的，准确地说是，解说的九龙潭，他的心里感到非常舒服。他就需要这样的景啊！潭中有金，长板旋流，壁画长廊，这样"有金"的财富，这样不断线的长流水的幸福，这样画一样的美好前景，葫芦峪都是可以给你的。宝葫芦里什么都有，就是不会放出九条龙来伤害大家，都让高局长锁在藏龙洞里了。他也惊奇，怎么没有2012年的那种感觉了，那种九龙与岩石厮杀的场面，怎么再也看不到了。最后他就明白了那四个字：境由心造。

6. 借钱还债

　　2012年这一年，真是过得色彩纷呈。开始是黑的底色，黑云压城城欲摧，后来就有了些许亮色。地还在增加，核桃挂满了枝丫，人们的脸上写满了"喜悦"二字。债主们心安了，野心家却步了。

　　似乎一切都过去了，风平浪静了。

　　没有。

　　一个3000万元的大窟窿一天没有堵上，一天就不能过安稳日子。

　　资本的力量是巨大的。

　　对于这一点刘海涛比谁都清楚。

　　借钱还债开始了。

　　韩保深来了。还是那样慢言慢语，还是那样沉着幽默。那时的鹅卵石还没有孵出白天鹅，孵出来的是丑小鸭，人们看着它太丑，要把它扼杀在摇篮里。不用去掐，不喂它东西吃就行了，资金链断了就行了。

　　韩保深是来给他续接资金链的。

　　刘海涛说："太感谢了！"

　　韩保深说："你先别感谢，还有许多事你得去做呢！"

　　刘海涛敏感地说："怎么？还有代价？行贿，回扣，还是割让土地？"

　　韩保深说："都不用。你得跟人家见个面，说点话。说好了，就把钱借给你，说不好，就不借给你。"

　　刘海涛问："怎么叫说得好，怎么叫说不好？"

　　韩保深说："这还用问我吗？你就琢磨着说吧！你不是一向很会说的嘛！反正我已经把公司的大体情况跟人家介绍了，都是我亲戚和最要好的朋友。他们都买我的账，剩下的就是想当面再把你这个人验证一下。"

　　刘海涛一笑说："验证呗！二百来斤给他摆那儿。"

　　韩保深严肃地说："千万别当儿戏。除了割头难，就数出钱难。他们也不是巨富，那点钱看得紧着呢！如果让人家找到一点儿借口，钱就借不成了。"

　　刘海涛也紧张起来。不知对方都是何许人也，要求老韩给介绍介绍。

韩保深就一一介绍，先介绍亲戚，他爱人的表妹、他姨家的表妹、他姑家的表妹。都是个体小企业，承诺谈得好，各自都能借给百万左右。又把每个表妹的特点、爱好、文化各说了一遍。刘海涛用小本做了记录。

再介绍老板。河北智同医药公司老板夏彤、禾本生物科技公司老板郝书川、先河科技公司董事长李玉国、旭辉光电公司老板张旭辉、天远科技公司老板韩晓明、东旭集团老板李青女士。资金多少没有预先承诺，就看刘海涛的本事了。

座谈时刘海涛回忆这段往事，好像颇有难度，半晌无语。见此情景，我也不打算问了。省略了这个也无关大局。但是他却向我透露了自己的心声，述说了当时的情景。

他说，他开始想迎合对方的心理，把葫芦峪困境隐瞒下来，少说一点，只说需要资金继续发展，但是他最终没有这样做，认为还是以诚相见为好。

首先是韩保深的三个表妹，分别是石家庄、衡水和丹东的，都是在石家庄跟他谈的。他一见那丹东的，不像个有钱人，便善心大发，不想借了。就说，大妹子，韩县长请你向我伸出援助之手，实在是没有办法的事。我的本意是想给家乡办点好事，没想到遇上点困难。我看你也不容易，就别跟着我受连累了，这事就算了吧！我再想想别的辙，心意我领了。将来葫芦峪搞好了，我再请你过去，品尝我们的无公害产品。

没想到，就是这一表现，却让那表妹刮目相看。不过还有保留，觉得这位大哥也没啥大本事，就说，钱我借给你点儿，救救急。不过今后别再干没有把握的事了。

一听这话，知道对方误会了。看来想不借钱，也要把自己展示清楚，这是个荣誉问题。而最好的展示，不是说，而是看。

便说，大妹子，冲你这话，我还真得把你接到我们葫芦峪去看看。钱我是一点儿也不借了，就是让你看看我干的事。那表妹说，看大哥还当真了，我不过随口一说。好，那我就跟大哥散散心，从东北来一趟也不容易。

便坐车来到葫芦峪，一看便镇住了，这一大片山治理得那叫好！不时地让车停下来，大哥，这儿可得让我好好瞅瞅！便下了车，走到核桃园里。开始她绝没有想到那会是核桃树，那么矮，把地都糊严实了，端起一个枝来，上面沉甸甸的全是桃儿，说这得结多少核桃啊！刘海涛说，这一棵树能结300多个核桃，一亩地有48棵，能结15000多核桃，能卖4000元，这还只是说，直接销售核桃，没算核桃深加工所高出的利润。你看到的这一片，有50亩，算算能有多少钱？全园区有1万亩核桃，算算有多少钱？那表妹说，满山都是票子啊！

又看山坡上乱飞乱跑的鸡。是在飞着、跑着捉虫吃。大哥，临走时把鸡蛋给我弄一箱。刘大哥说，没问题！弄两箱。刚坐上车，没走多远，又叫停。一股香气拽住了她。她太熟悉各种香味了，这种竟是如此特别。下了车，就向那香味扑去。一片薰衣草"蓝格莹莹的"在欢迎她。她如醉如痴地闻着那花香，最后恋恋不舍地转身离开。这时刘大哥已经采好一把，递到她手中，说车上接着闻。

那表妹终于说了实话。大哥，现在就把借给你的钱数定下来吧！再往下参观，我就更搂不住火了，可是我哪儿有那么多钱啊！所以就此打住，再往后参观，如果我说多了，都不算数，都是醉话。现在我说的这个数算，125万。再多妹妹我拿不出来了。

别的表妹，大体也如法炮制。

事后韩保深奇怪地问："你是用什么办法把我的几个表妹都迷住了？每个人的借款，都比原定计划高出20%。"

接受了表妹的教训，向老板们的借款，都事先请到葫芦峪看了一下。果然效果很好，原本有些动摇的也变得坚定了，把钱借给了他。刘海涛感激万分，说谢谢各位的理解和支援，客气话和漂亮话就不说了，这钱我刘海涛一定会按规定归还给大家的，绝不做不讲信誉的事。大家借给我钱，说明看得起我，信得过我，那我就要把事情做好，绝不能半途而废，中途下马。因为这不仅有大家的希望，还有大家的财力在里面。这对我是一种巨大的鞭策和鼓励。

来自韩保深介绍的这一部分借款，大约有1000多万，但是还不够。

张书芳突然有了一个门路。说有一个人能借给咱们一笔大钱，但这人在北京有点麻烦事，咱们能不能帮着办办？刘海涛问，什么事？违法的事，咱不能帮着办。张书芳说，你想哪儿去了，人家可是个本分人，不过是一些经济纠纷罢了。刘海涛说，那你就详细说说。对了，让张剑也来听听，他北京关系广。

这件事通过海涛、张剑在北京的关系，多方找人活动，终于把那个人的事情协调好了,没有造成严重后果。那人感激不尽,借款1000多万。

还剩1000万,这个重任落在了张贵双和李怀军肩上。那时张贵双刚从西柏坡园区被调上来,担任了公司副总,日理万机,事情很多,他就让李怀军去跑,跑西柏坡这个项目。他和怀军等四个人,住在一个屋子里,干了一年半,荒山造地400亩。还修了一个水库,盛水3万立方米。每天雇五六十个人干活,每人每天70元。都是50多岁的人。没有青年。每天上四五台钩机,公司管加油,一台机子一小时还要300元,一天干8小时,2400元。这是有账可查的。报项目,向县农开办报项目,为什么不报呢?

这就是葫芦峪进步的地方,过去不被人理解,更不被重视,政府部门都离得远远的。现在看发展得不错,尤其还把模式推广到西柏坡,再不重视恐怕就要犯政治错误了。正在这个时候,李怀军来报项目。一审,一看,好项目,符合要求,大笔一挥,财政补助900万!

债,还清了,刘海涛长出一口气,总算可以过年了。

7. 再上葫芦峪

2015年5月下旬,我又来到葫芦峪。这时《中国作家》当年的纪实版第2期已经刊登了我关于葫芦峪的报告文学,但尚未出书,因此还有必要根据变化了的情况,做一些修改和补充。什么样的变化呢?真是一言难尽。作为一个报告文学作家,作品发表后,我不仅关注社会上对作品的反映,更关心所写典型的命运,所写典型如果垮了,作品再怎么样,也只能是空中楼阁,甚至更糟。从媒体宣传上看,葫芦峪是越来越火了,尤其是4月份汪洋副总理视察了葫芦峪,对葫芦峪现代农业产业园区给予高度评价。但是尽管如此,通过个人渠道,从葫芦峪传来的消息,却是日子很不好过。写到这里我必须声明,我讲真话的目的是为了让葫芦峪好,因为我实在担心,这么一个好典型、好样板、好模式,如果坚持不下去,半途而废,这对国家,对农业,将是一个莫大的损失!不管媒体怎么宣传,我在这里绝不能报喜不报忧。

因为葫芦峪目前遇到的问题,也是农业的普遍问题。农业投资大,周期长,见效慢,急需资金的保证。没有资金的保证,很难发展下去。尤其是葫芦峪,已经有了这么大的规模,别说新建项目了,就是维持正常运转，也需大量资金。可目前缺的就是资金。银行和投资部门宁肯把钱用在非农业项目上，比如房地产，而不愿意用在农业上，因为担心这是无底洞，收不回来。哪儿知道粮食、绿色、环境、生态、空气、水源等农事，这才是中国的根本。中国的根本绝对不是城市里那些壁立的水泥！然而有关部门就是不愿意向农业方面投钱。现在土地资源、粮食安全、环境污染、食品卫生等等与人们生存密切相关的农业问题是多么重要啊！这些问题解决不了，人们的生存条件便十分堪忧，还要那些纸东西的钱有什么用？

在葫芦峪山上，我见到了主管园区生产的副总经理张贵双。他还是那样敦实，从视觉上给我一种安全感。目前这种安全感对于葫芦峪公司来说真是太重要了。我了解到，他们新造的地，大部分还没有拿到"占补平衡"所以应该得到的钱。这好比干活吃饭一样，给你干活，消耗热量，你起码得管饭，让他吃饱了，补充好热量再干吧，可是现在就是不管饭。现在土地多么缺少，红线不能突破，就靠造地来补充占地，保持平衡。城市里的地价多高，一亩就是几十万，上百万，可是在刘海涛这里，造一亩地，去顶占地指标，他们才能得到3万元，就这区区3万元，他们却盼星星，盼月亮，望眼欲穿地拿不到！

前文已经交代了，前期刘海涛把自己的1.78亿资金投进去了，后来又供销社、发改委、私人老板，众人拾柴火焰高，累计投入资金达到4.356亿元，这才造了那么多地，对，3万亩，那只是葫芦峪园区内的，还没计算外面的，例如阜平县的杨向天那里就造地1.9万亩，没有计算在内。杨向天造了1.9万亩地，只给了3000亩的"占补平衡"的钱，下剩1.6万亩的"黄色挂毯"，还在那里挂着，因为没有验收——验收了，就得给钱，所以不验收，不验收就不能栽树，栽树给你刨了，因为验收的地面上不能有任何作物。所以那地目前就等于白造了。

还回到张贵双。我真想从他敦实的身体，看到葫芦峪人的坚守精神。他没有使我失望。在办公室见到他时，他正在电脑前算工程造价什么的，无论怎么算，就目前这种形势，也得该拖的拖，该欠的欠，当然有的拖欠不了的，还得给。他说："为了保证施工，工程款不能拖欠，这样只有停发公司员工的工资了。"

我忽然明白了，我一进葫芦峪时看到的比去年更浓的绿和新多出来的无数的"黄色挂毯",都来源于全体公司员工坚如磐石的坚守精神。维持这浓绿,造出这挂毯,需要多少钱啊!但钱是没有的。那就只有精神了。这很重要。精神变物质。我住在山上,每天与许多员工见面、打招呼和攀谈,还是过去那种充满自信和自豪的笑脸,一点儿也看不出没有领到工资的幽怨。

  下午5点之后,是我在山上散步的时间,我曾两次看到一个叫刘素英的妇女,拿着一大把,足有两三种吧,修剪果树枝杈的工具,有剪刀,有小铁棍,在苹果树中干活,远近看不到一个人,就她自己,肯定没有谁在监工,干得却非常认真和卖力气。我一看表,快7点了,是统一下班的时间,但她一点也没有准备收工的意思。我说:"下班时间到了。"她说:"凉快的,再多干会儿。"我忍不住问:"领工资了吗?"她说:"今年还没呢。""那你干劲还这么大?"她说:"这是梁红霄搞的长枝苹果,特别费工,你看这个朝上长的小枝,必须把它这样折一下,让它朝下长。这种苹果特别甜,能卖得上好价钱,还愁发不了我的工资吗?"

  这时我特别地感到忧虑了。员工们对公司的坚信不疑,并不代表公司能长久地生存和发展下去,一旦资金链彻底断裂,这一大片青山绿水,再回到过去的穷山恶水,并非没有可能,金山银山将不复存在。

  但是员工们的事例一直在鼓励着我。刘新霞,杂活班长刘明芳的女儿,她也在干杂活,锄路边的草。第一次我在山那边的路上碰到她,没有说话,过了好一会儿,又在山这边的路上碰到了,她是骑着电摩换地方的。她用小锄在锄路边花木周围的杂草。这次不能不说话了,便打了招呼。她擦了一下头上的汗珠儿,站起来给我东西南北地一指,是她包的路段的范围,除了铲除杂草外,还要清扫路面。怪不得我每次上山,都能受到路旁花木那样色彩鲜艳的、路面那样一尘不染的迎接。这就是葫芦峪人的标准和心气!

  她指着面前一眼望不到边的新造的梯田,兴奋地说:"看见吗?将来我要把那段路也包了!"

  这时我看到对面山上新造的梯田,像从不同方向挂上去的一块块黄色地毯。这种比喻是去年从阜平县得到的。当时觉得很美,黄色挂毯,黄土地。但经过整整一年的不验收而带来的撂荒,黄土地变不成绿核桃,黄色挂毯变不成绿色挂毯,我对它就不是那么有好感了,好像里面隐藏着一种错误。由于这种错误，使这样高标准造的地闲在那里，上不上户口，得不到承认，没有名分地被遗弃了。

地没有验收不能栽树，路不用验收，当然可以栽树，葫芦峪人的做法是，田造到哪里，路就修到哪里，所以在那黄色挂毯中间，有一条白色的路在环绕，在穿行，路两旁像铁轨一样栽着两行小柏树，倔强而傲慢，因为它是不会被刨掉的。刘新霞就是要到那里，给新修的路去当卫士。由此看来，是没有什么力量能阻挡葫芦峪人前进的步伐的，即便是对这个挣钱不多，每天只有40元，还不能及时拿到手的刘新霞。

再让我们回到办公室。我问张贵双："钱这么紧，新造地上的路为什么也栽上树了？"他说："高标准。有路就得有树，绿色大道。您也看到了，去年大旱，园区路两旁的树和花有好多都死了，今年怎么样？"这个我太有感受了，一上山，路两旁的花木，那个水灵，那个精神！就说："都是补栽的吧？"他说："是。路是门面，是通向未来的方向，不能差。"

这时我想到刘海涛一开始就修了一条26公里长的路，与西柏坡接通了。

我住在山上的这几天，除了第一天晚饭后与梁红霄谈了一会儿之外，她便一直忙得不可开交，带着技术部的十几个人，忙着给嫁接队准备接穗。把接穗从苗圃里一个枝一个枝地剪下来，装在车上，为了保持枝条的新鲜和湿度，必须严严实实地盖上棉被，分别运送到代培户去。这些代培户都是葫芦峪以外村子的，有自己的地，共计代培550亩苗圃。每天要给这些代培户准备2万多个接穗。嫁接人员，分布在各个代培户中，是从赞皇县雇来的，有100多人，都是专业快手。代培户的苗圃是实生苗，即没有经过杂交的本地核桃，前一年春天埋下带壳的核桃种子，今年长出了苗。接穗是优质薄皮核桃在接穗圃里育苗生芽得到的。我们去看的那块实生苗圃地在园区外面的北策城村，共90亩。把杂交优质核桃的接穗，嫁接到本地核桃的实生苗上，到秋天长成了完整的植株，挖出埋在沙土地里过冬，明年春天移栽到地里。他们要从5月下旬干到6月下旬，共嫁接200万株。

过去在梁红霄手下干活的都是农民妇女，现在有两个90后的女大学毕业生，一个是河北农大林学院毕业的李云霞，一个张家口北方学院园艺系毕业的任月光，两个人有理论，有技术，头脑灵活，指挥着曲慧欣和焦丽萍等，成了梁红霄的接班人。

刚来时跟梁红霄的那次谈话，她透露了自己的心曲。她说天下没有不散的宴席，她已经帮刘总渡过了难关，现在又有了接班人，葫芦峪离开她完全没有问题了，她要到最需要帮助的人那里去了。谁是最需要帮助的人呢？个体农民。葫芦峪这样的大农业，有技术，有人才，因为招聘得起，吸引得来，而个体农民就没有这个力量了，没有科技支撑，因此产量低，品质差，卖不上价钱。她要把果树方面的几个优质品牌介绍给他们，做他们的技术指导，然后再合理运作，以统一的品牌销售，农民的收入提高了，她也从中收取一些服务费，是双赢互利的关系。这个想法，倒也不错。

还是跟张贵双探讨一下前途问题吧！我说："200万株树苗能栽好几万亩，你是不是想在新造的地里栽？"他说："是。"我说："如果迟迟不给验收呢？"他说："那就卖树苗。"真是兵来将挡，水来土掩。这个敦实的家伙是打不倒的。

不过他又一笑说："这回汪洋副总理来，张宝文副委员长来，形势对葫芦峪很有利。省供销社副主任刘军说，我们供销社打造金融服务体系，省委副书记赵勇、副省长沈小平专门作了指示，并给我们协调国开行，给我们100个亿的授信额度，我们现在不差钱。供销社不差钱，供销社占着葫芦峪公司51%的股份，那咱葫芦峪也就不差钱了。"

我听了大为高兴，好像一切顾虑都解除了。

他却没有我这么高兴，那笑总是淡淡的，有所保留的，他说："看吧，落到实处才算数，还要做好最艰苦的打算。"

卷五　惊

惊是什么？是在大好形势面前的"惊回首"，是自省。这仍然是一种掰腕儿，自己跟自己的掰腕儿。

"供销社＋公司＋合作社＋农户"的新型合作模式，为园区发展搭建服务平台。

在葫芦峪园区创建初期，供销社就全面介入，全程参与，发挥组织、渠道、平台优势，依托王坡乡供销合作社，与农民、园区、市场全面对接，把单个的农民合作社和分散的农民组织起来，在公司和农户之间搭建了合作平台。一是对接农户，解决土地流转问题。在供销社的指导推动下，公司通过"转、股、租、换"四种方式整合土地资源，实现土地高效流转，解决了园区建设的土地制约。二是对接园区，解决产业发展问题。为推进深层次合作，省供销社投入资金3000万元，葫芦峪公司以土地等资产入股，联合成立了河北新合作葫芦峪生态农业发展有限公司，共同推进土地治理，建设现代农业园区，发展农产品加工、储藏、销售以及旅游服务等产业，开展职业技能培训，为园区的合作社、家庭农场、种养大户提供产前、产中、产后全方位服务。三是对接市场，解决产品销售问题。供销社利用自身的农产品加工、流通平台，发挥点多面广的网络优势，采取网络电商、农超对接、产销对接等方式，瞄准中粮油、新发地、京客隆等大型农产品龙头企业，对园区生产的核桃、蔬菜、柴鸡蛋等农副产品，统一组织、统一包装，成立了河北省核桃专业合作社联合社，注册了"葫芦峪""百仙坨"商标，统一对外销售，提升产品档次和附加值，为园区和农户带来了经济效益。供销社与园区全面合作,引入合作社理念,实现了优势互补,资源共享。

"事到盛时需谨慎"的自省精神。

上述如此完美的服务平台,各种随之而来的荣誉,使刘海涛有些沉醉了,他的目光一直注视着前方,那是一个多么光辉灿烂的前景啊!但是能不能达到那个前景,却是一个未知数。应该低下头来看看现状,想想过去,这时他吃惊地发现,盛名之下,其实难副。还有许多地方做得很不够,如果一直眼睛向上,而不向下,热度不减,飘飘欲仙,不仅达不到胜利的彼岸,而且很可能折戟沉沙。惊回首吧!永远以吃惊的态度,保持对各种隐患的警觉。刘海涛是这样,张昌录、李魁英……也是这样。

刘海涛汇报:

您看,这个山是跟原来一样的荒山,是我故意保存下来的,没有树,也没有地,什么都没有。我把它留下来了,是为了让人们不要忘记过去,时刻要"惊回首",不然就好了伤疤忘了疼,不知道什么是荒坡了,光知道梯田了。过去人们条件差,只要种满田就行了,现在企业运作,你必须种满钱。经济是杠杆,你必须能富了,能养了,企业才能向百年老店发展,缺了这个,你光靠政府,政府没这个力量。但是现在,"供销社+公司+合作社+农户",形成了一个拳头,这个拳头按制定的标准,精准发力,就成了。

这回我们骑着老虎,不怕劫道的了。

1. 大吃一惊

在葫芦峪,长达一个多月的采访就要结束了,最后还要找刘总谈一次。早晨打电话时,他说一会儿就到。我很高兴。但没过五分钟,电话打过来了,说对不起,国家农业部来两个人。啥时有空我找你。我一看,完了,这一天指不上了,便安排了别的活动。

晚上9点多,有人敲门,一看,是刘海涛。他说,刚从石家庄回来,事这个多!我一看,正好抓个典型,那就说说今天吧,你都见了什么人?

他喝了一口茶水，喘口气，就一边回忆，一边说起来。这并不是他脑子笨，当天的事还得回忆。是因为他整天这样无节制地接见、会见和觐见，已经机械了，麻木了。整天处于一种被尊崇，被重视，抑或是被利用，被觊觎的对象、目标、靶子，飘飘然，昏昏然，他怎么还会有清晰的回忆、思考和判断，更别说谋划、决策和部署了。噢，这样说也许有些过分，但这就是我当时的感觉。

他好像终于理出个头绪来了，说一上班，刚进公司，国家农业部来了两个人，看我们的一些项目，并提出一些项目，看如何支援。我让人领着去看了。

接着石家庄某投资公司来人，研究合作搞有机肥料厂，搞育苗工厂。一直跟我谈。秘书几次通告又来新客人了，这拨可以结束了，时间不短了。我正谈得兴起，可是不结束也不行，下一拨是有级别的，河北高速公路管理局。那就结束吧，对不起，改日再谈。

高速公路上来了，上来就快刀斩乱麻，要求合伙造地。现在啥也不缺，就是地缺不是，没有地怎么去建高速公路？18亿亩的耕地红线不能突破，没有新的耕地，给你顶替指标，你一公里高速公路也修不成。我们开发荒山不只是造地，那也是在修高速公路，也是在建大楼。房地产商更是早就盯着我们这块肥肉呢！现在高速公路抢先一步，而且招数很高，不向你要指标，是投资合作，共同造地，也就是出钱呗，地还得我们去造，这样他就主动了，有指标了。这样的谈判还有结束的可能吗？没有。中午共进午餐。吃完饭本想马上接着谈——

我打断一下说，你不休息一会儿吗，年纪大了，比不得年轻人。他说，不休息，说话比睡觉舒服。当时我就想，坏了，长此下去，不出工作上的问题，也得出身体上的问题。就向他提出警告。但他谈兴正浓，哪儿听得进去这个，说没事儿。

他又接着讲，跟高速公路也谈不成了，又来级别更高的了，省供销合作社。这可怠慢不得，老主顾，老上级，老关系户了，我们已经长期合作，联合挂牌了。这回又来研究新项目。因为是老关系户，我见见，就让别人跟他们谈。

但刚一出办公室，就被一群学农的大学生包围了，让讲一讲，那就请进会议室讲呗。

这之后，又接待从山东过来的两个高管，愿意为葫芦峪效力，接受聘任，请求考核。

这之后又来了几家超市，看有机产品如何进入北京市场。最后是到市里，会见一个搞建筑的朋友，想加入干工程，他手里有100台钩机。

现在我是刚从市里回来，在你这儿喘口气，现在十点一刻，11点还有一拨儿人等着我呢！外省，慕名而来，不见不行，人家只求给3分钟时间，咱又不是什么大人物，绝对不能给3分钟，起码也得给人家半小时。所以我得先在你这儿歇一会儿，咱俩不是外人。合着是到我这儿歇着来了。

他说着就脱了鞋，把腿搭在床上，端起茶水来猛喝，看来他真是累了。

他手机发出短信提示声，抓起手机时说，还拒绝了好几起短信约请呢！看看这个是什么信息？一看便说，你看！又是一个邀请。我顿时也来了兴趣，这不正是收集素材的好时机吗？就说，海涛，你把这条短信转发到我手机上。他立刻转发，我们便共同阅读起来："尊敬的刘海涛总经理：我们也是穷山区的老百姓，也想脱贫致富，但就是没有好办法。电视上看到你把荒山改造得那么好，结了那么多核桃，羡慕死了！你能不能也到我们这儿看看，全村老百姓夹道欢迎你，也把我们的荒山给改造改造。"落款竟然没有地址，跟契诃夫的一个短篇小说的主人公小孩万卡一样，投进邮箱的信没有写收信地址，只写了"乡下爷爷收"，而这封短信，则没有写发信地址，只写了"广大山区老百姓"。幸好有手机号码，可以联系，并且知道是河南。

刘海涛说，这样的短信多了，都让去，哪儿去得过来。不过这个河南的倒有可能，一个老板要跟我合作，到河南去开发，我说行啊，先交点定金，结果他就把3000万元打到了葫芦峪公司的账上。这就是前几天的事。他自己去干不一样吗，何必找咱们？我问。刘海涛说，不一样，一是他没有模式，二是要不出地来，当地政府不信任他，而信任咱们。所以只好由他出全资，我们只管运作就行了。

从这种话里，我听出了些许骄傲。

但时间不多了，我只得提采访中积累下来的问题，他一一做了解答。我还想说说他目前的状况，这种状况可不太好哇，太忙，太飘飘然了！他却一看表说,不行了,我得走了!约定的时间快到了。

他走后,我陷入了沉思。

座谈中许多人向我反映,刘总现在变了,坐不下来了,没有时间了解下面的情况了,有时候汇报工作都没有时间听,好像总是浮在上面,下不来了。

这还了得!这么大一个公司,下情不能及时上达,甚至根本不能上达,公司怎么运转呢?只凭刘总从上面接到一个什么指令,或者谈成一个什么项目,就命令下面去操作吗?那样会不会互相矛盾,乱了套?是不是随意性太大了?

其实在我跟刘总的座谈中,他也意识到了这个问题,而且认识程度,比我想象得还要深刻得多。他说,看到我办公室的另一副对联没有?"事到盛时需谨慎;境至难处仍从容。"我说,看到过。并认为你"境至难处仍从容",做得非常好!他一笑说,那是不是认为我"事到盛时需谨慎"做得很不够。我不置可否,心想他倒很有自知之明。

他接着说,其实我早就意识到这一点了,就是很不容易做到。请注意用词,是"很不容易做到",不是主观上不想做到。作家,你是不知道,媒体宣传之后,一夜之间,葫芦峪就出名了,省委领导来视察,各个部门来支援,众多企业来合作,我能不应酬吗?我能静得下心来吗?

确实是客观情况。

2013年6月8日、14日、16日,《河北日报》连续三个头版,发表了三篇关于葫芦峪的通讯《荒山上的现代农业之路》《科技支撑下的活力样本》《利益共赢的长久之道》,如晴天霹雳,震响了河北。

2013年6月19~20日,省长张庆伟、省政协主席付志方、省委副书记赵勇、省委宣传部长艾文礼、副省长沈小平、河北省农村工作领导小组副组长吴显国到葫芦峪视察并指导工作,省委常委、石家庄市委书记孙瑞彬、市长王亮多次到项目工地视察指导,省人大常务副主任宋长瑞、省政协常务副主席刘永瑞等多位领导及省市有关部门领导多次到葫芦峪调研和给予支持,省供销社主任邓沛然、平山县县委书记李旭阳、平山县县长董晓航更是把葫芦峪视为山区开发带动农民致富的典型,经常来公司指导工作,现场办公解决问题。

他们一致认为,农业园区是农民致富的"聚宝盆",农业是个"大金矿"，而且这个矿是永不枯竭的。葫芦峪现代农业产业园秉承法人经济和自然经济相结合、规模经营和家庭经营相结合、生态效益和经济效益相结合的理念，实行"大园区，小业主"的开发管理模式，实现了既要金山银山，又要青山绿水，这对于全省各地都具有借鉴意义。

葫芦峪火了。

国家林业局、农业部绿色食品办公室等国家部委有关领导，也来葫芦峪调研。

于是刘海涛就进入了整天忙于接待的陀螺般旋转的生活。

让他不这样确实不容易。

所以刘海涛的飘飘然是有客观理由的。

那么就不需要警惕吗？否！刘海涛早就在惊回首之时意识到这一点，他在努力地改变着，只是效果还不尽如人意。

噢，早在春节过后不久，刘总就对杨老师有了任命，任命他为企划部总监。这时候他想起了总监的重要，立刻在百忙中召见，想听听杨中和的意见。

杨中和早就憋了一肚子意见，只愁刘总没有时间，不能当面细谈。他真庆幸，在2014年春节期间，他刚刚到来之时，与刘总的倾心长谈。那正是在2013年下半年公司火了之后，一个相对平静的时期。哪知道春节过后，又来了一个强力反弹，再找那样一个平静的刘总就很不容易了。

现在终于有了机会，而且是刘总主动约谈，那还有什么保留呢？便把自己积蓄的一肚子意见和想法，和盘托出，毫无保留。

他说了很多，而且情绪比较激动，主要是针对目前公司的许多弊端，谈自己的想法。说公司应该广招人才，策划人才、金融人才、业务人才以及推广人才，即运用互联网进行宣传推广的人才，等等。现在公司管理是不顺畅的，谁领导谁，谁对谁负责，都不明确。比如我这企划总监，跟谁对接，没有。关节不通，环节太多，部门之间协调联动不够。比如对外宣传，网站是我策划的，但具体操作的人，不知道我的用意，企划和执行是脱节的。融资，这是一个很重要的问题。现在形势好了，但也不能完全指着国家支援，要自己把项目包装好，让人们看到有利可图，而来投资。互联网融资也很重要。我们必须有自己的经营模式，也可以称盈利模式，这是公司发展的命脉、立足的根本。政府的规划性方案，可以考虑，也要执行，但它只是发展模式，不能代替经营模式或盈利模式……

杨老师一口气说下去，刘海涛虽然听得津津有味，但也不免大吃一惊，原来回头一看，公司还有这么多的弊端！

那么如何入手，怎样操作，才能消除这些弊端，完善公司的管理呢？

杨老师提出了重要建议：要筹建融资公司。要成立自己的监督机构，即审计，自己审计自己。要加强核心管理团队建设，成立管理委员会。现在找刘总的人每天都排长队，信息大增，机遇很多，急需组建核心管理团队，为刘总分担解压。管理委员会可代行董事长职责，向董事长提交工作预案，执行董事长认同的决议。这样在刘总忙于"外事"的情况下，公司可以照常运转，保持高效率和高速度。企划部提交各种短期、长期的工作计划，得到刘总批准后，由管理委员会部署工作，分配任务，并根据任务进行绩效考核。所以除了要建立管理委员会，还要成立审计委员会和绩效考核委员会。这样才能传递正能量，保证公司的合理和高效运转。

刘海涛击节而赞，认为杨老师说的，从理论上讲无懈可击，但如何跟公司的实际情况具体结合起来，付诸实行，还需要时间。

我疑心这只是刘总的一个借口，实际并不打算付诸实施。

所以在座谈的时候，我便故意提出尖锐问题，看他如何表态。

我说："海涛，你是不是对'占补'（就是造地后政府给的占地指标的补贴）很感兴趣？"

他立刻坚决表态："依靠'占补'，必死无疑。"

我大吃一惊。

现在轮到我吃惊了。

原来我以为，刘海涛把主要注意力和精力都放在造地上的目的，就是为了得到政府补贴，一亩地造成后，经过验收，国家就会在财政上补助一大笔钱，除了当地政府拿大头之外，公司还可拿到3万元，去掉成本，大有赚头。所以他便大量造地，并且吸引老板来投资，四六分成，他占六。以为他把这看成是公司的主要收入来源，别的都可有可无了。现在他居然说出截然相反的观点：必死无疑！

他解释说："'占补'只是国家当前的一项政策，不是永久的。将来政策变了，不给你补助了，你就不造地，不活着了吗？显然不是。那我凭的是什么？地，我从荒山手里拿到的地。我们的口号是：向荒山要地，向荒山要粮，向荒山要果，向荒山要健康。没有说向荒山要补贴。我们的立足点是，地里长出来的收益，长出来的钱。像那个丹东表妹说的那样，满山都是票子！"

说得太好了！

我又提出第二个问题。这个问题憋了很久了。刚一采访时，刘海涛就对我骄傲地说："今年年底公司就着手上市了！"但我私下打听，很多人对这个上市有看法，说是融不了多少资，而且为了上市请人做材料，跑手续，申报，审查，得花不少的钱，而且即便成功之后，也等于给自己套上了一个紧箍咒，花钱刘海涛说了就不算了，得监事会说了算。比如刘海涛特别想建一个葫芦峪的大门，已经让人设计草图了。如果现在没有施工，上了市就施工不了啦，因为股民的钱，绝不能让你拿来建大门！

我说："你为什么那么热衷上市？是不是为了多敛钱？但据我了解，三板市场也敛不了多少钱，反而会被套上一个紧箍咒。"

他说："恰恰相反！我上市的目的，一不是为了敛钱，二是为了找人监督。"

我又是大吃一惊。

他这思想也太进步，太超前了！

刘海涛的水到底有多深，我真是有点估不透了。

我没头没脑地说："那个大门一监督就建不成了！"

他说："建不成，就建不成呗！这是接受监督必须付出的代价。"

那么他对杨老师所提的那些建议，有什么看法呢？

他接着说："目前公司的状况，改变起来要因势利导，不能操之过急。操之过急，会适得其反。我谨遵'事到盛时需谨慎'的对联教导，在那2013年的火热夏季中，偶尔也会'惊回首'一下，不仅看到了杨老师说的那些问题，也看到了造成这些问题的原因，那就是人员素质参差不齐。有北京团队，有过去老东旧伙，还有'老干部活动中心'，就是那些退居二线和退了休的人，还有新招聘的年轻人。大家的思想观念、价值取向、兴趣爱好，全不一样，差距很大。在这种情况下，如果统一划线，强制执行，势必会出问题，达不到预期效果。所以必须容我仔细调整，重点引导，不动声色，兴利除弊，扶正祛邪。等达到了一定温度，哪怕是一堆鹅卵石，我也能让它孵出白天鹅！"

我再一次大吃一惊。

2. 黄 玫 瑰

如果把一个人与玫瑰联系起来,你一定会判断出,她是个女性,而且漂亮,或热情似火,或婀娜多姿,或天真纯洁,等等。你说对了,她不仅人像一朵玫瑰,干的事也是玫瑰。

我是在接待站,拉着窗帘,隔开外面走廊上众多人的视线,专心与我的座谈对象交流时,听到她的声音的。

那时候,当然不知道她就是葫芦峪芳草园种植科技有限公司总经理邵蔚。以为是何方神圣,哪里来的一位高人,高谈阔论,且声调优美。她一直在干扰着我的座谈,终于忍受不住,干脆拉开窗帘,一睹为快。只见走廊的藤椅上,坐一美女,手舞足蹈,夸夸其谈。座谈对象告诉我,她是邵总。

眼看上午时间已到,座谈便不了了之。走近美女搭讪起来,原来是邵总啊!她很礼貌地应答后,继续给远道而来的参观者讲解葫芦峪。

邵蔚,四十出头,石家庄市元氏县人,毕业于北京建筑大学,学的是企业管理。毕业后在北京华庆达公司工作,也是搞荒山开发,果树栽培,畜牧养殖。她是董事会监事,负责办公室工作。2001年回石家庄,先在一个不错的单位供职,但感到工作节奏太缓慢,适应不了,便自己开了个美容院,重回快节奏的拼搏之中。5年之后又成为某房地产公司副总。再之后成为河北某玫瑰开发有限公司副总经理,主抓管理。种植的是经济玫瑰,提炼精油,味奇香,作为药品、化妆品和食品的添加剂,具有保健和美容作用。

这么一位公司高管,怎么能跟刘总挂上钩,并被聘请过来,完全是刘总求贤若渴,精诚所至,金石为开的结果。

那是2013年11月,刘总在摆脱不掉的应酬接待中,蓦然回首,看到公司急需提高管理水平,便留了个心眼,在广为接触各色人等的协商谈判中,有意打探,终于拟定出三五个考察对象,派人明察暗访,最后选定了邵蔚。

为什么是她?因为在所有信息中,邵蔚的一条信息,便使刘总做出了这样的决定。那就是邵蔚所在的公司，投资人不想再把事业做大，小富即安。邵蔚正为不能实现自己的梦想，大干一场而苦恼着。而刘总正好可以为她的梦想提供一个无限大的平台，两下必然会一拍即合，各得其所。否则这样一个高级管理人才，不是你想挖，就能挖来的。

果然出奇制胜，一举成功。

邵蔚来到山上一看，很满意，有一种"广阔天地，大有作为"的感觉。

这时候刘海涛向她走来了。一个高大魁梧，一个苗条温柔，好像大山与小溪，汇于一处，苍松与花枝，长到一起，反差强烈，对比鲜明，然而不失和谐之美。

刘海涛先伸出了双手："邵总辛苦了！刘海涛有失远迎，对不起了。"

虽然前几天在石家庄某饭店见过面了，谈得很融洽，今天又派人把她接过来，做得已经很周到了，但他还是这么客气。

所以她也赶紧伸手说："刘总太客气了！叫我邵蔚就行了。我已经不再是什么副总，能让我种植玫瑰，这就是我最大的快乐！"

刘总说："怎么不是邵总？我任命你为葫芦峪芳草园种植科技有限公司总经理，还是邵总，还是玫瑰之王，还是黄玫瑰。"

邵蔚虽然口中只说了"谢谢"二字，但内心无比兴奋了，看来刘总早就把自己考察好了，非常信任，并委以重任。但这也都没有出乎她的意料，因为既然把她请来，自然是要用的。让她感到意外的是，刘总竟然把她称为玫瑰之王和黄玫瑰。实际上这个称呼真是太确切了，连自己这个专门搞玫瑰的人都没有想出可以用黄玫瑰来比喻自己。

座谈时邵蔚对此依然感慨万千。她说，一个黄玫瑰极大地拉近了我跟刘总的距离，不是因为我特别喜欢人家这么称呼自己，而是感到刘总已经对玫瑰进行了研究，肯定知道她是搞大马士革玫瑰的，而且还了解其他玫瑰种类的特征，这才能"提炼"出黄玫瑰，这是怎样的专业水平啊，跟这样的人合作真是千载难逢。

玫瑰的花语是爱、激情与完美。但各种玫瑰的花语又不一样。红玫瑰代表热情和真爱；紫玫瑰代表浪漫真情和珍贵独特；白玫瑰代表纯洁天真；黑玫瑰代表温柔真心；蓝玫瑰代表敦厚善良，而黄玫瑰呢？代表的是珍重祝福和嫉妒失恋。

她来到葫芦峪确实感到很珍重，而且暗暗祝福自己一定要把事业干好，不让这么信任自己的刘总失望。已经无意中与黄玫瑰合上了拍。

那么嫉妒和失恋呢？自己虽然是单身，但也不是嫉妒和失恋的年龄了，不过在此之前，确实因为没有用武之地，而感到有些失意，这也大致符合了黄玫瑰的第二个特点。其实就是只符合第一个特点，也是足够了的。现在两个特点都符合了，这不是天意吗？

名副其实的黄玫瑰！

但怎么就成了玫瑰之王呢？是指她是种植和管理玫瑰的王，还是指她所种植管理的大马士革玫瑰是玫瑰之王？也许两者兼而有之。是的，兼而有之。刘总肯定也对大马士革玫瑰有所了解。它原产于叙利亚，传入中欧，14世纪开始在法国广为栽种。花瓣有绸缎般的质感；纯粹、细致的花香使其冠压群芳，成为油用玫瑰中的上品，确实有王者风范。大马士革玫瑰精油被认为是玫瑰精油的极品，每公斤价格高达四五万美元，堪称"液体黄金"，是世界上至臻完美的顶级奢华品。一个"黄金"，使她更接近了黄玫瑰的颜色，虽然她的花是粉红色的。

刘总的赞美之词，极为专业，也极为准确，使你不得不服。

在刘总眼里，邵蔚真是一枝玫瑰之王，一枝黄玫瑰。

刘总对邵蔚的聘任，不正体现了杨中和在晚些时候提出的引进高端人才的战略吗？所以只要给刘海涛时间，他是有办法提高管理水平的。

邵总出手不凡，上任之后，马不停蹄，从赵县苗圃场，订了5万棵大马士革秧苗。几天之后，一尺多高的醋浆树苗，用塑料包着，装满整整一大卡车，运到了。邵总严格按照要求，指挥栽植，种下了希望之花。

然而刘总对邵蔚的希望，不仅仅是大马士革玫瑰，因为他聘请的不是只有一种技能的专家，而是能够推进公司管理的人才，他了解邵蔚的经历，认为她能胜任。所以各种活动他都让邵蔚参加，特别是接待、谈判，邵蔚好像成了他的助理。邵蔚也很快就熟悉了公司的一切，通过她那出众的口才、悠扬的语调，介绍出去，传播开来，葫芦峪好像更加迷人和多姿多彩了。

她也看出来了，刘总太忙，在管理上，必须助他一臂之力。所以她就管得宽了些。接待谈判，她管，住宿行程安排，她也管。要管，就管得很细。细节决定成败。那一天接待省委领导，她到厨房看了一下，发现菜很不新鲜，有的还烂了，马上下令采购员，重新去买，到自己的蔬菜大棚去买。虽然全是葫芦峪自己生产的有机无残毒蔬菜，但不新鲜也不行。不能在山上，在自己的家门口，砸自己的牌子。

这都被刘海涛，看在眼里，记在心上。

在葫芦峪山谷里，在峪里，还要不定期举办消夏晚会。邵总赶上的那次是接待京津冀三地的供销社系统的干部，洽谈投资合作，可谓重要之至。刘总便安排她来接待并主持晚会，非常之成功。

当礼花升上天空的时候，她的心也飞翔起来了，飞回到青春，飞回到北京。

那是她刚刚毕业后在华庆达公司负责办公室工作的时候，郭老总是那样地信任她，她也是那样地要强。15层的楼，上上下下地拿材料，传指令，虚心学习，不耻下问，很快能力大增，如鱼得水。郭老总谈判带着她，出来第一句话就问，你感觉怎么样？她就分析对方心理，说出了怎么样。说对了，他不表扬；说错了，指出错在哪儿。后来就达到了心有灵犀一点通，他看到的，她也都能看到。

难道现在，当年与郭老总的那种配合默契又回来了吗？

刘总能像郭总一样信任我，并与我配合默契吗？

答案是肯定的。

在刘总眼里，邵总就是管理人员的典范和样板。他要按照这个标准打造全体员工，法乎其上，得乎其中，也不错嘛！

他请邵总就办公室礼仪问题，给大家讲一节课，从最细小的事情说起。

邵总答应了，讲课开始了，刘总也偷偷地坐在后面听。

邵总讲了起来。平时不被人重视，并被全部忽视掉的细节、动作和行为，此刻都变成邵总的语言，爱憎分明、美丑相对地展现在大家面前，无处遁逃，纤毫毕现了。众人的脸色，一红一白，心跳也明显地加快了。

那些语言，毫不留情地在空中飘荡着：

遵循一些礼仪规范，了解、掌握并恰当地应用职场礼仪会使你在工作中左右逢源，使你的事业蒸蒸日上哦。

我们办公室有十张办公桌，情形却大不一样。只有一两张是整洁的，其他都是惨不忍睹。我一看到凌乱的办公桌,就对这个桌子的主人打了折扣。

所以奉劝大家,保持办公桌的清洁是一种礼貌。

想说说在办公室里用餐的事,使用一次性餐具,最好吃完立刻扔掉,不要长时间摆在桌子或茶几上。如果突然有事情了,也记得礼貌地请同事代劳。容易被忽略的是饮料罐,只要是开了口的,长时间摆在桌上会损办公室雅观。如茶水想等会儿再喝,最好把它藏在不被人注意的地方。

吃起来乱溅以及声音很响的食物最好不吃,会影响他人。食物掉在地上,最好马上捡起扔掉。餐后将桌面和地面打扫一下,是必须做的事情。

有强烈味道的食品,尽量不要带到办公室。即使你喜欢,也会有人不习惯的。而且其气味会弥散在办公室里,这是很损害办公环境和公司形象的。

虽然公司内的用具并非私人物品,但亦须有借有还,否则可能妨碍别人的工作。还有就是严守条规,无论你的公司环境如何宽松,也别过分从中取利。可能没有人会因为你早下班15分钟而斥责你,但是,大模大样地离开只会令人觉得你对这份工作不投入、不专一。此外,千万别滥用公司的电话长时间聊天,或打私人长途电话……

讲罢,全场响起热烈的掌声。

刘总对邵总更加刮目相看了。心想,大学教授的女儿就是跟平民出身的孩子不一样,真是一朵价值连城的黄玫瑰。

噢,还得让她说说黄金一样的黄玫瑰——大马士革玫瑰。算完了管理账,经济账也得算算。

她说,刘总,到时你就雇人给我采摘吧!每个枝有6~12朵花,一亩地有二三百公斤鲜花,必须在10天之内采摘完毕。

大马士革玫瑰不仅花色艳丽,香气宜人,可作花墙、绿墙、花坛护围和庭院观赏花木,而且具有活血化瘀、消肿止痛、美容养颜的功效;同时也是世界驰名的香料,又是熏茶、酿酒、饮食和医药的配料。玫瑰鲜花中富含多种维生素、葡萄糖、果糖、柠檬酸、苹果酸、三萜类化合物等数百种有益于人体健康的物质。从玫瑰鲜花还可提取玫瑰精油,其富含高单位维生素C,而且玫瑰精油在所有植物精油中,质地温和,香味宜人、浓郁且持久。同时玫瑰精油具有舒缓压力、淡化疤痕、抗敏、美白等功效,还有调理心、胃、肝功能，治疗湿疹，调理及收缩微血管等功效。

特别是大马士革玫瑰精油更被认为是玫瑰精油的极品。大马士革玫瑰中含有300多种化学成分，还有人体需要的18种氨基酸及微量元素等。

3. 步步惊心

制造玫瑰精油算产品深加工。鲜花采摘下来也不能放在常温下，必须放进气调库里。承接这些任务的是张昌录。而张涵正在跑气调库项目。

张昌录现在的职务是项目部经理，主要为产品深加工跑项目。这也是在大家"惊回首"之后的产物。看到了不能光山上产什么卖什么，而要深加工，提高产品附加值。这也是加强管理链条中的一环。虽然张昌录是一个土生土长的平山人，但他肩负的任务，却是向深化和高端前进。不是盲目地看到很多果实，就乐得合不上嘴，而是惊讶地看到还得为果实的深加工找出路，也是一种"事到盛时需谨慎"的表现。

而张昌录特别具有这种素质。谨慎，太谨慎了！总得把事情提前谋划好，万无一失，才肯罢休。永远不会被胜利冲昏头脑。在部队当兵，因为是高中毕业，被提拔为连里的文书，重任在肩，天将降大任于他也，睡不着觉了，原来睡觉挺好，现在睡不着了，总是在为连里谋划事情，为连长、指导员交给的写材料的任务绞尽脑汁，谨慎得过了头。就是因为失眠太严重，影响了继续晋升，复员回来了。从此大彻大悟，失眠症彻底好了。而且去掉了失眠，留下了谨慎。在工作岗位上，从不骄傲自满，头脑发热，而是步步惊心，如履薄冰，谦虚谨慎，不断进步。

1962年出生，当了一回兵，养成谨慎特点的他，于1989年进了锁厂保卫科，很快便以谨慎的长处，被厂长刘海涛提拔为供销科长。然后又跟着刘总到四强，从供销处长升到地毯厂经理，并到省党校学习，取得了经济管理专业的大专学历。他没有去北京，而去了平山镇矿业开发总厂，当副厂长兼党委书记，管着200多人。开矿虽然很来钱，自己又有股份，但不符合他谨慎的性格。矿难，污染，国家限制生产，不予支持，太不稳妥了，虽然来钱很多，也不能干。而最稳妥的，还是跟着刘海涛干农业，于是便在2013年进了葫芦峪。在矿山干，月工资1万，进了葫芦峪3千。图的不是钱。

他的到来，使在荣誉面前惊醒过来的刘海涛如获至宝。张昌录，这是一个永远也不会头脑发热的家伙，赶快委以重任。

刘总让他谋划产品深加工的项目。

他到山上一看，吓坏了。明年，也就是2014年，虽然还不到盛果期，每亩产100公斤核桃不成问题，那么万亩核桃园，就是100万公斤！没有气调库，没有烘干、去青皮的粗加工，就是直接卖核桃，你也来不及。如果在部队时遇上这事，他肯定失眠死定了。现在不失眠，但夜里也睡不了几个小时的觉，跟他的副手谋划出路。

先上核桃加工机械，成为重中之重。什么玫瑰等等的加工都得后靠靠了。也不用后靠，邵蔚那边早就自己加快了步伐。

副手叫聂建英，48岁，个子很高，相貌周正。跟张昌录对面办公。这是个技术权威。河北晋州人。是邯郸食品公司管工艺设备的维修工，有技术，有实践，名声在外。连台湾企业都想聘请他，但他不去，太远，还是为家乡做贡献吧！他对食品卫生、生产工艺、设备工艺等等，全部门儿清，彻头彻尾地懂得。他说食品进口，深加工，可不是个简单的事，要有研发、化验、屏控等等，生产的每个步骤，微生物不得超标，出厂还要复检。人们不仅要吃饱，还要吃得安全，舌尖上的细菌，是绝对不能超标的。

当他向我说这些情况的时候，坐在一旁的张昌录很欣赏地听着，绝不插话和打断。他们是谨慎加技术的强强组合，互相信任，配合默契，这样才能谨慎到点子上。

聂建英接着说，昨天台湾常珅机械股份有限公司总经理庄勋智来了，豪洋牌是老字号了，两代人诚信，来的是老庄的儿子，来考察咱们的环境，保证卖给咱的装罐设备，不出毛病，万无一失。

我们做过市场调查，核桃露市场需要量为2亿吨，而现在的生产量只有800万吨，缺口非常大。所以我们深加工核桃不愁卖不出去。现在厂房设计，由北京专家来完成。罐装机、包装机，由台湾进口。调配、杀菌等机器，从国内购买。

张昌录开着他自己的车拉我去工地看看。他每向进迈出一步，都必须做详细考察，领我去看，也是自己再看一次，让心里更加有底。步步惊心，步步谨慎。恐怕一步迈错。刚才副手说了对核桃露市场的考察，那也是他坚持非做不可的，否则产品出来了，却无销路，怎么办？

"工地在县城东南方，命名为平山县西柏坡经济工业园区，这是省里批的，副县级单位，占地1万亩，给葫芦峪公司100亩，南北长389米，东西宽166米。准备盖一座6000平方米的办公大楼。核桃加工厂也准备盖在这里。去青皮，清洗，烘干，属于粗加工，在山上完成。到我们这儿，剥壳，分拣，调配，磨粉，成浆，装罐，灭菌，输送，包装，入仓。销售不归我管，但我也得知道，虽然市场份额有，但也得有具体销售渠道。北京二商局的来了，华龙面的老板也来了，他们在华北各地都有销售网点。这我就放心了。我怕核桃露一旦有失，我们就转产核桃油，已经跟台湾厂商说好，设备由他们改造，成本很低。为了多几条路子，别在核桃一棵树上吊死，我考察之后，向刘总提出建议，被采纳了。那就是种药材。目前种植了丹参、知母、连翘、金银花，也由我负责加工。销售渠道我也打通了天津的丹参滴丸和河北的神威药业。

"前几天我开车到怀来县沙城考察葡萄种植，想把栽培技术引进葫芦峪来，都是沙性土质嘛！可供酿酒，价值很高。正考察期间，接到刘总电话，一听我在外面，就说太好了，你到张家口蔚县和承德滦平县考察一下，看能不能造地？我就开着车转，滦平2000多平方公里，蔚县3000多平方公里，哪儿转得过来啊！老刘却说，转得地方越多越好，咱们都给他造上地！我一听，他又头脑发热了，就没理他。等过两天，我再向他泼点冷水。"

他们俩一个热，一个冷，一个步步豪迈，一个步步惊心。

4. 井绳不是蛇

在与李魁英的座谈和接触中，我发现这个晚辈一直在苦恼着，葫芦峪的现状，从他科学工作者的眼光来看，还有许多不尽如人意的地方。

他进入葫芦峪公司的情况，与别人不同，他是河北农科院作为工作内容的一部分，被派往基层农业单位进行考察、调研和帮助工作的。这有文件规定，科技人员支援企业。这就跟葫芦峪的正式员工有所不同，思考问题比较客观。既然是帮助工作，那么就得具体介入。刘总给他的职务是，芳草园种植科技有限公司总监。但这人很要面子，不能无功受禄，工作可以干,芳草园公司的牌子不能挂,否则做不出成绩来,徒有其名,那不是骗人吗?尤其这还是个农开办的项目,成功了有政府财政补贴。在他不算太短的人生经历中,受骗上当的事可没少遇到过。不愿意再重蹈覆辙,还是实事求是些吧!

李魁英1974年生,保定高阳人,一岁就随父母到青海,青海大学毕业,学的是农业。从1996年到2007年,在内蒙古干了11年,然后调到河北农科院。

本来他高考报的是金融,他对数字比较感兴趣,但是阴差阳错,而学了农。毕业后被分配到中国农科院的草原所,在内蒙古。但他有条件可以不去,而凭借姨父是内蒙古自治区办公厅主任的关系,谋到一个一般人认为更好的工作,那就是在省级机关当一名公务员。姨父让他好好考虑一下。他考虑了三天。当公务员,搞行政,很快会得到一个副处的头衔,然后处级、副厅一路熬上去,最后成为一个吃政治饭的官僚,那又有什么意思呢?自己的一生将随着政治机器旋转,属于自己独特的东西,抑或说贡献,科学上的贡献,将会很少或者无有。于是他决定,放弃从政,而走科研之路。

这样,一场苜蓿大战开始了。

草原所组建了中农草业公司,请曾经任过国务院农业顾问组副组长、国家草业协会会长、北京林业大学教授卢欣石为顾问,予以规划和指导,从美国进口种子,种植苜蓿,收草出口日本和韩国。李魁英为公司项目部经理。

首战是去甘肃,让老百姓种2万亩紫花苜蓿。要求每亩撒籽儿1.3斤。但老百姓觉得还是多撒点好,宽打窄用嘛!结果就每亩撒了1.5斤种子。种子是进口的,也挺贵呢。多撒就不够用了。再花钱买,补上了。老百姓还窃喜,多撒了种子,收的草肯定多,草多了就能多卖钱。可是因为太密,草长得非常不好,又细又短。收割时,李魁英严格指令,让早晨顶着露水收割,打捆。但老百姓偏偏不早晨收割,而在下午收割。结果在阳光的照射下,苜蓿经过收割、打捆一折腾,叶全掉了。牧草要的就是叶,现在却成了光杆司令。收草商不想要,大幅度降价。2万亩苜蓿,产量又低,价格又降,公司损失严重,老百姓也没得到好果子吃。不干了,老百姓不干了,要跟李魁英打官司。李魁英便拿出合同和许多能作为证据的照片。

带着这一教训来到葫芦峪的他，脑子里就多了一根"阶级斗争的弦儿"，峪里的农民会怎么样呢？

当然他也像初来葫芦峪的人一样，被那山、水、田、林、路综合治理的现代化大农业景观震撼了，但是一朝遭蛇咬，十年怕井绳，他可不能轻信一切。

见面，谈话，工作和接触一段时间以后，刘海涛感到这个年轻人有着尖锐挑剔的眼光。这对"事到盛时需谨慎"的他无疑是一件好事，所以碰面时，总是想跟他聊聊。

"魁英，忙什么呢？"他说。

"没忙什么。看还看不过来呢！"李魁英平静地说。

但刘海涛已经看出了问题。什么能逃得过猎人的眼睛？刘海涛过去打过猎，焦书堂是他的猎友。小李可能是泛指公司的问题很多，看还看不过来呢。也可能是专指刘海涛的问题很多，特别是整天忙于接待应酬，顾不上抓具体工作什么的。这很好嘛，等于给自己敲响了警钟。

便说："那就多看看！公司和我个人有什么看不过眼去的地方，尽管提出来。"

李魁英没想到刘总会这么敏感，便也没有保留地说："刘总最近是不是太忙了，什么都事必躬亲。有的事交给别人去办就行了。您还得考虑大事不是？再说也得注意身体，毕竟跟年轻人不一样。"

这话虽然说得很艺术，但目的全达到了，既点出错误，又指明方向，还不忘关心身体健康。出发点没有问题，用意也很好。刘海涛诚恳地说："这种情况确实很严重，我尽量想办法改变吧！谢谢你直言相告。别的还有什么？"

别的他暂时还不想说，现在他关注的就是这位主要领导，因为这不仅是刘总个人的问题，也关系到他的命运。他在草原所的11年，不能说是成功的11年，而是积累经验教训的11年。从对农民的认识，到对国家干部、企业干部、个体老板的体会，都有自己的心得。而面前的刘海涛，似乎兼具了后三者的特点于一身。你看，他年轻时当过大队和公社干部，后又当国企老总，也就是企业干部，现在则是私企老板。这样的人，如果发挥得好，正能量威力无穷，如果发挥不好，那就不好说了。现在他最担心的，就是发挥不好。

他已经过了不惑之年，却还没有三十而立，那11年全交学费了。推迟十年难道还不能立吗？所以这是他绝不允许再有失误的时期，一切必须谨慎小心。而现在谨慎小心的关键点，却不在自己的身上，而在刘海涛身上。他是决定他命运的前提。所以他爱护刘海涛，比爱护自己更为重要。

刘海涛见他不做回答，知道他还是对自己不放心。不过这也确实不能马上证明给他看。说点空话，更没意思。那就让他看行动吧！他绝不会让小李失望。

他不接话，他就引导他说话："小李，你是不是觉得公司的有些事情运转得太慢，比如你跟我说的要地的事，我至今还没有给你答复。"

一句话提醒了李魁英，便说："是啊，现在芳草园八字还没一撇，平时看你忙，也没好意思总催你，现在你主动说了，那就是肯定有地给我了，在哪儿？给多少亩？"

刘海涛一笑说："我现在要告诉你的是，已经没地给你了，都让观光农业把地占了。你不也赞成，把地理位置好、环境好的地给观光农业吗？所以现在你就没地了。"

"那我就认倒霉了。"李魁英通情达理。

刘海涛说："不！几个月以后，马上把地给你造出来。"

他说："哪有那么快？"

刘海涛说："你还不知道吧，这是阜平速度！我让焦书堂到阜平学习了一下，你就赌好吧！不仅地造得快，质量还好。"

哪儿知道，李魁英听到这个消息后，并没有表示特别高兴，反而陷入紧张之中。以前一直没有给他地，也就没往地上想，反正公司许多别的事，也够让他"关心"的了。"关心"之所以挂引号，因为这种关心带有考核的意味，他在考核公司是不是像外表呈现出来的那样值得信赖。

他"关心"的结果是，这个公司真不简单，真实内容确实像自己看到的那样，原来确实是荒山，像峪外那些尚未改造的荒山一样，什么也不长，现在确实都栽上了核桃树，这是假不了的啦。当一切都被证实，葫芦峪是真实的葫芦峪时，他的认可和喜爱就非比寻常了，因为这是他一直寻找的理想之地，他可以在这块土地上实现自己的理想了，终于可以四十而立了。

正因为爱之越深，所以他才越发地关心她，哪怕她受到一点点伤害，也不允许。所以便有了更加挑剔的目光，无论是对公司，还是对刘总。11

年的教训太深刻了，一招不慎，满盘皆输。风险永远存在。

苜蓿大战并没有结束。他又到东北的齐齐哈尔，福建的光泽、南平、浙江的武夷山，北京的顺义、小塘山、房山，到处种苜蓿，卖苜蓿。紫花苜蓿可喂奶牛，喂三黄鸡，人吃包饺子可降三高。这么好的东西却被无知毁了。所以他对农民真是服了，那种实际，那种狭隘，那种不讲道理简直无以复加。麦子要粒，苜蓿却要的是茎叶。但他们却偏要籽儿，以为既收了茎叶、秸秆，又收籽儿，那该多好。苜蓿作为最佳饲草只有一个月的生长期，到了一个月必须割。可是他们为了等着打籽儿，偏要两个月收割。这样就全部泡汤了。

回忆起这段往事，他痛心疾首地说："草卖不出去，订的3万吨，只卖了3千吨，还是买别人的草顶的。狭隘，太狭隘了！我怕这种景象会在葫芦峪重演。"

我没表态。

他接着说："还有风险，我也见过血的教训。顺平县一对夫妻，承包80亩地，贷款20万，种棉花，但倒春寒，都死了，夫妻也喝农药死了，这就是风险。倒春寒是很少见的，但让这对夫妻赶上了，这就是风险。葫芦峪有没有这样那样的暗礁，有没有这样那样的风险？譬如现在的捧杀，会比过去的漠视，更有可能成为她的风险。"

不无道理。

这种风险意识，再加上刻骨铭心地对农民的不信任，使他对给自己的造地，暗中实行了全过程、全方位的监督。结果，服了。葫芦峪就是葫芦峪，那造地的标准别提多高了，深翻1.2米，换土40厘米，还把鸡粪每亩给他撒了30袋。哪儿还有农民的狭隘？有的全是农民的实在和科学！

一朝遭蛇咬，十年怕井绳的他，现在终于看清了，那是井绳，而不是蛇。

5. 惊后速度

"惊回首"中发现了许多问题，特别是管理不到位。怎么办？刘海涛一方面引进外部高端人才，如杨中和、邵蔚、李魁英等，一方面充分调动"老人"的积极性，不用特意向他们挥鞭子，三言两语，旁敲侧击，他们就招架不了啦，拼命往前冲，不用扬鞭自奋蹄。这样一方面"掺沙子"，一方面激活旧部，为杨老师提的那些"改革举措"创造条件，也不失为一种方法吧。这就产生了"惊后速度"。

刘海涛心中的小算盘，拨得噼噼啪啪响。

确实很管用。那个张剑，我就怎么也逮不着他。他这颗算盘珠子，在刘海涛的手指尖上，跑得太快了。

此人中等身材，面目姣好，儒雅气质。但只有一个缺点，不善言谈。这对我是致命的。但我又听旁人说，张剑可能说了！那么怎么到我面前就没词儿了呢？只有一种解释，那就是太忙，忙得屁股上长了刺儿，坐不住。

这样从他嘴里得到的信息就太少了。

张剑，1969年生，平山县西柏坡乡北庄村人，网络学院毕业，学的是工商管理。确实不是原始学历，因为他17岁就被选到人民大会堂工作去了。由于这个特殊经历，他后来便出任平山县制锁厂北京办事处主任。他姐夫认识刘海涛。再后来又成了四强"驻京办主任"，与史典礼一起跑项目，跑成了地毯和PVC管的与中国集装箱集团合作。当时建材市场正用PVC替换铸铁管，合作就是看准了这个市场。于是四强成了国家星火计划的试点，科委、财政部、建设部、农业部、水利部五部委发文件，文件中提到四强等企业，推广PVC管。多大的力度！

他还透露说，刘总到北京先后组建了北京中集四强集团公司和中集泓源环保科技有限公司，刘海涛是董事长。到2005年又参与诚通颐年山庄的创建，搞养老、酒店，也搞房地产。买旧楼花500万元，装修花500万元，卖2000万元。后来前面两个公司转让出去了。他成为北京团队的一员主力干将。

回到葫芦峪后，他是2014年春节过后去的唐县，通过政府，搞流转土地，公司只对村签合同。租了一辆大轿车，拉着35名村支书、村主任、村民代表和乡镇长，到葫芦峪参观。共涉及三个乡镇、七个村。从4月到现在，合同都签了。现在他带着12个人，在唐县办公。资金不缺，已经有了两个亿，就是调规不落实。调规不落实，具体规划就不能搞。卡在调规上了。调规就是调整原来县里、市里和省里的林地规划，牵一发而动全局，不是小事。办公桌上的事永远不是小事，只有实际的事是小事。

问到旅游，因为他是管旅游的。他说，九龙潭是未开发的处女地，华北一流，打造成五A级景区，设计，规划，今年十一试营业，明年五一正式开园。栈道，油路，登山，采摘，漂流，周围是咱葫芦峪新开发的300亩果园，国宴一号苹果，还有核桃和板栗。另外还要打通山路，与西柏坡和滚龙沟相连，形成百里旅游观光农业长廊，九龙潭处于中心地带。具体情况，去找高树志局长谈吧！幸好还有高树志局长接着。

李小健是刘海涛的二女婿，他一直以"惊后速度"奔跑着。还好身强体壮，像个运动健将，跑不死的。1976年出生，在正定中学，刘卫平的惊艳之美，使他全力追求，奔跑的命运由此开始。这是他为美，而感到吃惊的第一个"惊后速度"，那是幸福的。

省电大财会专业学成后，进了四强，业务员。那是国企，压力不大。爱情的奔跑，组成了家庭；学历的追赶，终成正果。现在可以喘口气了。但是还没坐稳，队伍拉到北京去了。人生地不熟，谁也不相信，惊恐之余，没什么高招儿，在老岳父的指挥下，跑吧！这是又一个"惊后速度"。

不过干得过猛，跑得太快，出问题了：车祸，胳膊折了。火线上是待不了啦，回石家庄休养。好了之后，对开矿产生兴趣，便与人合伙开矿山，赔了。又接着倒腾煤炭，也背了兴，因为奥运会前这玩意不吃香。而岳父大人在北京打扮楼房出售，却如鱼得水。

看来没有别的出路，还是奋起直追，跟着岳父干吧！刘海涛已经及时"归零"，在葫芦峪开创了一片天地。他是2011年加入进来的，还算不晚，还算创业阶段，那就铆足劲跑吧，好好干吧！

"但梁红霄比我来得早。"他说。

在葫芦峪，无论何人，都喜欢把梁红霄拿出来说一下。

他自豪地说："我和焦书堂一起开发小东沟，基地的二层楼，就是我指挥修建的。当时我们是兵分三路，我上葫芦峪小东沟，张贵双去西柏坡，孙栋梁去考察九龙潭。当时政府还不支持，自己买了荒山就干，没得到批准，当时还不知道调规，反正是夯着胆子干的。那就更得快干，干成了，干出模样来了，或许就会被默认了。抱着这种心理，好像后边有人拿棍子撵着似的在干，什么都不顾了，只顾往前跑。修阎王爷鼻子那段路，我和张书芳，还有他的侄子张建军，爬那么陡的山，说掉下去，就掉下去了。上去以后，只有半米宽，吓得我在上面爬着移动。"

被狼追着，当然也称得起是"惊后速度"。

到了2013年，形势好转。在大好形势下，刘海涛来了个"惊回首"，头脑清醒，没有躺在功劳簿上睡大觉，使劲敲打着张贵双、李小健等人，心想只要他们跑得快，无论别的做得多么差，也差不大格。路修出来了，地造出来了，果树长起来了，这是硬件。管理怎么重要，也还是软件。但管理搞不好，最终也会跑不快，也会把硬件搭里边。这个道理刘海涛当然懂得。但现在他还有办法使张贵双、李小健等拼命往前跑。

这个"惊后速度"更是惊人，因为它创造了阜平奇迹。

一开始还没有让他去阜平，而是让他去白面红。因为那是2013年春天，距离形势大好的夏季，还差着一个季节，还应该归入被人追赶的那段。让他去白面红签开发荒山的合同。连考察，带签合同。他考察的荒山有8000亩，荒坡和梯田有200亩。然后就一车一车地动员人们到葫芦峪参观。思想问题解决了，签合同也就顺利了。很快拿下，圆满完成任务。

这才进入了创造奇迹的最后一个"惊后速度"。

面对这样一员能征惯战的大将，刘海涛只能痛下决心，用贤不避亲了，任命李小健为阜平葫芦峪的总经理。当然他还有一张杨向天的土牌，没有打出去，先让女婿去打个先锋。他还为先锋配了一员干将，那就是帅哥孙栋梁。

李小健带着孙栋梁来到阜平县，时间紧迫，分头行动。李小健跟县里联系，考察荒山签合同，孙栋梁选房子，租房子，因为大队人马很快就要陆续到来。小孙在县城东北方向选了一个最佳去处，小健看后，果断拍板，租了下来。然后陆续上人，考察荒山。

考察荒山时遇到了情况，签合同时赶上了麻烦。

情况就是，不是你看着哪儿好，就能流转哪儿，还得两下协商解决，这一协商解决，他们就只能勇挑重担了，把难啃的硬骨头担下来，给县里做个榜样，做个典型，这样的荒山都能造成地，何况别的荒山？顺理成章。

麻烦就是过去挖了许多"水平沟"，葫芦峪造地的标准比"水平沟"高，必须推倒重来，那就重来吧！但是钱得付给人家。穷县哪儿有钱？那就葫芦峪来付吧！

这些情况不用向刘海涛汇报，杨向天就决定了。那就是不要挑肥拣瘦，接受条件，赶快把合同签下来。

对外李小健是总经理，对内杨向天是掌舵人。杨向天的办公室在二楼，很隐蔽，门楣上插着"董事长"的牌子，但里面有给刘海涛预备的一个套间，使你以为这个"董事长"是指刘海涛，而不是指杨向天，但在这里办公的却是杨向天。他就是这样一个永远躲在幕后，却操控一切的人。

之所以能在阜平实现高速度，一是葫芦峪公司姿态很高，绝不斤斤计较，二是县委、县政府大力支持，给予政策，一切都大开方便之门。

比如这个调规，牵扯到省市县三级的规划，没有政策，你在短时间内调得了吗？但阜平可以，有政策。老杨的"三本书"，即农民、政策、领导，不仅他自己读，李小健读得也不差。

所以在短短两个月的时间内，不仅签了合同，流转了荒山，而且通过了调规，在符合总体规划的情况下，又请设计公司，对2万多亩荒山，做出了山、水、田、林、路综合治理的施工规划。10月份动工，李小健等公司人员带领9个施工队的数百台钩机上了山，在不同的作业区摆开战场，以不到一年时间，造地1万多亩的速度，绝好地体现了冯家口标语牌上的豪言壮语："打造华夏绿色龙脊，谱写新型农业传奇！"

6. 献 礼

如果只有速度，而没有质量，到头来免不了还要再次"惊回首"：怎么造好的地又都垮了？这是刘海涛最担心的。

但阜平葫芦峪没有辜负刘总的希望，不仅速度快，而且质量好。

在葫芦峪公司需要反思，需要加强内部管理，不能拿荣誉当饭吃，要一步一个脚印走下去的时候，刘海涛打出了阜平这张牌，让大家以阜平的高效率、严管理，来照一照自己，看看有什么差距，怎样去改进。这样由企划部总监杨老师提出的许多建议，不就能较好地落实了吗？

刘海涛欣慰地笑了，有些沾沾自喜。不仅因为这个样板可以拿来教育全公司，实现自己加强管理的第一步计划，而且还因为，它证明自己没有看错人，一个是杨向天，一个是王树亮。

杨向天前面已经说过了，老谋深算，统揽全局，筹资借款，幕后操作，这是谁也比不过他的。

而王树亮呢？教授出身，校长身份，科学眼光，管理专家，这也是谁也不能代替的。

两个人配合，强强联手，再加上李小健出头露面，形象代言，阜平葫芦峪各方面都做到了尽善尽美。

王树亮名义上是副总经理，实际内部管理，他说了算，作为总经理的李小健主要是对外。

阜平葫芦峪公司有工程、质检、项目、工程规划、财务、测绘和办公室等7个部室，20多名员工，10几辆汽车。但白天，院子里看不到一辆车，一到晚上就全部回来了，停了满满一院子。那么多施工点，那么多山，那么多对口单位，需要规划指导、监督检查、协调联系，没有车怎么能行。这是一个既能快速反应，又能扎实工作的战斗集体。

主要管理者就是王树亮。

这人身材细高，动作敏捷，不仅业务熟练，而且游泳爬山专业水平，琴棋书画样样能行，写得一笔好字，拉得一手好二胡和手风琴，笛子吹起来，悠扬婉转。

我到阜平的第二天才见到他，刚从石家庄回来，风尘仆仆，但神采飞扬。很有力地跟我握手，言谈举止，透出极大的自信。

他1950年生，平山县两河乡王家庄人，河北农大农学系毕业，属于最后一届工农兵学员。现在组织部门统一规定，在填写履历时，一律写成"大学普通班"。教过五年高中语文，后调任石家庄农业学校校长。

物以类聚，人以群分，他和刘海涛、杨向天能成为朋友，就因为都属于"能琢磨的人"。刘、杨二位不用说了，就说这个王树亮，当的是农业学校的校长，但他觉得，如果想把这个校长真正当好，学点工业知识也很必要，难道农业离得开工业吗？不需要工业的支持和服务吗？反正校长要干的具体事务也不多，他就学习起建筑工程来，特别是水利方面的建筑工程。他想着有一天，这些知识总会派上用场的。

退休后，他先帮着一个私人老板做工程，实践实践。这不是他的目的。他的目的是农业。当然是农业。学的是啥，教的是啥，退休了还能转行吗？必须还得干老本行，而不能休息。他很为自己的身体骄傲，这样的身板，如果休息了，不是浪费吗？但是哪里有农业这个平台让他去干呢？

正在这个时候,老杨给他打电话来,说老刘搞农业呢,跟他干干不?老王深知老杨的秉性,看不准的事,他是不会提出来的。而且那个搞农业的人是老刘,那就更得跟着他干干了。他知道,老杨这"跟他干干",有两层含义,一是,老刘这人具有开创精神,思想海阔天空,大方向错不了;二是,细节方面他还不太在行,需要咱哥俩帮帮他的忙。

想得很周全,但回答很简单:"那就帮他干干。"把"跟他干干"改成了"帮他干干"。永远自信,这就是王树亮的本色。

老杨约他的时候,他还正在一个房地产工程上,一时离不开,但他已经把老杨说的事挂在心上了。虽然不能马上介入,但得为介入做些准备,便私下里往葫芦峪和阜平跑了好几趟,明察暗访,心里更加有了底。

他之所以干事有自信,也跟他师出有名有关,他干的事,都得有个说辞,没说辞,没根底的事,他是不干的。

而刘海涛干的事是利国利民的。他让农民把土地经营权转让出来,由公司经营,与农民形成合作机制。农民可以入股分红,得到一笔收入,给公司干活,挣取工资,又得到一笔收入。造了地,增加了土地指标,缓解了土地危急,国家欢迎,政府满意。特别是阜平这个地方,国家重点贫困县,但越扶越贫,为什么?就是农民没抓手,没土地,没活干。现在造出了大片土地,发展了现代农业,还愁没有抓手,没有活干吗?

他还看到了他们大干的场面,好像感到了时间很紧迫,入了冬,一上冻,活就不好干了。所以要抓紧入冬前的大好时光,多干一点儿。他到施工现场,把挖掘机铲下来的沙石,抓了一把,攥了攥,放心地笑了。他这才知道,片麻岩,松散,没有水分,冬天是不会冻的。而且冬天没有雨水,不受冲刷,地里也没有庄稼,正是施工的大好时机。

所以他从从容容,等房地产工程这边告一段落,他才去了阜平。当时已经是11月了。杨向天说:"你真沉得住气,干脆过年来算了!"

他知道老杨非常急迫,他在赶进度,又担心冬季施工困难。年底是习近平总书记视察阜平一周年,总得造出一大片地来,作为献礼吧!

便说:"现在来也不晚,不会误事。"

一听这口气,老杨来了精神:"这话可是你说的。那我就向你要成绩了。年底可是重要时限啊!"

2012年12月30日,习近平总书记曾专程到阜平"访贫"。习近平总书记告诉当地官员:"一定要想方设法尽快让乡亲们过上好日子。"

老王说:"平时我最反对什么献礼啊、报喜啊、开门红啊,我在学校就从来不搞这一套,扎扎实实搞好教学就行了。可是在阜平,我要破个例,帮着老弟搞一搞献礼。"

老杨眼睛一亮:"你也觉得这很重要?"

老王说:"当然。因为这是农民的事,而且是贫困农民的事。天下的事再大,也没有这个事大了。我王树亮今生有幸受了刘兄的提携,老弟的错爱,参与到这件大事里来,感到非常满足,焉能不效犬马之劳?"

真是义正词严,老杨也有些动容了。

老杨颤抖着声音说:"那咱就献个礼?"

老王毫不含糊:"献个礼!"

老哥俩这时竟然泪眼相对了。

回想一下,也确实让人激动。现在能为老百姓的事这么上心,这么苦苦谋划的人,已经不是很多了,虽然这里边也掺和着点自己的小私心,例如名声啊价值啊什么的,钱倒不缺了,但那也不简单!农民这个平台选得慈悲,选得光明,所以献起礼来,也理直气壮。而且献礼的对象——习近平总书记,不也正为贫困农民着想吗?所以这个礼是救急的礼,及时的雨!

当王校长在座谈时,这样慷慨陈词一番之后,我的敬佩之心油然而生。是啊,还是不要把人想象得太平庸了吧,许多有志气,有骨气的人,也许就在你的身边。

老杨在感慨万千之后说:"还是说你怎么效犬马之劳吧!"

老王一拍胸脯说:"功效提高一倍。"

老杨哈哈大笑起来:"开什么玩笑!能保证入冬以后,效率不下降,就是你的功劳。"

王树亮说:"我正是要在入冬以后,把效率提高一倍。"

看他严肃的样子,不像开玩笑,老杨便洗耳恭听。

王树亮说:"第一,刘海涛模式你没有运用好;第二,管理还有漏洞。"

老杨大为惊讶:"你怎么知道的,我也有这种感觉。"

王树亮说:"你以为我是刚刚介入进来的吗?不是,我已经预先考察一个来月了,只是没跟你照面罢了。你们工地的几个钩机老板我都认识。

但人家都是听你兄弟的,我这外人说话不好使。"

杨向天的弟弟杨向亮,是工地上的总指挥。

这回杨向天就没有什么疑问了,向这位颇懂工程的农业专家虚心求教:"老兄,那你还客气什么,说!"

王树亮就把自己的想法和盘托出,他说模式的力量就在于它的标准性,只要是片麻岩山,都可以用这种模式,没必要改动。可是你们对此要求不严,好像时刻在探索更好的办法。确实大石块比葫芦峪多,这是一种不同情况,你们也研究出很好的解决办法,坚持没用炸药,这个做得很对。但不能以偏概全,以特殊代替一般,从而怀疑模式标准,想改,又改不了,结果犹豫不决,浪费了时间。现在明确宣布模式标准,严格要求执行,这样就统一了作业标准,也统一了检查标准,效率会马上提高。到那时我们才能真正看到模式的魅力。

老杨想了想,是这么个理儿。

接着又说了如何计算工程量、如何验收等等,再加上片麻岩冬季施工的便利,再加上合理的组织安排,多上几十台钩机,扩大作业面,年底达到一个数没有问题。

"一个数?"老杨大为吃惊,"我原计划5000亩。"

老王说:"一个数,视察一周年,一个数,二周年,两个数。"

杨向天拍案而起:"既然说到这个份儿上了,我也把我的大胆计划向你透露透露,我准备搞一个10年规划,包括4个乡镇,11个行政村,荒山15万亩,最后造地10万亩。跟你说的一年一个数非常吻合。"

王树亮说:"这就叫不谋而合。但是光有数量不行,还得保证质量。老杨,不瞒你说,我这几年净研究水利工程了,现在终于有了用武之地。这次来,我主要是想在质量上给你把把关,另外解决水的问题,水土保持,水利灌溉,防止水害,必须在造地的同时,全部搞好,不能留有后遗症。"

杨向天连连点头称是。与老杨定下了"大政方针"。第二天,老杨召集全体员工开会,当着大家的面,把指挥权交给了王校长,并请王校长训话。他也当仁不让,当场让大家自报家门,算是熟悉了,今后各司其职,严明纪律,做好工作。

造地工程在老王的指挥下,确实加快了进度,并提高了质量。他一边指挥大家干,一边不忘言传身教,要求大家成为学习型、研究型、创新型的干部。工程部怎么保证每项工程的标准和进度,质检部如何不留死角做好检查,测绘部如何把数据搞准确并且实用……说我们公司的指标比国家严,所以我们的模式管用,所以大家要跟踪检查,不达标的,绝不验收,必须返工,不返工或者返工不合格,一律不给钱。哪儿不符合,要写好,登记好,给我通知单。所有质量都达标了,才能给发钱。他首先运用经济手段管住了施工,既有严格约束,又有利益驱动,在保证质量的前提下,功效倍增。

他把农学知识与工程学知识很好地结合起来,在梯田上修建了混凝土倒U形护坡,水少了能截住,水多了能排走。塘坝挡水的一面,必须浆砌石,谷坊坝则必须干砌石。因为谷坊坝是建在沟口上的大坝,防止大雨冲刷山体和梯田后把泥沙带走,所以必须干砌石,有过滤作用,把水排出,把泥土留下。同时还能有效地防止泥石流冲击,保护村庄。此外,他还指导生物护坡,在梯田坡上种植紫穗槐、金银花、连翘等木本花灌木,叶幕动力加速度减缓了水的冲刷作用,地下根系网更能把水土固住。这样工程护坡与生物护坡双管齐下,充分保证了造地质量。

在王树亮的指挥下,年底不仅完成了1万亩的造地主体工程,所有配套工程也全部完成,山、水、田、林、路综合整治。特别是水,提水,输水,排水,保水,蓄水,一环扣一环,一段接一段,绿水围着青山转。

这才是诚心实意的献礼。

王树亮感慨地说:"老杨,咱们干了一件功德无量的事。这1万亩地,过去是沉睡了亿万年的荒山,兔子都不拉屎,现在咱们把它唤醒了,使资源变成了资本。18亿红线不能突破,这是基本国策。但国家建设不能停,城乡一体化也得搞,饭碗还得端,土地哪里来?咱们就努力把老祖宗留下的荒山变成土地吧!"

7. 反 哺

事情就是这样,当一个团队,选对了领头人,目标明确,管理到位,就能够创造奇迹。这个榜样使刘海涛信心倍增。他让葫芦峪本部的人到阜平参观学习,人们又是一个惊讶。第一个惊讶是前进中看到了差距,这第二个惊讶竟然是,从差距中走出一百多公里,居然是另一个天地,不到一年造的地,超过了葫芦峪8年造地的总和!这个神奇的速度,依然来自团队的力量。学习吧,追赶吧,老大哥向小兄弟,拜师求教吧!

刘海涛这一招儿厉害,一下子就使人们在胜利中冲昏的头脑,包括他自己,清醒了过来。

于是杨老师提出的许多加强管理的建议,落实起来阻力小多了,颇有水到渠成之感。改革举措一步一步地实施着。虽然刘海涛还没有完全从接待和应酬中摆脱出来,但已经很少听到人们对他的抱怨,因为新的管理机制,已经悄悄运转起来,自动消弭着随时出现的矛盾和错误,自我免疫能力大大增强。

而这一切都来源于阜平,来源于分公司对于总公司的反哺,挂出的子宝葫芦,对母宝葫芦的反哺。

这可太值得杨向天、王树亮和李小健团队骄傲的了。

作为常务副总经理的王树亮,之所以能把团队的积极性调动起来,并且发挥到极致,原因之一,手下几员战将十分给力。

韩花平,男性,1955年生,平山县发改局副局长,已经二线多年了。白胖,秃顶,颇有官僚气质。但说话轻声细语,颇为和蔼可亲。他是平山县小觉镇清水口人,高中毕业后,进入工厂当学徒,然后调到政府机关,然后又当厂长,管着600多人,管得好,便调到发改局当副局长,一干就是20年。这是一个干过企业,当过官员的两栖人员。

人才难得。所以在2009年,刘海涛就"碰见"他了,问干什么呢?他说,退二线了呗!还能干啥?老刘就说,想不想帮我干点事?我现在搞农业开发,想把它做大。说完这话,便注意观察韩花平的反应。没有什么反应。心想,不至于吧?他刚才说的话虽短,但已经尽量往发展改革上靠了,"开发","做大"。难道刚刚退二线的发改委局长,就对他的老本行这样无动于衷了吗?不会的。

果然韩副局长说话了:"你干的事不错,符合发展改革的要求,不过我现在退二线了,想清闲几天,不想跟着你干。你另请高人吧!哎,秘占军就不错,他也退二线了,你请他吧!"

刘海涛说:"你看看,你看看,你怎么还拿捏上了?不是咱们过去一块当厂长的时候了,那时你挺好的,当了个局长就把老伙计忘了?好了,好了,你走你的阳关道,我走我的独木桥。再见!"

说罢,转身就走。韩花平架不住了,赶紧追上去说:"老哥,你咋还当真了?我跟你一块儿干,还不行吗?"

刘海涛转忧为喜。他就知道会这样的,他能掌握不住他的火候?便停下脚步说:"不躲清闲去了?想清楚了?但我得说明白了,不是跟我一块干,而是领导着我干。发展改革这一块,你路数最清楚。"

一下子就把担子压上了。

"面对这样一个人,你能不使劲为他干吗?"座谈时韩花平表述说。他永远是"表述说",而不会"激动地说",因为他永远是按程序和章法办事,不急不躁,不紧不慢。

应该说老韩进入葫芦峪公司还是比较早的,但真正大放光彩,还是从阜平县开始的。最初在葫芦峪山上造地,标准还很低,让李保国狠狠抽了一鞭子。凡事都有一个从低级到高级的过程,老韩参与其中,感同身受,所以对葫芦峪标准,葫芦峪模式,就吃得很透了。而且那时候,葫芦峪的造地还不被理解,更谈不上向发改局申报项目了,躲还躲不及呢,所以也借不上他这个原发改局副局长的光。直到2013年的四五月份,韩花平跟着刘海涛到阜平考察,"联系这边的事情",韩副局长才真正有了用武之地。

从外地新来了一个公司,要在阜平做项目,能被当地政府部门认可太不容易了,人家知道你是谁?挖"水平沟"的承包商已经够多的了,又来了一个,还是躲远点吧,就那"水平",还想得到国家补助?

但是白胖的韩局长登门拜访,情况就大不相同了。出于客气和礼貌也得接待。接待以后就甩不掉了,也不想甩掉了,还跟着韩局到葫芦峪去参观,大受教育,大开眼界。紧接着,关于葫芦峪的宣传报道也跟上来了,省委书记都肯定了,那还有什么说的?葫芦峪阜平公司成了一块香饽饽。

但是香归香,做项目却是另一码事。土地项目非常专业,一般人做不了,得请专家。但葫芦峪阜平公司造地的钱,还都是老杨头借的,哪儿有钱给你请专家?想都不用想,他也根本没有想,对于一个公务员还兼有搞企业经验的"两栖"人这算个什么问题!他马上就与县国土资源局接上头了,说这么大的项目多好哇,落实习总书记指示,加快扶贫步伐,看着就让人眼馋。国土资源局的人说,是让人眼馋,但那是你们的肥肉,我们也不能挖下来，贴自己的膘儿。韩局马上慷慨地说，挖！都给你们挖去贴膘儿！干脆以你们的名义报项目吧！到时候我们得点经济实惠，你们得点政治实惠，政绩，多大的政绩啊！那边的人乐开了花。以自己的名义报，当然也得自己请专家了，巴不得呢！

但韩局深谋远虑，这事不请专家不行，你自己不帮着专家干也不行，到时候准砸锅，因为葫芦峪的造地标准高于国家标准，必须派一个懂行的人介入进去。

这个人就是孙栋梁。

孙栋梁1985年出生，他妈排行老五，他管排行老大的周凤婷叫大姨，而周凤婷是刘海涛的老伴，所以他管刘海涛叫大姨父。

此人身高马大，相貌堂堂，但有些腼腆，显得很含蓄似的。毕业于唐山学院，学的是机械设计制造自动化。如今也在阜平团队中，是工程部施工员。因为工程和他学的专业机械是相通的，工程图纸，他拿过来一看便懂。所以轻而易举地就通过考试拿到工程预算的证儿。又通过监理培训，拿到了监理的证儿。有两证儿在手，那就不是外行，而是专业人才了。所以他被抽出几天，帮助项目专家们解决点"实际问题"，就显得绰绰有余了。

这样韩花平通过在造地这个平台上，做配套项目，跑关系，找门路，广泛与县里各部门协调联动，从而为葫芦峪阜平公司争取到大量项目补贴的专项资金，深得杨向天的信任。

刘海涛当然也如愿以偿了。

许雪燕，还得说明，也是男性，质检部经理。座谈时杨向天说过，王校长特别重视工程质量，质检部的人配得最多，使他都觉得有点可惜了，不干活，竟挑毛病，挑出毛病来，还得返工，却用这么多人，这不是自己给自己找麻烦吗？但从实际效果看，这样做的结果是，保证了荒山造地和山、水、林、田、路综合治理的整体质量，千秋大业，没有遗憾，不留隐患，当然也就更远离了验收不合格，返工重做的尴尬，这是最大的节约和高效。

可是我万万没有想到，担负这样一个重任的，竟然是司机出身，看上去非常年轻，而且是个女孩名儿的许雪燕。

他来了，脚步轻快而敏捷，穿着蓝格T恤，方头，短脸，浑身上下利索得无一挑剔，无一质量问题的许雪燕坐在了我的面前。让我说什么？他开门见山，干净利索地问。我也针锋相对，你爱说什么，就说什么。他说，那好，我高中毕业后，回乡务农，然后干打字复印店，开出租，又给大老板当司机。他叫刘志刚，电厂土石方的活都是他承包干的，还有高速公路服务区的活，市里的学府路，也是他垫资干的，我跟着这位老板，学了很多东西。最后还跟杨总，噢，就是杨向天，干了三年。给他当司机，当保安，跑运输，什么都干。要不怎么能得到杨总的信任，把我调到阜平来，给我这么重要的事干？

我明白了，从经历看，他确实有担任质检部经理的资格。

他接着说，我没有别的本事，就是干事认真。我从前的老板刘志刚为什么吃得开，能包下活来，就是因为认真、实在、诚信。我也得向他学习。跟着和尚会念经，跟着瓦匠会上房。我跟着他就学了个认真。

王家岸和东板峪店是两块最不好啃的硬骨头，但流转给你了，你不能不做吧。用挖掘机挖，挖不下去，石头的块太大。只有用炸药炸最方便。但是审批手续太难，控制也太难，咱没有专业技术，根本不行。到时出点事故，就更耽误事，耽误工期。再说爆破时，还得请公安来人，更麻烦。开钩机的人对付不了，杨总就让我想办法。这一招儿很绝，我也不是工程部的，为什么让我想办法？一想我也就明白了。这样的硬骨头用钩机啃下来，恐怕质量上会不符合要求，通过验收，保不了质量，通不过验收，影响工期。杨总这是想让我找出一个合理解决问题的方案。恰好我跟李志刚干的时候，也遇到过类似的情况。就指挥钩机试着干，效果不错，巨石挖出来了，但怎么保证造地质量，又费了一番脑筋，最后终于达成一个标准，既能施工，又能保持质量。杨总很高兴。只有我说质量没问题，他才相信，因为任何情况下，我都不会放弃"认真"二字。

我当这个质检部经理，想不认真也不行。一是中标单位是大公司，他再把工程分到各个小公司，小公司的资质水平就参差不齐了，必须严格把好质量关，瞪大眼睛好好盯着。发现问题，现场盯着返工。二是老百姓也关心质量问题，甚至比你还关心，因为土地是他们的命根子。荒山流转给你是有年限的，年限一过，荒山所变成的大量好地，还是人家子孙后代的，跟你一点儿关系也没有，人家能不比你关心质量？反正在山上干活的也是老百姓，那就是一边干活，一边保证和监督着质量，保证自己干活没有质量问题,监督别人有没有质量问题。这就麻烦了,你要是有问题看不出来,等着老百姓给你查检出来,你就要受到千夫所指,无地自容。所以每个质检员,必须不倒眼睫毛地盯着,不能打盹儿。

老百姓最关心水土流失。建护堤必须浆砌石,建U形护槽,斜度、角度、尺寸不能有一点儿差池。老百姓在旁边盯着呢,比监工的都严。建沟口的谷坊坝,上宽2.5米,下宽3.5米,高3米,长度100米、200米不等,干砌石,防水土流失,防泥石流,身家性命,更是马虎不得。还好施工的二三十个民工都是他们自己人,垒起石头来,找角度,看斜度,那个仔细,简直跟绣花一样。开铲车往上放石头的司机师傅受不了啦,开玩笑说,差不离就行了,这也不是给你娶媳妇盖新房。他说,砌不好谷坊坝,泥石流一来,就把我的新房冲走了!

这是分公司向总公司反哺吗?不,这是整个有良心的人,向农民的反哺。

8. 永远的向亮

这个人我是必须采访的了,因为他的职业,跟我从政时是一样的,也是纪检监察。本来也可以把他放在前一个题目里写,因为分公司反哺总公司,他又反哺分公司。为什么这样说呢?他去年冬天被阜平葫芦峪公司派到曲阳县上庄村,在那里,流转荒山,进行造地。没想到,这一造,就造出了水平,超过了阜平分公司。杨向天说,如果说阜平造的地是大学生水平的话,那么曲阳县造的地,就是研究生水平!要向人家学习。这不是反哺过来了吗?

但我们仍然想给他一个新题目。这个人太有特点了,正像他的名字一样,他叫杨向亮,永远向亮,向着光明,向着明亮,飞奔。

这就更值得总公司的人学习了。不是突然吃惊地发现,成绩面前,大好形势面前,管理有点跟不上去吗?那就向杨向亮学习吧,别的先不要想,奔着亮儿跑,这样就保证不会掉到你所惊奇发现的那些黑洞里去了。

杨向亮是杨向天的亲兄弟。

他1958年生人,化工学院毕业,先在石家庄人造维尼轮工厂当技术员,又到农研所干了一段,后调入平山县扶贫办,最后在县纪委干了18

年，曾任检查室主任和监察分局局长，为了给年轻人腾位子，早早就退二线了。

我到阜平时没有看到他，因为他在曲阳。第二天打电话过来，连办事，带接受我的采访。

还没有进屋，就听到他在外面跟别人响亮地说话，一直说到我住的屋的门口才停止，但马上又接着说，我就是杨向亮，哪位是赵作家？我赶紧热情欢迎，因为已经提前知道，他是县纪委干部，格外感到亲切。

我说我是省纪委的，他就说话更响亮、更热情了，片刻之间，成为好兄弟。

他介绍了自己的简历之后，就说他去年9月12日跟着他哥到这儿的。先是打杂，什么活都干，包括拖地板。我是故意锻炼自己，放下当干部的架子，特别是当纪检干部的严肃性。

现在我觉得他的严肃性锻炼得一点也没有了，用响亮的说话跟任何人都打成了一片。

他说我跟着我哥到公司干，就是为了改变一下自己。

后来我哥就让我到质检部当头，过去哪儿接触过这个，就现学，找来一摞一摞的书看，好像明白了，就制订了14项标准，让钩机老板照着做，按这个标准检查质量。王校长来后，觉得没有这么复杂，按葫芦峪模式干就行了。后来许雪燕代替了我的职务，就把我派到曲阳县去了。

结合着王校长说的情况，我知道杨向亮就是那种想突破旧有模式，搞点创新的人。但王校长认为，还是按模式干速度最快，就把他派往曲阳去了，也许那里更需要创新。当时阜平为了献礼，要的是速度和质量，没有工夫在创新上做文章，但并不等于创新不对、不好。

果然在曲阳，他在坚持葫芦峪造地模式的基础上，大胆创新，创出了研究生水平。这有什么不好呢？至于怎么个研究生水平，他也描述不太清楚，就说下午我领你一看，就知道了。说话之间，兴奋和激动得不得了。使人感到，与地奋斗，他已经是其乐无穷了。

这是一个极其乐观，极其外露的人。跟他哥杨向天本质上相同，表现形式不同。杨向天也充满自信，并非常乐观，但表面上却沉着、平静，看不出什么来，只有谈上一会儿话，才能感受到他内心火热的激情。而杨向亮，与你一接触，就把自己暴露无遗，并用热情把你也烤热。

他之所以能在曲阳干出成绩，是因为在阜平先交了一段学费。给他做工程的是山西穆老板，过去没干过这样的活，充其量是挖个"水平沟"什么的，按葫芦峪标准造地还是第一次，哪儿弄得好？那是在马沙沟干，还不是最难啃的骨头，没有大石块，杨向亮就不厌其烦地强调质量，怎样保证梯田的面又要平整，又要保持里低外高，相差30~50厘米，这样才能防止雨水冲刷，保证水土不流失，上下田埂坡度要掌握在75度左右，等等。穆老板就按这些标准指挥钩机干活，在挖掘机的铲斗下前蹿后跳。终于学好了造这种地的技术。杨向亮还给他找来另一个钩机老板胡平生跟着他学，传帮带，让大家都掌握技术。

他去年年底就到曲阳去考察。有了阜平的榜样，县里非常配合，就把上庄村的地全部流转给公司了，并签了合同。到2014年3月14日，穆老板和胡生平就带着一百多台钩机上了山。因为都是阜平的优秀毕业生，不用再特意指导，造出来的地很合乎标准。

但杨向亮的脑子闲不住，他在想，造出的地能不能在实用的基础上，再增加点美观呢？美观跟葫芦峪模式矛盾吗？如果把葫芦峪模式用美观再包装一下，是不是更好一些呢？这个想法顽固地产生，并再也挥之不去。他只有付诸实践了。反正在这里他说了算。与地奋斗，就要奋斗出个样儿来！

这个样儿就是：这个山上的梯田，跟那个山上的梯田，跟所有山上的梯田，都是等高的，所有的梯田埝埂都在一个水平线上，好像无数个大呼啦圈套在大大小小的山上，一层一层都是等高的。看上去立刻就有一个非常强烈的视觉冲击。大家是一个整体，手拉着手，肩并着肩，再不是一家一户的小农经济，而是一个大公司、大集体，这个大公司、大集体就是葫芦峪。

他被这个创意鼓舞着，请来土地测绘员，扛着水平仪，在山上测量，给穆老板们定位。一片一片的梯田造出来了，站在远处的山顶上一看，确实水平，等高，像亲兄弟一样，手拉手，肩并肩。

农民们也很满意。

这种等高和水平，是他留给大地的印迹。

过去他从来也没有感觉到，大自然对人类的赐予是这么慷慨，那么一大片荒山，转眼间就在老穆们的手下变成了这样壮观的梯田。当然自己也是一名参与和设计者。他真正感到了与地奋斗的乐趣。

但紧接着麻烦就来了。因为任何自然界的事物，都不是自然界的事物，而是被人管着的，而且管得很具体。

尤其是荒山。

荒山就让它跟那儿荒着吧，你管它干啥？荒着可以，一动就得管。看是不是破坏了林地，看是不是破坏了植被，看是不是水土流失了……过去刘海涛就是躲着这些"是不是"，抓紧造地，栽上果树，披上绿装，才最终得到上级的认可，名正言顺了。

而且扩展到阜平县。阜平的造地也马上得到县里支持，省里也给予优惠政策，调规、立项等手续马上办理，而且所造出土地的指标，全省可以通用。也就是说，不仅在阜平县可以调剂用地指标，在全省各地都可以。全省什么地方建设用地，阜平的造地指标都可以给他用。这样造地的价值就更大了。

可是这一切优惠政策在曲阳就都没有了，方便之门关闭了。调规、规划、设计、立项、施工、验收，这几个程序和步骤，必须一个挨一个地走下来。在曲阳县委、县政府的支持下，流转土地很快就办成了，合同也签好了，马上就可以动手造地了。但是造不了，得等着。等着调规、规划、设计、立项这四个程序走完了，批下来了，你才能施工。阜平很快，马上就能批下来。总书记刚刚视察过，办事还能那么拖拉吗？

但曲阳不行。这四个步骤没有半年走不下来。那怎么办？保定市长很有魄力，说先上车后买票。一句话救了杨向亮的命。他早就憋着劲在曲阳大干一场呢，怎么能等？所以前四个程序没有走，直接就施工了。穆老板带着80多台钩机上了山，胡平生带了43台钩机紧跟上，这还不算3台钩机配的一台铲车，40台钩机配的7辆后八轮大卡车。后八轮大卡车是拉运客土的。

就这样热火朝天地干起来，到我采访前，已经造地3000亩。

但是地造出来了，却不能运用，不能栽树。因为还没有验收。那就赶快验收吧！不行，赶快不了，因为你前几个步骤还没有走，怎么能一下子就跳到验收？你说地已经造出来了。不可能造出来！没有调规、立项，你是怎么造出来的？一句话就把你问住了。

"那就没有办法了。"杨向亮依然乐观，向亮处看，"不让栽树，咱就不栽树——"

我不解地问："为什么不让栽树？"

他说："栽树影响验收，到时还得给你拔了。"

我说："那地就都闲着吗？"

他狡猾地笑着说："怎么能让它闲着，我都种上花生，栽上红薯了。这个不怕毁，等他验收的时候，早就收获到家了。就是毁了，也不值几个钱。树苗就赔不起了。"

"什么时候验收？"我问。

他说："没日子。但有一个固定的日期，就是立项后200天才给验收，也就是说，现在马上立项，也得半年以后才验收。可是调规还没有走下来。"

前景如此不乐观，他却如此好心态，佩服。

他说："如果你在下面磨炼多了，比我心态还好。"

那天他提前回曲阳了。是由许雪燕拉我去看"研究生水平"的。

先到上庄村，他迎接着，然后换上他的车，去看地。

因为已经有了冯家口那片铺天盖地的黄色挂毯的视觉冲击，所以到他这里，并没有产生强烈的震撼感。但是细一品，美感、韵味全出来了。有一种江山如此多娇的感慨。而眼前的这片江山，这片山水，却是人工打造出来的。山、水、田、林、路，整齐划一，错落有致。尤其是那都在一条水平线的梯田埂，更好像在无言地诉说着自己的质量，为什么还不来验收！

我不由得向穆老板投去敬佩的目光。这个穿着大黑裤衩子，光着膀子的山西壮汉，很腼腆地笑着，好像自己上不了台面似的。

我问："造这么多地有什么感觉？"

他说："受罪呗！"

杨向亮一旁解释说："整天在山上，风雪无阻，吃了不少的苦。"

但我冷眼观察，这些吃了苦的人，心里却一点儿不苦。

卷六　天

天是什么？是最为极致的追求。刘海涛的掰腕儿不断升级，最后掰到天上去了。

以农业产业化为龙头的扶贫方式。

产业化扶贫，是扶贫的最好形式。光靠给钱和救济，只是权宜之计，不是根本办法。葫芦峪农业科技开发有限公司，就是当地农民的一个大产业，它把荒山荒坡等资源，变成了资本，农民可以从公司分红，又可以在公司上班，变成了不离土、不离家的"产业工人"。甩掉了贫困的帽子，过上了"小业主"的生活，还用再伸着手等救济吗？

触摸人心的高度。

表面上看，刘海涛是在跟山打交道，实际上他那双手一直放在农民的心口上，感受着它们的温度和跳动。2014年巴西足球世界杯期间，有一个监测观众心跳指数的节目，是由观众摇动手机的频率来确定的。刘海涛却是把手直接放在每一位乡亲的胸口，心跳指数，清晰感知。

他忽然发现，人心是很难被满足的，有欲望，有梦想，也有贪婪。

但不管怎样，心系百姓，以人为本，即使人们心比天高，只要是合理的期望和要求，他总是不遗余力地给予满足。

他触摸人心的高度，就是他飞翔的空间。

刘海涛汇报：

越发展，人们的要求越高，所以我得打造葫芦峪的升级版。只要标准做好了，可复制，可粘贴，可推广。现在咱们国家刚搞现代农业，很多都还是一张白纸，只要你找到一个办法，就能做了。现在你看，工程化作业，这山坡上的梯田，山顶的蓄水池，山下的塘坝，过去连茅草都长不起来，客土是从外面拉的，梯田先往下挖一米多深，风化的土填进去，再客土40厘米，灌乔木的生长没有一米多深不行。必须做到小雨不出田，大雨不出山，暴雨不毁田。现在我更科学了，比如说樱桃需要弱酸性土，我直接拉弱酸性土，比如苹果，他需要碱性土，我就填碱性土。我打造升级版，就是种什么树，造什么地。我计划做7个葫芦，葫芦的谐音是"福禄"，多点"福禄"有什么不好呢？我要发展葫芦峪文化，没有文化支撑不行。我要打造红色旅游的补充——绿色旅游，做一个"红西柏，绿葫芦"生态长廊。我打造绿色景观，让人们看着漂亮，我种植芳草园，让人们闻着芳香，我生产有机产品，让人们吃着安全，充分满足人们眼睛、鼻子和嘴的福分。

1. 消夏晚会

2014年6月18日下午，我坐上公司的大巴车，同公司成员一起，参加在葫芦峪山上举行的消夏晚会。

刘海涛对这个会是非常重视的，布置了刘建中、张贵双、邵蔚、李魁英、赵美合、焦书堂等得力干部，分工合作，各负其责，每人看好自己的阵地。

我下车一看，那个空场离我住过的接待站只有几步之遥。这个空场在一条山谷或山沟最低的地方，再往上就是一块一块新造的梯田，呈阶梯状高上去，上到一座山的半山腰，接上了一条水泥路。那条水泥路从山上绕下来，是进入接待站的另一条路径。我从这里爬到上面去过，知道上面那些梯田都种上了花生。

空场向北，衔接梯田的位置，是一个略高一些的水泥平台，两侧有两间小房子。扒着窗户一看，里面锁着音响、大鼓什么的，都落满了尘土。当时我就想，这可能是个演出节目的地方，为了图热闹，也许演过一回节目，现在扔在这里不管了。

今天还是这个地方，却焕然一新。那个高一点的平台的确是舞台，布置得花花绿绿。音响打开了，放着歌曲。大鼓也抬出来了，披红挂彩。连山坡上的小树也都挂上了一串一串的小灯。看来驾轻就熟，并不是头一回搞这个了。也证明办事并非虎头蛇尾，说是举行过几次消夏晚会，也许是真的。

但我又有疑问了，有必要吗？艰苦创业，应该减少一切不必要的花销，举办这一次活动，请专业团来演出，得花多少钱！

也许是刘海涛专门爱搞这种花架子，抑或是重视文化活动？

众泰公司办公室主任陈风友曾对我说，十年前，在中山路广场上走方块队，70人一个方块，四强集团总是得第一。刘海涛重视文化活动。

这说明什么呢？不管说明什么吧，看今天这个消夏晚会效果如何？

我从晚会现场走到了接待站，看到大会议室里正在摆姓名牌，一会儿这样，一会儿那样。最后刘建中拍板，就这样吧！我看了看那些牌，有国家供销社副主任、副省长、省供销社主任等，当然也有刘海涛。

然后我又到刘海涛的府邸，刘瑜、张涵、陈文茸等几个女士，正在院子里擦藤椅，摆花盆，并且已经摆好了姓名牌。不是领导接见，而是商务谈判。将出席的是韩国商人，什么朴，什么郑的，中方最大的领导是省供销社副主任。刘海涛不能分身，没有。但也好像没有别人代替。有供销社副主任就全权代表了。

现在葫芦峪公司与省供销社合作非常紧密。

这些活动我都不便采访，也不能现场介入，否则也会得到很多信息吧，有点遗憾。

但说一千道一万，都是在拿葫芦峪这片山和葫芦峪这块土上的农民做文章，所以我还是找下峪的"农民代表"刘书国去吧！为什么说是"农民代表"？因为省委书记在他家住过。

我登上了小东沟的山头，路过那个标志性的宝葫芦雕塑时，看到经过清扫了，到时三个角上的探照灯会亮吗？我还一次也没有看到亮过呢。

到了"中心广场"，就是平时早晨焦栓道派活的地方，正好刘书国骑着摩托过来了，我就让他驮着我看看塘坝。

下了一个坡，到在一个塘坝跟前，不，还有一个小坡，铲车刚在上面铺了一层土，使坡更平缓一些，上面还有履带的印迹。他说，如果不带着你，这个坡我就冲下去了。现在安全第一。

到了塘坝边，我看到一台铲车正头朝下趴在鹅卵石垒的水坝上，用铲斗拍打着鹅卵石，角度非常大，好像要一头栽进塘坝里去了。我说，真危险！老刘说，危险的事多了。这是铺的鹅卵石不合格，要求铺一米厚，他们没有铺到一米厚，我让他们返工呢。水利工程百年大计，马虎不得。然后就对开铲车的师傅说，小心！干完了快点收工，晚上看演出啊！那年轻的师傅很高兴，问有明星吗？刘书国开玩笑说，什么星都有，明的，暗的，你往天上看看不就知道了。

他又往坡上走，跟另一个开挖掘机的师傅说话。正说话间，开来两辆卡车，拉来的是客土，卸在了坡上，同时又让开钩机的师傅，把刚挖出来一堆沙石，装在车上，准备拉走。这叫换土，也叫去粗取精。

老刘指挥他们干完这些活，走到我面前说，造地质量一点儿也不能含糊。

我被面前几台大型机械感动了。庞然大物，动作灵巧，听从指挥，效率惊人。我不由得说，干得真不错！老刘说，今天尤其不错。都知道有消夏晚会。我问，他们都要去看吗？他说，看个啥！不知到哪儿玩去了。但必须把消夏晚会挂在嘴上。我明白了，这消夏晚会原来相当于一种待遇。

老刘说，这是草涝沟塘坝，盛6万方水。然后又驮上我绕过一道山梁看谷子沟塘坝，说盛9万方水。说着目光就定格在对面的山上不动了，那是一片绿油油的果树林。他说有400亩啊！是我领着造的。有地没水不行。水是怎么引过来的呢？就领着我找水源。找到了！往那儿看！大石头底下，有水在流，是吧？那是柏坡渠，我们这儿的水都是从柏坡渠引过来的。

当我们的摩托再次开到原来下来的路上时，刘书国说，戒严了！

说话间感到很骄傲，我们山沟里还能戒严，别处行吗？有吗？

所谓戒严，就是张贵双和焦书堂下了俩人共同乘坐的小车，一左一右地站在前车门两边，在那儿等着首长的车队，来后可能要有些动作，或迎头带路，或跟在后边。这时就是等着，这等着，被刘书国说成是"戒严"。

面对"戒严"，当然就不能过了，就很顺从地停在路边。可是没想到焦书堂向他挥手，意思是可以过。

他就又骄傲地说，我们可以过。别人不行。就开动摩托，向他们俩挥手致意，过去了。过去之后，我们想穿过水库大坝，去农家院看看，但他看到大坝上正有人在走动，路上停着一溜儿小车，显然是首长在那里参观，便掉转车头，向水库下面避过去，然后下了车耗时间。指给我看水库大坝上写的大红字：建设美好家园。同时嘴里说，谁来建设？过去怎么没人建设？刘海涛一出头，什么都建设起来了。他要不出头呢？当年在我家商量这事的时候，我不是赞成，而是泼点冷水，现在还能是这个结果吗？

这说明一切都是刘海涛带来的，而且也别忘了他是刘海涛的支持者。

因此这个晚会显得越来越重要了。好像它承载的不仅是一场演出，还托举着人们的许多梦想。

这时在大坝顶上二百米葫芦长廊上移动的人影没有了，我们便上了摩托，快速到达那里。

啊，这大坝顶上合理利用，让四川人搭了一个竹子长廊，上面爬满了葫芦秧，结满了大大小小的葫芦，悬挂在头顶上，晃来晃去。刚才是悬在领导们的头顶上，现在是悬在我俩的头顶上。头顶不同，葫芦一样。右手，是刚才我们站脚的万亩核桃园；左手，是清澈的一潭碧水。

到了农家院，"院长"焦增云接待了我们，说改日请我们吃烤全羊。今天不行，今天正在全力以赴地备料，要现场为晚会烤羊肉串。

再次穿过葫芦长廊，回到来时的路上时。被坡地上干活的一帮妇女叫住了，她们站在高处喊，刘书国你停下，晚会放花不放花？刘书国停下摩托说，放！山坡上就欢呼起来，然后说谢谢！

在摩托的风驰电掣中，我大声问老刘："她们那么爱看放花？"

刘书国说："不光她们爱看，我也爱看。啥叫心花怒放？放花呀，把你的心蹦到天上去了！"

我说："老刘，我看你整天事太多啊！"

他说："没办法，我得替刘海涛担着点儿不是。谁让我俩都是发起人呢！"

他居然凭着当年刘海涛在他家问他几句话，他也回答得不错这件事，就当起了发起人。真是把心给蹦到天上去了，太高了！不过，这也没有什么坏处。

到基地后，我又找几个人采访，并在那里吃了晚饭，一碗咸肉面条。

杨老师想拉我到接待站去吃，我谢绝了，因为那里都是领导。

我早早就来到晚会现场，李贵陪着我。

李贵是基地的后勤主管，不过这次接待却没有他的事，可能邵蔚嫌他太老了，用的都是年轻人。他也满不在乎，乐呵呵地陪着我，跟我说话，给我拿羊肉串吃。

这是一个挨着路的山谷的底部，领导的车会从路上出现。虽然这里离接待站不远，但领导肯定是要坐车的，因为晚会散后，便可以直接坐车回去了。

但我倒没有怎么注意这个路口，我关注的是老百姓。

这个消夏晚会到底是为领导开的，还是为公司员工和老百姓开的？在我心里还是个问号。这个疑问，要等着刘海涛给我解答。

我看到两面山坡上已经站满了许多人，都是下峪和附近村的村民。我很高兴。两面的山坡，其实也都弄平了，便于站在上面看节目，有点像大剧场的包厢。李贵说，放花呢，看看去不？我说好，赶快领我去看！

我们就到了东面山坡的空场上。呵，摆了一地花炮。隔开一定距离，这儿摆一盘，那儿摆一盘，行间距掌握得不错，是栽种核桃的高手干的吧？果然是焦书堂在指挥着，他关切地请我离远着点儿。因为他一边指挥这里，一边扭头盯着接待站那边，只要领导车队一出动，他就下令点花。

我刚离开花炮阵地，花炮就响了。一道道火蛇噌噌地往上蹿，在空中绽放出五颜六色的图案，坚持着，再坚持着，然后就徐徐落下来，也没有落到地上，落到半截就悄悄消逝了。代之而起的，又是无数条火蛇蹿上去，再次把夜空照亮，照得五彩缤纷。

在放花的时候，农民们不断地打口哨，这都是小伙子们干的，姑娘和妇女则是尖叫，太释放了，太愉快了。人生能有几次叫！

花炮过后，一切复归寂然。虽然依旧是吵吵闹闹的，但跟刚才的巨响比起来，就相当于无声。

好像在为一个神奇的东西的出现做铺垫。

果然随着电光的一闪，人们又是一阵惊呼。

原来从东南方向，飘过来一只巨大的金色的宝葫芦！

探照灯一打，小东山上的宝葫芦便抖掉神秘面纱，金光四射，姗姗来迟，似在飘移，却稳坐不动，太大家风范了。

山坡上的民众欢呼声最为响亮。

坐在位子上的领导们也在回首瞩目,刘海涛则与大家同喜。

回到舞台上来吧!

但是人们显然没有回到舞台上,而是把目光全集中在舞台的后面了。幕布后面在燃烧着熊熊大火。幸好我提前看过,否则也会被这种景象吓一跳的。

那是农民们在新造的梯田上燃起的篝火。专门把在改造荒山时刨掉的老头树拿来,堆在一起,把它燃烧,有浴火重生、凤凰涅槃之意。

火势极旺,烧尽过去,点燃未来。

这时前台正在演唱《鹅卵石孵出白天鹅》:

"黄土地热山坡,巍巍的太行山,奔腾的滹沱河……山险偏修路,蹚水愣过河,辘辘把打不干井里的水,鹅卵石孵出白天鹅。"

老百姓鼓掌叫好。

领导们看了看刘海涛。

刘海涛大张着嘴,陶醉了。

下面又演变脸、蹬缸什么的,领导就退席了。这是可以理解的。

刘海涛送走领导回来,便招呼四周站着的农民坐在空出来的藤椅上。那些老娘们儿也不见外,叽里咕噜坐过来。分明有在山上见到过的那几位。

刘海涛与民同乐起来,笑得是那么开心。

好一个消夏晚会,不,篝火晚会!

是为领导开的,还是为群众开的?这个问题似乎也不那么重要了。总之它代表的是一种心气,把人们的心气鼓得高高的,烧得热热的,有什么不好?就像刚才燃放的烟花和那具有象征意义的篝火一样。

2. 水往山上流

这是刘海涛说的话:水往山上流,路向高处伸,人在天上走。

他那天马行空的劲儿又来了。

现在不仅自己天马行空,还要带着许多人一起天马行空。

啥意思?就是人要站在最高点上看问题,最高点就是天,你在天上走着往地下看，就什么都看清楚了，就能让水往山上流。山上有了水，荒山变绿洲。过去沉睡亿万年的不被启用的资源，就被你启动起来，变成了地，结出了果，打出了粮，资源变成了资本，人们奔向了小康，奔向了天堂。

　　本来人心就比天高，你不让他上天怎么能行？要把人们带到小康，带上天堂，自己就先得上去逛逛。否则你哪儿来的那种眼光？

　　在北京时，他搞的是房地产、建材，太低了，楼房再高，也是低。他就带着团队走到房山、平谷、延庆、顺义去，走到山上考察农业。

　　谈起这一段孙栋梁深有体会。他说，我跟着我姨父到北京房山去，只要能走车就去，有泥也去。看山怎么治理，水是怎么上去的，老百姓投入的是什么，问老百姓收入多少，国家有什么政策，怎么扶植，土地瘠薄不瘠薄。看到人家种杏种多了，丰收了卖不了，卖不出去，多得贮存不了，烂了，扔一片。他就急得团团转，说咱们给搭个手吧！咱在北京好歹有些关系，就帮着联系，往外推销。但最终得出了一个教训，杏不能多种。

　　孙栋梁接着说，我姨父说回去改造荒山，我们说，你这是天方夜谭！闫春海最敢跟他面对面争论，说这事千万不能干，好容易挣俩钱，都打了水漂儿可不值！我姨父就说，你站位太低了！再往高站站。闫春海说，再往高站，也是不能干！他说，那你就站在天上往下看！闫春海不言声了，因为他觉得自己站不上去。

　　站在天上往下看，成了刘海涛的口头语。动不动就让人站在天上往下看。只有站在天上往下看，才能实现"反常态发展"。

　　"反常态发展"，又是他创造的一个词。

　　水往山上流，就是"反常态发展"。

　　行了，刘海涛的思想已经很明确了，那就是：水往山上流，路向高处伸，人在天上走，外加一个，"反常态发展"。

　　这算不算也是葫芦峪的一个发展模式呢？

　　带着这个问题，我又找到了焦书堂。

　　焦书堂在百忙中接受了我的采访。

　　我试探着问："你能不能说说，关于水啊、路啊，等等，你都有什么想法？"

　　他脱口而出："水往山上流呗！"

　　我说："这是你叔的思想吧？"

他说:"他的思想,我的实践。"

接着就不用我再提问了,一提到水,好像他自己就变成了水,哗啦、哗啦流开了,挡也挡不住。

他说,我是以水起家,用水发展,将来还要靠水,把我提升得更高,高到天上去!那才真正是高水平!

叔侄俩简直像极了。

他说,我和我叔合包了接待站前的那个水库,名义上是养鱼,主要目的是让它上山浇地。为了浇地,我必须先跟大队谈妥条件。水库能盛28磴水,35厘米为一磴。大队要10磴,剩下都是我的。我估摸着剩下的18磴水,足够我浇300亩地的了。就先修周围山上的坡地,共300亩,后来又扩展到小东沟,蚕食整个葫芦峪,光经我手造的地就有1800亩,还有修的路就不说了,单说牵着水龙往山上走,那就费老劲了,要不怎么能实现水往山上流?得给他修龙潭,建游泳池,一个地方伺候不到,它也不会给你围着山转,并顺顺当当地流到田里去。

他一点儿也没有意识到自己在进行文学描写,表现在脸上的完全是辛苦劳作后的欣慰与自豪。

造了那么多地,18磴水远远不够用了,就抽下观水库的水,就买了一台水泵,建两个蓄水池,直径5米。把水龙引上山,进了游泳池。这不就是水往山上流了吗?再让它自动流到水管里去浇地,一开始预备了300米水管。现在3万米也多了。

但是水还不够用,刘海涛说,钱你不用管,该修什么、建什么、买什么只管说。

随着造地的增多,又修了直径5米的蓄水池一个,10米的一个,6米的一个,20米的两个。

都是引下观水库的水上山,垂直扬程120米,远程1200米。

接着就建泵台和泵房,买一台55千瓦的变压器,先抽到10米的蓄水池里,再往两个20米的蓄水池流。这直径20米的蓄水池,能盛1000方水。一天一宿流满一个。

变压器不够,又上两个,一个45千瓦,一个55千瓦,但只能各带一个泵。一狠心再上一个300千瓦的变压器,6万多元,同时带3个泵。水就大量地流上山。

我带着刘书国和刘书平哥俩干，亲哥俩。结果刘书平牺牲在引水上山的岗位上，因为操劳过度，高血压引发了脑溢血。

说到这里，谈论水的兴致失去了很多。沉默一会儿，从小兜里掏出一板药，整15粒，胶囊，就一粒一粒地把胶囊拔开，把里面的粉末倒进嘴里，整倒了5次，憋住，喝一口水，咽下。

我感到很奇怪，就问："怎么这样吃药？治什么的？"

他说："放心，不是高血压。是治头痛的。30年了，不吃就头痛。胶囊我咽不进去，就得直接吃面。"

我拿过那药看了看，叫氨咖黄敏胶囊，治感冒的，没写治头痛。这就是庄稼人，只认实效，不管说明。

吃完药，阴影消除了，又兴致勃勃说起来。

东王坡2米、15米、10米三个蓄水池，春卜两个15米，一个6米，潭现沟6米一个，王祥沟10米一个，栓玉沟一个6米，一个15米，涝洼沟1个10米，草涝沟两个10米，谷子沟2个10米，石门东岭3个5米，南沟一个6米，小东沟2个10米……

这说的是蓄水池。

再说塘坝。

栓玉沟一个塘坝，涝洼沟两个塘坝，草涝沟和谷子沟各一个塘坝……

又返回到变压器。

石门东岭2台，100千瓦，碾底沟两台，70千瓦和100千瓦……

我真不忍心把他说的这么多蓄水池和塘坝、变压器等一笔带过，说一个总数一笔带过。我觉得不如实记录下来，并写在这里，就对不起他。他是那样的精瘦，矮小，外加滑膜炎和头痛，每天要吃15粒胶囊的药粉，只有小胡子倔强地撇着，显得神圣不可侵犯。

他自己干过的事，就是他的命，记得那么清楚，地名、米数、个数、千瓦数，没看笔记本，他好像也没有笔记本，都印在了脑子里。这都是牵着水龙上山的程序，启动哪个程序，水龙就由哪座水库、哪个塘坝，经过哪个泵站、哪个变压器，进入哪个蓄水池，休息待命，随时准备流入管道，钻进梯田。

如果我不写在这里，水龙上山走错了路可怎么办？

但是焦书堂关于水的描述还没有完，这回不是微观的了，是宏观的。

他说:"水的问题跟造地有很大关系,在造地的时候我们就注意了水的问题,做到了中小雨能蓄,大雨能排,干旱时能浇。现在我们在水利部门的帮助下,又投资3200多万元,兴建水利设施,已建成塘坝6座,正在建的5座,建扬水站8座,建蓄水池32个,铺设输水管道76公里,已经栽植的万亩核桃全部采用小管注流节水灌溉技术。"

焦书堂说完,又开上他的皮卡,带我去看水源。用水不忘水之源,幸福来自柏坡渠。他要让我看看柏坡渠。他领我走了几条沟,表面上什么也看不到,因为柏坡渠只有两三米宽,砖砌的,被茂盛的树木水草遮盖着,只有下了车,弯腰细看,才能找到。

她是那么安静,毫不张扬,清澈的泉水淙淙流淌,永不停歇,流满了水库,灌满了塘坝,再被焦书堂引上山顶。

焦书堂特别对她有感情,因为这是他的命根子。一直开着车往西走。我问到哪里去?他说到源头。多远?700公里,在山西省。我说,别开玩笑了!回去吧!他认真地说,我不是开玩笑。只要你有时间和兴趣,咱们就去。这条路我很熟,我去考察过两次。我说,还是回去吧,今后有机会再说。他说,那好,想去了一定找我。

在回来的路上我又想到了人心的高低问题。如果跟水联系起来,太低了就不行。比如跟水组成一个连通器,你的心想把水压到山顶上去,起码就要比山顶高,而且越高,压力越大。你要能高上天,那不就更好了吗?

噢,刚才焦书堂说的数字都是截止到2014年6月的数字,一年以后,即2015年6月,我再上葫芦峪采访,那水往山上流,路向高处伸的景象更为可观,因为又新造了1万多亩梯田,塘坝、蓄水池、管道、盘山路更多了。共建设塘坝42座,截流坝100座,扬水站100座,蓄水池200座,水窖100个,输水管路500公里,水泥路60公里,砂石路20公里。

3. 白 面 红

白面红是个村庄名。当我第一次听到这个村名时,我就觉得很怪,怎么叫这么一个名字?我就向别人打问,他们也不知道。好像就是这么凭空而降的一个名字,没有理由,也没有为什么。不可能吧?

忽然就有了了解村名的机会。那天下午,张书芳答应领我到下面看看，看看众泰公司造的地和已经流转到手的山场，没说要到白面红去，我也没有思想准备，但忽然就说，快到白面红了！我大为惊奇。

那天先看了西柏坡的梁家沟，然后翻过一道山，说到孟家庄乡看看。众泰公司在平山县，除葫芦峪本部之外，又规划了六大园区，其中一个就是孟家庄园区。

张书芳一路走，一路介绍，非常自豪。当时我还不知道白面红的来历，等我知道来历后，回过头来一想，当时张书芳的那种自豪感，完全是白面红式的。是的，白面红这村名的含义概括地说，就是自豪感，一种特殊的自豪感。张书芳虽然说话不动声色，但骄傲自信和心比天高的劲头一点也不弱，完全是白面红式的。

他是在介绍客观景物吗？不，他是在如数家珍，因为六个园区的片很大，好像走一走就是他们的园区，不是园区，也离着园区不太远，太远也没关系，将来都可以变成自己的园区。我发现葫芦峪人这种向外扩张的欲望非常大。

所以凡是看到的山水都是好山水，言语之间带着强烈感情。

我们由东向西，在沿着一条河行进，是在河的北岸。他说那是滹沱河，水量多么充沛，是园区的主要水源。滹沱河流域有那么多县，当然也把园区包括在内了，但经他这么一说，好像滹沱河是专门给他们家预备的。赞美一番滹沱河的水量、宽度和出现在眼前的那座长长的桥梁之后，又夸耀两个村庄，是随着车的到达先后排序，先看到村名牌上写着"方家口"，说这个村的群众可好了，流转荒山非常痛快。然后就拐下公路去，沿着小路走一段，就让放慢车速，说看路两边，都是咱们造的地，栽的都是核桃！又返回主路，继续向西行，又看到村名牌"李家沟"，又拐上小路，说这两边的山多好！都是咱园区的，这片还没改造。再往里走就能看到咱们造的地了，都栽的是苹果。这两个村，咱们已经造地3000亩。不去了，返回吧，时间不够用。就又返回到公路上，不再继续往西去，而是倒回去，拐到沟里，沿着沟里的一条小路，继续向西走。

这回没有滹沱河了，而是文都河。但是却看不到河。他给我解释说，沟、川、河、谷、峪都是一个意思，都是两边山夹着的一条狭长低地，有水时就是河，没水时就是沟，或叫川、谷、峪都行。说话之间，眉飞色舞，家乡好哇，能把一条狭长地叫出这么多名儿来，别的地方行吗？一路上都是村庄，一个挨一个。山区就是这个特点，靠近河谷建村庄。终于看到"上文都村"的牌子。他立刻解说道，还有下文都村呢，所以叫文都河。还有营里河。

路过一个元坊村时，大为动容，看到了吗？元坊村！前几年可出名了，主要是种植苹果种出了名堂，几任支书到调到县转成了公务员，当了县领导，真了不起！不过现在我们葫芦峪比他可强多了，咱不图转什么公务员了，咱图个名儿还不行吗？

典型的白面红！

这时他忽然说，我们快到白面红了！

白面红！这个久闻大名的村子，终于要领我去看看了。但我还是想提前知道，便问，张总，为什么叫白面红？他说，这个……我也不知道。他终于还有不知道的事情。

到了白面红，一个光头、粗壮的人在迎接着我们。他就是李怀军，刘海涛的大女婿。进了屋，租的房子，搭着几张床铺。李怀军说，我们几个人就在这儿凑合着。在他身上，有很多传奇。首先他的村庄是大名鼎鼎的黄壁庄，但那是被水淹了才出的名，因为淹它的水库就命名为黄壁庄水库。毛主席当年为什么选择平山县西柏坡作为党中央驻地，就是因为平山既是山区，便于隐蔽，又有肥沃良田，保证粮食供给。在当时平山县可是个富县，新中国成立后因为修了岗南和黄壁庄这两个大水库，造成大量良田被淹。刘海涛已经把水库淹良田归结为现在地少的一个原因，决心用荒山造地把淹掉的良田补回来。

这一段土地被淹没的历史，成了李怀军难以忘却的记忆，虽然1967年整体搬迁时他还没出生。但做梦总是捞被淹的土地。所以农民是不能失地的，隔了代还这样！高中毕业后，他啥也不想干，一门心思承包了别人的大片土地，在上面劳作，一干就是十几年。但那都是别人的地。后来进了葫芦峪，行了，凡造出来的地，都是自己经营的。他就疯狂了，小东沟跟焦书堂征战完后，又去了西柏坡，跟张贵双等四个人挤住在一间屋子里，艰苦创业，造地700多亩，现在又转战到白面红。

这是一个承载着捞地梦想的人，所以那干劲和心气之高是无法形容的，使你感到，现在他虽然坐在这里跟你说话，但时刻都会弹射到荒山上去造地。

终于我说，那就领我看看去吧！他立刻就浑身舒服了，站了起来，跃跃欲试，说先看哪儿？又惋惜地说，如果你们明天来就好了，8台钩机都一起开上山造地。我问现在钩机在哪儿？来了吗？我想看看8台钩机在一起的气势。他说，来了，但街上、路上都停不下，都潜伏在山沟里趴着待命呢。行了，凭这一句话，我已有了最形象的感觉，不用再去看了。

他说那就先看看修路吧！原来他们要修一条15公里的路，与著名的南滚龙沟连起来。南滚龙沟不仅是昔日农业学大寨的典型，还是晋察冀日报社旧址，还是那首著名的歌《歌唱二小放牛郎》的诞生地。"牛儿正在山坡吃草，放牛的却不知道哪儿去了……"那个放牛的王二小，就是南滚龙沟村的，原名叫闫富华。不仅如此，南滚龙沟还有奇物：长在石缝里的树、枣树枝是向上弯曲的、山崖上的马蹄印……是著名的旅游景点。所以必须修一条翻山路，把白面红农业园区，跟旅游景点连接起来，结合起来。

我们就到院子里上车，这时看到了一位精神矍铄的老人向我走来。李怀军介绍说，这是白面红支部书记常世明。常书记的握手非常有力，目光炯炯，豪情满怀。我们坐在一个车上出发了。

在车上常书记声音洪亮地说："我当了二十多年支书，只有今天才当出点滋味来。跟着葫芦峪改天换地。过去也没少喊口号，做成的事却不多。这回可要实现中国梦了！怀军跟我一说，我就领会了，但乡亲们还有顾虑。好办，三上葫芦峪！第一次18人，都是村干部；第二次24人，扩大到骨干；第三次30人，是村民代表。三次下来，受到的教育可不是一般啊，思想意识落后了十年，现在一下子提上去了。要想脱贫，必须搞现代农业。我说的没错吧？"

我说："您说得太好了！"

说着就下了车，指给我看沟那边一片新造的地。这时更加兴奋了："看看，看看，过去是兔子都不拉屎的荒坡，现在栽上苹果树了！"

我看到眼前好大一片"竹林"，哪儿有苹果树啊！见我迷惑，李怀军赶紧过来解说："这都是插的竹竿，苹果苗在竹竿上绑着呢！这是新品种，新红富士，6块多钱一斤。"

老支书满脸乐开了花："发财了！发财了！怀军就是财神爷啊！"

这话算说对了。李怀军过去承包过好几处果园，种的都是苹果，他能对果园和苹果没有研究吗？老支书有他帮忙真是福气不小。

不料李怀军感慨地说:"可惜过去都是过路财神,现在才是自家的财神了!"

我这才发现自己把关系摆错了。现在白面红的土地,老支书代表村民只有承包权,而最实质的经营权已经转让给葫芦峪的众泰公司了,张书芳是法人代表。李怀军这个财神的真正归属应该是葫芦峪公司,而不是白面红。白面红只不过是从中受益罢了。

但老支书可能在经济上承认这一点,在感情上不能承认这一点,一切还都是白面红的,而不是葫芦峪的,所以他才把李怀军当成自己的帮手。

但李怀军的胃口可不只是眼前这一片新红富士苹果,他的目光继续往前伸,并指给我看说:"过了这座山,再绕过那座山,再过一道沟,就是明天要开发的600亩荒山,看到了吗?"

我只看到苍苍茫茫的一片,根本辨别不出他指的是哪儿。便看了老支书一眼,老支书说:"怀军的眼力最好使,我也看不见。"

我已经看出点门道来了,他真把李怀军当神敬了。而李怀军也自我膨胀,高瞻远瞩,势不可挡。要不怎么叫自信,怎么叫疯狂呢?这也没有什么坏处。

又是一个白面红式的!

再坐上车往前走,转过一个山包,到了新修的路上,不能走车了。下了车,看到高低错落着有三四台钩机在干活,正在修路。一台挖掘机停下来让我们过。我们踩着翻起的土上坡,但土并不陷脚,被履带轧实了。当我从铁臂下钻过时,近距离感到庞然大物像停下来喘气的野兽,只等我过去,就会扑向荒山。我回头看它作业,前面的铁臂下挂着爆破锤,一个铁锥样的东西在"嗒嗒"地快速连续地敲打着山上的石头。后面的铲车把敲下的石土铲到沟里。

我注视着它们,那两位已经走过去老远了,他们对此早已司空见惯,我却久久不能平静。在我的记忆中,凡是大的土方工程,全是人山人海,红旗招展,挥舞镢头铁锹,肩担手提小车推。曾几何时就变成了这样场面单调的机械化操作,时代就这样不声不响地演变过来。难道过去的一切都会被遗忘吗?甚至倔强的白面红人。

当我再次走到俩人身边时,出乎意料,两个人一反常态,表情严肃地默默地站着,刚才的张扬一点儿也没有了。

我也只好不声不响地站着。

面前是一道很深的沟,看上去深不见底,对面的山崖上有一块平地,上面铺着厚厚的黄土,是新造的一大片耕地。常世明老支书指着那片黄土地说:"那是'土凹惨案'纪念地。日本鬼子在那儿用刺刀挑死了9名中国人,其中两名是游击队员,其余都是无辜百姓。"

我沉默无语,凶残的侵略者!现在的白面红人并没有忘记过去的一切。

常世明说:"怎么样祭奠死难同胞?过去是荒坡,在上面立个碑写几个字,是纪念;现在我们把荒坡造成地,栽上苹果树,也是纪念。而且我觉得后者更有意义。让先烈们看看,侵略者早已被赶走,后代儿孙把家园建设得更美好。那边到玉皇顶的一大片山场,下一步都要开发,把观光农业和红色旅游结合起来,那样先烈们就不寂寞了。"

李怀军补充说:"修成刚才看到的那条路,就把南滚龙沟跟这儿连起来了,都是红色旅游。"

常世明说:"我们这边也不弱。在玉皇顶下还有一块圣地,那是杨开慧的侄女杨战的牺牲地,当时她是抗大学生,也是被日本人杀害的。"

我们怀着既沉重缅怀过去,又认真憧憬未来的心情,离开了这里。

当坐上车返回时,我忽然想起了那个无比重要的问题,心想这回应该有答案了。

我就沉住气不紧不慢地问:"常支书,咱们村为什么叫白面红?"

常世明说:"因为这里穷呗!有一个拉骆驼的西北人路过咱们村,进一家讨口饭吃。主人特意给他包了高粱面饺子,那个骆驼客说,饺子都是白的,你们的饺子咋是红的?不是白面包的吧?主人一听上火了,这不是瞧不起人吗?说我们连白面饺子都包不起。其实就是包不起,不能承认客观现实。我们这儿的人就是这种山杠子脾气,倔。那主人就豪气冲天地说,我们这儿的白面就是红色的!"

明白了,为了纪念这个故事,就把村子叫了白面红。

这里有忆苦思甜的意思,也有自信、自强、心比天高和不服输的意思,当然也有点抬杠的意思。

但故事并没有完。

老支书接着说:"1976年,一个新华社记者来采访住在我家里,说白面红这个名字不好，干脆叫东面红吧！东方红，东面红，多好！当时白面红分了两个行政村，东白面红和西白面红。我就说，我们叫东面红，那个村就得叫西面红，也不好吧？记者一想也对，就用南方口音说，西面红当然不能叫啦！不了了之，还是叫白面红。"

白面红，多么响当当的村名！

4. 太行鸡蛋

赵美合的工作很重要。全公司的工作主要有两大块，一块是公司本身，包括山上的由张贵双副总经理掌管的生产基地，一块就是由赵美合副总经理掌管的专业合作社。农业合作社是近几年兴起的新生事物，是农民的自发组织，根据种植、养殖等不同的专业，农民入股组成合作社，联合生产、管理和销售，变个体的单打独斗，为集体地协作攻坚，更好地适应了市场经济的需要。葫芦峪的合作社打的是生态农业的品牌，并且有公司做基础，有统一的生产基地，力量更为强大。

这绝不是随便一说，走个形式，多个名目，赶个时髦的事，白纸黑字，有法律文书为证。确实都有农民入股，赵美合也代表公司入股，是个大股东，都按着手印。公司的统一销售这一块都纳入了合作社，这是实实在在，看得见，摸得着的，赵美合也整天为此东奔西跑，不遗余力。

销售这一块主要是养殖业，大面积的种植业还没有到收获季节。山沟里放养的本地黑猪，山坡上的梅花鹿，以及奶牛、奶绵羊等，都可以抓住特色，做做文章，制订出营销方案来，而且会取得很好的效果，但最不容忽视的还是养鸡。且不说公司需要大量的鸡粪，就是鸡蛋，这种家喻户晓，最受老百姓欢迎的产品，你的宣传工作做足了吗？没有。

葫芦峪柴鸡是由华北母鸡和山西大黄公鸡杂交而成，林下放养，吃苜蓿草和黄蜂虫、地毯虫、蚯蚓等昆虫，配以自己做的饲料，成分是自己山上种的有机花生的花生油饼、自己山上种的有机玉米，并将山上种的知母、板蓝根、黄芪等中草药碾碎放进饲料里，绝对不用市场上的豆粕！强调"自己山上种的"，是因为葫芦峪的山是新开的处女地，没有经过化肥和农药的污染，而且鸡在山上跑，运动充足，体格健康，呼吸的全是新鲜空气，很有活力，这样的柴鸡真让消费者放心！这样的鸡蛋是营养的上品！

但是得拿出证据来。

赵美合把"太行鸡蛋"送到河北农业大学动物科技学院去化验。把太行鸡蛋与普通鸡蛋各取50个进行指标测试，结果表明，太行鸡蛋的粗脂肪、钙含量、蛋白质、赖氨基酸、卵磷脂、不饱和脂肪酸、维生素A、C、D、E、K以及矿物质和微量元素都高于普通鸡蛋1.53倍至1.96倍，因为它的蛋黄重，蛋壳强度、厚度大，富于集养集钙，而且不含激素，这是最主要的。

科学证明，鸡蛋中所有卵磷脂均来自蛋黄，卵磷脂能降低胆固醇，促进维生素的吸收。卵磷脂消还能帮助合成一种重要的神经递质——乙酰胆碱，可增强各年龄组的记忆力，延缓脑功能衰退。这样鸡蛋的蛋白质仅次于母乳，是"完全蛋白质模式"，吸收率比牛奶、肉类和大豆好，是最优天然补品。

不饱和脂肪酸有利于高密度胆固醇（好胆固醇）的提高，并使脂肪和胆固醇颗粒变小，利于血脂代谢，减少胆固醇含量。

另外蛋黄里还含有叶黄素和玉米黄素，能够给眼睛过滤有害紫外线，延缓眼睛老化，预防视网膜黄斑变性。

鸡蛋中含有较多的维生素B2，B2能分解和氧化致癌物质。鸡蛋中含有的微量元素硒和锌，亦可防癌。

但是多么好的东西只要一污染就完了，环境污染，农药化肥、饲料污染，激素污染，鸡蛋已经不是鸡蛋了。可是这一切在葫芦峪都是不存在的，没有各种污染，是健康的鸡所下的蛋。这可不是空口一说，有国家权威部门的跟踪监测，每年几次现场化验检查，哪个指标不过关也不行，最后都合格了，才发给"有机产品认证书"，一年一发，不搞永久性，2015年的证就在眼前。

所以太行鸡蛋营养齐全，不含激素，有益健康，延年益寿，可以放心地吃，大胆地吃。人们出于增加营养的考虑，每天吃鸡蛋，但又出于怕增加胆固醇的考虑，每天只吃一个鸡蛋，或者不吃蛋黄。这就大错特错了，蛋黄多好哇！美国有实验表明，一组人每天吃一个鸡蛋，另一组人每天吃三五个鸡蛋，甚至更多，结果胆固醇都没有增高。所以许多发达国家的医学界取消了心脑血管病患者忌吃鸡蛋的"禁令"。

太行鸡蛋有这么多好处，群众是不太了解的，他们最有体验的是好吃，也就是口感好，吃下去有一种清香味，而普通鸡蛋则有一种腥味——噢，没有对比是分辨不出来的，凡是吃过太行鸡蛋的人就不再吃别的鸡蛋了，所以回头客特别多，虽然是15元一斤的"高价"，超市里往外卖则是24元一斤。

对于普通鸡蛋来说，这是一个天价。噢，又是天。追求吧，葫芦峪人吃的是天价鸡蛋，葫芦峪外面的人，全省的人，全国的人，全世界的人，都要吃这样的鸡蛋，为什么不呢？赵美合的野心迅速膨胀，他不仅通过自己的销售点和省供销社的渠道卖鸡蛋，还到网上去卖，淘宝、京东、天猫、阿里巴巴，通过快递，迅速抵达全国各地，反正太行鸡蛋，蛋壳坚硬，便于运输，利于保鲜。

要把这个买卖做充分，必须宣传。他不做广告，他做宣传。他请来了杨中和老师做这个工作。

凡事一经杨老师的手，那就上档次了。他认为普遍被追求的事物，比如鸡蛋，往往会在文化上找到它沉淀下来的痕迹，正是这种文化上的传承，又加强了人们对这种事物的认同感。鸡蛋肯定也是这样。那么为什么不把它发掘出来，为我们服务呢？

杨老师立志宣传鸡蛋的时候是阳历二月份，离阴历三月三还有些时日，那就太好了，让我们三月三过个鸡蛋节吧！三月三相聚葫芦峪，鸡蛋有约！鸡蛋会，鸡蛋行，鸡蛋送你好心情！

三月三的确是个好日子。王母娘娘开蟠桃会，是这个日子。人们踏青出游，登山拜庙，也选这个日子。黄帝的生日也是这个日子。"二月二，龙抬头，三月三，生轩辕"嘛！现代人也来凑热闹，把三月三定为情人节。那是因为诗仙李太白的一首词："箫声咽，秦娥梦断秦楼月。秦楼月，年年柳色，灞陵伤别。乐游原上清秋节，咸阳古道音尘绝。"讲的就是三月三的情景，缠绵，悱恻，幽怨，凄婉，特别适合那些长久或短暂分离，又有些小资情调的恋人们。

难道鸡蛋就不会占据这个好日子吗？会的，而且它不只占了三月三这个日子，还占了三月十八和四月初八两日子，共计三个日子！而且三日子在不同地区有不同的做法，但对象都是鸡蛋。

第一，大通、互助一些地区，人们带着煮熟的鸡蛋和大鼓来赶庙会，然后就击鼓比赛，互相击别人的鼓，谁的鼓被击破了，谁就是输家，把鸡蛋送给赢家。

第二，是土族的鸡蛋会，也是在寺庙里举行，献牲酬祭，诵经跳舞，击蛋做戏。鸡蛋——击蛋，大家就木棍敲打彼此带来的熟鸡蛋，敲碎了就剥着吃。鸡蛋不是好东西用得着这样吃吗？

第三，在湖北孝感的云梦泽一带，相传人们得了头疼病在湖滩上打滚，到处找草药也治不好。三月三这一天，神农氏路过此地，从山上捡来几个野鸡蛋，又挖了一把地菜，上锅一煮，吃了，好了。所以每到三月三必须吃鸡蛋，这是关系到健康的大问题。

第四，三月三，碰鸡蛋。这个范围就广了，而且孩子们参与进来，互相碰煮熟的鸡蛋，谁先破谁输。不仅古书中有很多"斗鸡子""斗鸡卵"的记载，还有唐代元稹的诗为证："红染桃花雪压梨，玲珑鸡子斗赢时。"

此外，人们还把熟鸡蛋染成五彩蛋，放进河里，让下游人捞取剥食，可治不孕不育症。

此外，还有外国人怎么编撰鸡蛋的故事……

赶快打住吧！鸡蛋如果不是个最好又最普通的东西，能被从古到今，被国内国外这么揪住不放吗？

啊，神奇的鸡蛋！三月三千万不能错过呀！

成千上万的人都到葫芦峪来赶这个鸡蛋会，场面热烈，喜气洋洋。

鸡蛋，普通的鸡蛋，赋予了科学的内涵，披上了文化的外衣，变得非常的不普通了，对，太行鸡蛋就是不普通！

"鸡蛋是葫芦峪的品牌，这次鸡蛋的宣传也是品牌。"刘海涛对三月三鸡蛋会给予高度评价，"今后葫芦峪任何产品的宣传，都要实事求是，做精，做细，做全，做深，做出农耕文化的高度来，切忌宣传工作的广告化，华而不实，虚张声势，夸夸其谈，这不是葫芦峪的水平和高度。"

但最让赵美合头疼的是，鸡蛋又供不应求了。

5. 一双姐妹，一对夫妻，两位长者

人心是那样不好触摸，都很高，但表现形式不同。大部分表现得张扬、自信，势不可挡，朝气蓬勃。但也有人并不这样，虽然心气很高，但

好像并不在意，或者隐藏很深，每天都是那样埋头苦干，乐乐呵呵，按部就班。

一双姐妹，埋头苦干；一对夫妻，乐乐呵呵；两位长者，按部就班。但谁也不知道他们心里想的是啥。只能不经意地捕捉，说话听声儿，锣鼓听音儿，才能发现他们的梦想也很了得，放飞的心灵升到了云端。

曲慧欣和焦丽平，是梁红霄用笔给我画出来的，在花名册上，在这两个人名下面，各画了两道重重的横线。

那天我找到了这双姐妹。

都是70后，曲慧欣大几岁，瓜子脸，眉毛和眼睛都好像担负着重要任务似的，一颦一颦，都为说话服务，为想什么服务，但也没有说题外的话，都是说的技术。她们都是梁红霄手下的技术员。

焦丽平胖乎乎的，圆扁脸，总是在笑，眼睛特别随和。

两个人我立刻就分出了主次，曲慧欣是掌控一切的，她在前面说，焦丽平在后面跟着帮腔。

曲慧欣是石圈村的，初中毕业，老公给人看钩机，大女儿在砖厂当工人，儿子在上小学。

焦丽平是下峪村的，两个女儿，10亩地，加荒山都入公司了，统一规定，地折合在人头上，每人每年2600元。当技术员月工资2000元。

曲慧欣的村子没在葫芦峪范围之内，地不能入股，所以只能当技术员，不能当股东。

两个人你一句，我一句，互相补充着说："2010年栽的核桃树都不合格，都让梁红霄领着大伙刨了，重新弄，从行距株距的4乘3，改成了5乘3，把行距扩大到5米。辽宁一号是授粉树，十棵有一棵是授粉树，开的是黄花。把花粉摇到食品袋里，在屋子里，撒在报纸上晾干，不能太阳晒。有两天也就晾干了。然后再把晾干了的花粉装进丝袜里，用木棍敲着一行一行地走。有实习的大学生干这活。割苜蓿是业主的活。"

曲慧欣说到这里时——主要是曲慧欣说，我看到她的表情有些异样，是说最后一句话时，有些异样，是一种不屑和不服气的表情。

这就叫察言观色。

然后我就故意说："业主干得都很好吧！"

她轻轻地"哼"了一声。

表示她很不服气。隐藏着的志气暴露出一点了。难道她不满足当一个技术，也想当一个业主吗？

不经意间我又把目光转向了焦丽平。没想到这个平和的胖女人，也有了战争的味道，说道："业主里边也就李军海还差不多，个别人真是不行。我看今年又得淘汰几个。"

她们是对事不对人，还是想取而代之？也许二者兼而有之吧？

这时曲慧欣说："咱甭管那么多闲事了！还是管好咱的技术算了。不论哪个业主包的地，都由技术员给嫁接，他们只是管理好就行了，当然也包括打杀菌液。打的是波尔多液与石硫合剂，我们负责熬的，然后把合剂装进水车里，再配上一台高压喷雾器，每个高压喷雾器上有俩接口，接上两条皮管子去喷。这都是业主雇人去干。"

我认为嫁接是最有技术含量的。焦书堂曾给我说了半天，也没听明白，何不让她们给演示一下。就说："现在还嫁接吗？让我去看看。"

两个人立刻就来了精神，好像这才是她们的拿手好戏，比坐在这里被审问强多了。精神抖擞，如鱼得水，那动作，那表情，尤其是曲慧欣，每个眼神，每个动作，都焕发出一个高级战斗指挥员的神采。

我们立刻离开基地办公室，下了一个小坡，曲慧欣跳下田埂，与在那里嫁接的人说什么，焦丽平则向远处走去。不一会儿，曲慧欣回来，样子完全改变了，戴着套袖，左手拿着一把树枝，右手拿着嫁接刀，像一个全副武装的战士。对远处的焦丽平喊："找到了没有？"焦丽平说："这儿有一棵。"

我们就走过去。我问她手里拿的是树枝吗？她说不是，是接穗，是从穗圃地采来的。按照规定，应该在实生苗的圃地里，一棵一棵地嫁接，长成树苗后，再移栽到大田里。现在是补充嫁接，就是在大田里找没有嫁接成功的树，再重新嫁接。我们走到那棵树旁，有半人高吧，焦丽平好像在专门等着我的到来，然后再操作给我看。现在见我站定了，她便亮出果树剪，以飞快的速度，咔嚓、咔嚓剪掉了大部分树枝，只留下了三个小嫩枝。

这回该看曲慧欣的手艺了。她先在实生树（那个没有嫁接成功的树叫实生树）上留下的三个嫩枝的一个嫩枝上，用嫁接刀割开一个长方形的小口，把树皮扔掉。然后从手中的接穗中，在有枝芽的地方，也割成一个同样大小的长方形口子,连同枝芽揭下来,扣在实生树那个口子上,严丝合缝。这时候我才看到她的一只手指上绑着一沓塑料条,这时候抻下一条,熟练地裹在刚嫁接的枝芽上,再飞快地系一个扣,成功!然后又嫁接另外两个嫩枝,那个麻利劲就别提了,令人叹为观止。

我在刚嫁接好的树前,跟她们合影留念。

她们就这样整天埋头苦干地做技术活,但内心一定有高远的目标和迫切的追求,刚才谈到小业主时已经初见端倪,她们未必不想竞争个小业主当当。

再说说那一对乐乐呵呵的夫妻吧!

我是在刘建中家看到这两位的。

那天晚上刘建中开车把我拉到他家里。老家的房子是刘建中给父母建的,落地玻璃窗,宽敞的前廊,非常有现代品位。

我看到一个比刘建中小一圈的男人,走前跑后的,岁数也不显大,像个年轻人,我就误认为是雇的人,照顾父母的。哪儿知道,刘建中一介绍,这是他二哥刘美中。还有正跟他母亲一起做饭的,是二嫂。

吃完饭后,我就抓紧时间,跟这对夫妻聊起来。

两个人都是60后,妻子高欧林还比丈夫刘美中大两岁,而且刘美中是初中毕业,高欧林是高中毕业,处处都高他一截儿。座谈时也一样,不是夫唱妇随,而是妻唱夫随。妻子高声大嗓,嘻嘻哈哈,丈夫不言不语,只是笑,在妻子讲话的空当说上几句,切中要害,句句是理。看来他比妻子更有谋略,但是表面上却很服从领导。

我问这房子是你们的吗?刘美中说,不是,是建中的。我们的房子不如这个好。但也不错。而且我们——高欧林抢过去说,我们在山上住鸡舍。

接着就说养鸡的情况。

说了个开头,看婆婆在刷碗,心里不落忍,就过去不让她刷,自己刷。刘美中就趁机说,为什么接手承包了全公司的养鸡?因为我有养鸡的经验。过去我在村里包了7亩荒山,在山上散养了1万只鸡,6个鸡舍,雇一个人。一年收入10万元。现在让我管着全葫芦峪的养殖业,但除了鸡,别的也都有专人养,管只是个形式。我主要负责鸡。我雇了十几个人,每人最多让他管1700只鸡,每只鸡给1.1元的工钱。多了不让养,养不好。我们俩只管养小鸡。现在我们自己还没有孵化厂，将来再发展，就得建孵化厂了。现在是给人家鸡蛋，让人家给代孵的。咱的鸡蛋全是华北土鸡与山西大黄鸡杂交而成的，这种蛋孵出的鸡爱粗食，抗病力强。

咱们绝不吃买的鸡饲料，是自己配的，饲料里有玉米，自己种的，有花生饼，花生也是自己种的，再就是粉碎的苜蓿草，还有知母、板蓝根、黄芪，晒干碾碎，放饲料里，绝不用市场卖的豆粕。鸡在山上吃虫子，黄蜂虫、地毯虫、蚯蚓。蚯蚓是益虫，可疏松土壤，但是越吃越多。

这时高欧林又回来了，好像知道我们说到哪里似的，上来就接着说，别看我们干这么多活，操这么大心，也是挣点工资，他一个月2600元，我一个月2000元。

我的机会来了。我就问："那你们图个啥？过去自己养鸡还挣那么多钱。"

这时候高欧林不说话了，关键时刻还得听老公的。

刘美中笑笑说："图个啥？图养鸡呗！"

我又看高欧林。

她说："瞅我也没用。他养鸡，我也跟着养鸡呗！"

这回夫唱妇随了。

我说："你们收入没有增加啊！"

刘美中说："钱多了你还能去干啥？我的中国梦就是养鸡。养10万只、20万只，大型的，机械化的，那将是一个什么样的场面啊！"

于是就不再说话，陶醉了，眼睛看着前方他那个未来的大养鸡场。高欧林也向那个方向看，好像他们真的看到什么了。但终于回过神儿来。刘美中说："过瘾啊！"高欧林说："那我就一天到晚卖鸡蛋吧！"

这以后，我在基地产品展销部又碰到高欧林，她正在卖鸡蛋。搬鸡蛋，装鸡蛋，算鸡蛋账，收钱，忙得不亦乐乎。那个有点鼓的小嘴一直咧着，露出两排好看的白牙齿。

而我再次见到刘美中，是在消夏晚会那天的下午。他正在蓬头垢面地打鸡饲料，见我来了，就让别人盯着，领我到他们夫妻住的小屋里看了看，很简陋，但有电视。吃的蔬菜粮食都堆在墙角。然后领我到鸡舍去看。一个姑娘正手里抓着两只小鸡进鸡舍去，只见一个筐子底下扣着好几只小鸡，那姑娘用一只手掀开筐子，另一只手把那两只小鸡扔进去，动作之快使里面的鸡跑不出来，外面的鸡却能够进去，时间差掌握得非常好。

于是我看到架子上小鸡正在吃食。他说这是刚孵出来一个月的。接着又领我到另一个鸡舍，都是半大鸡，他说这些鸡快三个月了，就要分出去养了。

为了他心中的大鸡场，先乐乐呵呵地干着小鸡场。

这个大鸡场对于这对夫妻来说，是那样的美好、合理，需要而不迫切，灿烂而不刺眼，所以也才有了现在的从从容容和乐乐呵呵。如果太急赤白脸，太非分所想，太死乞白赖，那就没有这份从容和乐呵了。

长者，50后也。

他叫李贵。就是在消夏晚会上给我递羊肉串的那位。他是平山县杨家桥乡王家峪人。出校门后，当了10年农民，后来到平山县轧钢厂当工人，下马后又到烟斗厂当工人，先用车床车出雏形，再在布砂轮上打磨，每人每天制造50个烟斗。他在制造了成千上万个烟斗之后，就到平山县第二选矿厂，先把矿石破碎弄成小块，再上球磨机研磨，然后磁选。这回不是工人了，是财务科长兼会计。接着又到矿产制品厂，把石英石磨成粉。然后就进了四强，跟刘海涛干了一段，当副总经理。但不知怎么一来，县里把他调到城建局下属液化气公司当经理，换煤气罐，经营灶具，一直干到退休，画上了句号。

但刘海涛还不让他画句号，说别歇着了，到我这儿来吧！这已经是2013年，葫芦峪非常发达了。

刘海涛说："有几个地方，你任选一个，有葫芦峪、西柏坡、白面红、会口九龙潭，你乐意去哪儿去哪儿。"

李贵说："这么信任我？"

刘海涛说："你在烟斗厂时送给我的那个烟斗，我现在还保存着呢！"

李贵说："那有啥值得保存的，又不是工艺品。"

刘海涛说："我看着比工艺品还好。我特意带到北京去，到工艺品商店去比过，都没你这个好。木纹有想法，造型有风格，弧度也有讲究，握在手里的感觉舒服，得劲，与众不同。商店老板也拿着看了看，试了试，赞不绝口。你以这种水平和认真去工作，还愁不能把工作干好吗？"

李贵赶快说出实际情况："刘总，你误会了，我一天弄50个烟斗，都弄成这样的，还不要了我的命。我是特意给你加班弄的，打磨了好几宿，错了改，改了错，再改。你可别拿这个比我工作的态度，我达不到。"

刘海涛反而对他更加欣赏了，觉得这人实在。便说："我看重的是你的心气，对我老刘的心气，对物件的心气，一个普通工人能有艺术家的眼光，没有这比天还高的心气顶着怎么能上得去？所以你无论干什么事情，都可以给我干好。我深信不疑。"

他这才发现自己也是一个有心气、有潜力的人，平时还觉得自己太一般了呢！你看，优点、长处就在自己身上，自己却发现不了。现在回过头去一想，也是这么回事，要不在液化气公司干了那么多年，一次事故也没有发生过，这跟自己谨慎、小心的优点，或者说心气，是有关的。心气高的人，不一定就得干惊天动地的大事，像邵总那样，指挥消夏晚会。咱防火防盗，按部就班，保证后勤安全，也是一种心气的表现。

座谈时李贵对自己做了这样的分析。

最后他就在基地做了后勤主管，负责食堂、库房、职工考勤、发征地款等。发征地款得制表发放，拉出人名单，非常严格。到现在公司还给某些村的支书和主任发工资，因为还在征地期间。

把张红岩归入长者，不是看年龄，而是看经历，他的经历比李贵丰富得多。

他是个60后，早已过了不惑之年，也沾长者的边了。

说他按部就班，也跟李贵的按部就班大有不同。李贵是按照领导的安排，按部就班；他则是按照干个体闯世界的路数按部就班。他是学财会的，又跳出了财会，最后又回到财会，这才真正地按部就班了。

虽然他发财的心气很高，不高能随便跳槽吗？但属于隐蔽型的，不谈钱，颇有韬光养晦，卧薪尝胆的风格。口头上总是挂着，我年龄大了，不行了，让年轻人干吧！实际上憋足了劲，希望东山再起。但行动上确实有点浪子回头，按部就班的意思。

难道他把葫芦峪作为起飞的平台了吗？

张红岩河北电大园林艺术系毕业，又在石家庄劳动技工学校学习财会专业，进入平山县建设银行储蓄科，工作十几年后买断工龄干个体，承包工程，卖建材，搞水泥，又到广州、深圳搞电子产品，发往北方，又到山西开矿……折腾一溜圈，最深的体会是，不选好平台，起飞不了，不能融资，也干不成事业。

他不再蛮干了，过起了休闲、稳定、按部就班的平常人的生活。平淡之中一个东山再起的契机却向他走来了。

他有一个同学叫李地动，是1965年邢台地震时生的，所以叫地动。但本身却不好动，是一个安分守己，颇有文化修养的人。开一个按摩馆维持生活，经常与社会名流交往。过去张红岩可没有时间光顾这位老同学，现在有时间了，便来往起来。

而李地动跟刘海涛是老关系户。因为刘总的夫人周凤婷腿有毛病，便经常请李大夫上门按摩，同时海涛也就势按摩一下，一来二去就形成了习惯，隔长不短就得让李大夫按摩一次，不按摩就浑身难受。

有一次李地动约张红岩去钓鱼，去吧，就到焦书堂承包的那个水库，这样张红岩就与刘海涛认识了。一见面就感到刘总气度不凡，是个干大事的人，又看到葫芦峪现有的面貌，心里便燃起了希望之火。

回来又详细向老同学李地动了解了情况，便下定决心，投奔明主。他怕李地动的推荐会显得不客观和力度小，就请县林业局长出面，向刘总介绍了他的情况，因为他毕竟在电大学过园林艺术，后来又学了财会，是个葫芦峪需要的双料人才。刘海涛很高兴，说既然是地动的同学，又有局长的推荐，那还错得了吗？你就到公司最重要的财务部去工作吧！

张红岩到了财务部立刻就挑起了大梁，宏观的微观的他全都担起来了。那已经是2013年底了，葫芦峪公司的形势大好，财务情况也跟着好起来。进来的钱多了，花出去钱也多了。这时他打拼多年的经验教训起了很好的作用，那就是要把好财务关，富日子当成穷日子过，既要学会融资，也要学会节约花钱。在工作作风上更要改掉过去的游击习气和想当然行事，一切都要严格遵守规章制度，一切都要按部就班。

在财务总监闫春海的领导下，他配合上市整理好各种财务报表，多次深入农村解决征地遗留问题。随着形势的发展，荒山、坡地、耕地越来越值钱了，但有过去签的合同，就得按过去的标准执行，不能漫天要价。动之以情，晓之以理，做通了群众的工作，维护了公司利益。

他还带着成包的钱到山上去给农民发工资。当他看到老人、妇女拿到工资后的喜悦表情，好像他在新的平台上已经起飞了。

6. 雨后春笋

在这部书的卷二"数字的魅力"中，刘海涛曾经与秘占军有过一番关于数字的畅想，谈到了葫芦峪的十年规划，那些数字十分诱人。但是更诱人的还不是数字，而是两个人的许多想法。想法这个东西非常奇怪，有时候你坐在那里冥思苦想，也产生不了想法，有时候不经意间，很多想法却会奔涌而至。尤其两个有心灵感应的人碰到一起，想法就会像雨后春笋一样，疯狂地生长起来。

竹林就是春笋长成的。要有竹林，必须先有春笋。

一个连春笋都长不出来的公司，肯定没有什么前途。

春笋代表着一个公司的心气，心气越高，春笋越旺，公司越发达。

播种春笋的人来了。

刘海涛推开了秘占军办公室的门。

刘海涛说："歇着呢！"

秘占军说："哪儿敢歇？忙着整理个材料给农开办，好争取点钱儿。"

刘海涛说："别掉进钱眼里。说说下一步的规划。"

秘占军便施展老本行的本领，说出一长串数字。并特别强调，把这些数字正在变成现实。

刘海涛说："咱们今天不谈数字，只说现实。"

秘占军明白了，刘海涛今天是想轻松轻松。是啊，一个人整天让数字压着也不是个事。一般人哪儿有自己这种对数字的承受能力？不，不是承受，而是自在，数字是附着在事物上的自在、动力和翅膀。翅膀带着事物飞翔。很多事物在他眼前飞翔。翅膀和事物是一体，不谈翅膀也无妨，那就把这些事物展现给他看。

他侃侃而谈了，他并不是个缺乏热情和想象力的人。他说，建设现代农业园区，既满足当代人的需求，又不损害子孙后代的幸福，这是一个充满矛盾的博弈。我们种植名、特、优经济林果和发展生态养殖，以三高农业、生态农业、观光农业和生态旅游为主导，打造一片碧水蓝天的生态环境出来，跟现在的野蛮开发、浪费地力、竭泽而渔的现象，唱一唱对台戏。

刘海涛说，我们要把葫芦峪这一块先弄好，然后就是京津冀一体化，把出气的问题给解决了，就是打造出深山和浅山的两个肺叶，把太行山、燕山建成一道绿色屏障，看它还有没有雾霾！我们要以西柏坡为起点，从一个红色的高，再登上一个绿色的高。

秘占军激动了，他肚子里早就有一个非常完美的计划，现在刘海涛说把葫芦峪这一块先弄好，那就照着我说的弄吧！这个建议，此时不说，更待何时？他说，我认为葫芦峪模式概括起来就是，三高农业，两大支柱。三高农业就是高科技、高投入、高产出，也就是精品农业；两大支柱，一是生态，二是旅游。而生态是最根本的。没有生态，三高农业不可持续发展，精品农业也成了无源之本，旅游也就更谈不到了，所以这几个项目中生态最为重要。但是没有精品的栽培，生态也搞不起来，没有旅游者的介入，生态也不能发挥效益。

我们要打造一个百里生态旅游长廊，还是以西柏坡为起点，红色的起点嘛，从红色的起点，走向绿色的世界。游客们在西柏坡受到红色教育后，便到梁家沟采摘观光，在农家院吃完午饭，便向南滚龙沟出发了，参观晋察冀日报社旧址，观看奇石异树，住在森林宾馆。第二天翻过一道山，进入葫芦峪，第一站是白面红，站在青崖战和玉皇顶上，观赏华北大平原，这里已经有了咱们的"人造景观"。600米以上，是咱们的生态水源涵养林区，即你所谓的"天然呼吸肺"的一个肺叶，原来不长树的秃着的山脊和山坡上，现在已经全部用挖掘机搅出一个个鱼鳞坑，然后栽上松树、柏树、槐树、杨树，从山顶上的蓄水池或塘坝里引水浇灌，现在已是郁郁葱葱了。600米以下的浅山丘陵区，咱们的造地已成规模，经济林果成方连片，核桃、寿桃、凯特杏、樱桃、冬枣、石榴和日本甜柿，五彩缤纷，姹紫嫣红，这是另一个肺叶。

从白面红到会口的九龙潭，这是北方的九寨沟，玩上一天，晚上住在山顶风道上建的宾馆里，海拔800米，让游客感受什么叫环保和节约能源，看看风能发的电亮不亮，风能制冷的空调凉不凉！别以为人们旅游就不带脑子，在胜景佳境中，更能判断事物的美与丑，丑了添堵，美了开心。风能发电节约能源，减少污染，就是最大的美。

从森林宾馆再上行数百米，便到了王母观山下的王母西瑶池，这里更是人间仙境，但最妙的还是站在二架梁上看葫芦峪，这回你不用"手持彩练当空舞"了，我让你看北方哈尼梯田，层层颜色不同，向日葵和油菜花是黄的，薰衣草是紫的，荞麦是白的，桃花一片红，核桃一片绿，杏树一片橘黄，游客踏着彩色的楼梯，缓缓下降，看山坡上的鸡，看山场上的梅花鹿，看山沟里的黑猪。

到了芳草园，那就更不要说了，玫瑰、牡丹火红一片，足以惊倒千万游客！还有苗木花卉区里，这一层是乔木，有美国的红栌、北海道的黄杨、马褂木、七叶树、白皮松、华山松，那一层是灌木，百日红、银杏、金叶小檗、彩叶柳、紫叶矮樱、金叶皂荚。

到了高效设施农业生产区，那就是到了展示自然对人类丰富赐予的地方，赐给他们那么多可吃的蔬菜，西红柿、黄瓜、豆角等等太一般了，提不起大家的兴趣来，因为在哪儿都可以看到吃到。为什么叫你搞高效农业，种植新、特、奇的品种，就是因为物以稀为贵。你必须满足"贵族"的眼光和口味。

听到这里，刘海涛颇有感触，插话说道，你提到贵族，我觉得贵族也没啥不好，我祖上就是贵族，举人、进士都出过。现在我们葫芦峪，又是出贵族的时候了。下峪的小汽车就有48辆了，这是李军海给统计的。所以我们要利用设施农业的温室效应、立体种植、季节反差等等，种植各种蔬菜，满足人们的各种口味，来个真正的"群英荟萃"，别总是"萝卜开会"。

秘占军接着说，"群英荟萃"来了：红叶生菜、红菊生菜、牛油生菜、菊花脑、富贵菜、紫背菜、人参菜、新西兰菠菜、玉丝菜、银丝菜、春菊、芦笋、四楞豆、樱桃番茄、云南小瓜、金皮西葫芦、金丝瓜、五色椒……

整个温室大棚可以划分为几个区域，特菜生产区、果菜生产区、叶菜生产区、旅游服务区、游人采摘区和生态餐厅。

这时刘海涛的精神头完全被调动起来了。他回到家乡的目的就是为了养生，养自己的生，也养大家的生。葫芦峪公司给家乡的荒山披上了绿，把家乡的流水引上了山，使27个村的4074户成了公司的股东，使14957名的农民成了公司的产业工人，而且这个模式正在推广开去，已经使更多的人受益了，只是还没统计罢了。

然而刘海涛的目标不只于此，这只是扶贫，最多是致富，是小范围的养生，低档次的养生，而不是面向更广大人群的养生。过去他在北京搞过养生庄园，因为太小和脱离大自然，而显得有些做作。现在包括景点的葫芦峪方圆数百里，鸟语花香，青山绿水，空气新鲜，大家都来养生吧！我请大家来养生。噢，社会上管这叫旅游，旅游就旅游吧！不过，秘占军，咱们可得按养生来打造。让大家来了还想再来。咱们可以对世人宣布：一次不来是你的错，下次不来是我的错。有没有这种信心？

一定要运用咱们的生态环境优势，把养生的设施给大家布局好、建造好。以山为骨架，以水为血脉，来展开布局。在山势低缓处建山庄酒楼，在蜿蜒起伏处建茅舍农庄，在林木葱茏处，建茶馆和民俗村。水车，石碾，石磨，小毛驴。有的水域可以莲鱼共养，或者放养鹅鸭。有的僻静水塘，则划为垂钓区。水库里可划船。当然无论你在园区的什么地方玩，都可以看到7个宝葫芦中的几个。

让人们修身养性，回归到大自然中来吧！

这是一个步步登高之旅。百里绿色长廊上的果品、蔬菜、肉蛋、粮食，全都是没有施过化肥、农药的处女地长出来的有机产品，保你口中和舌尖上的安全。九龙潭、王母冠山的景观，定使你大饱眼福，流连忘返。漫山遍野的清新和充满花香的空气，山泉的潺潺流动，鸟儿的婉转啁啾，肯定是你鼻子和耳朵着意捕捉的东西。而这一切使你从感官上得到满足之后，你的心情定然会十分的愉悦。就这样刘海涛使你的旅途上升到一个很高的档次，那就是让你的五官，即，眼、耳、口、鼻、心，都很舒服。这难道不是一种至高无上的享受吗？

这个大自然不是假冒伪劣的，没有使用过化肥农药，没有任何污染。水源是净化的，水质是上佳的，果品、蔬菜、肉食是安全的，空气指数是达标的。葫芦峪，绿色之峪，生态之峪，在这里可以放心地出气、喝水和进食。

7. 上 天 梯

刘海涛最终的目标，就是把人们都请到天上来走一走。是的，他已经看出来了，每个人都心比天高。欲望是没有止境的。对美的向往，对善的追求，对财的热爱……那么就到天上来看一看吧，这里既能满足你的欲望，又能净化你的灵魂，使你把一切都看开、看淡，看出个门道来，从而得到新生，达到养生。

他终于明白了，高树志为什么喜欢旅游，为什么总在不遗余力地开辟旅游景点。

九龙潭使他大受教育。使他感悟到那么多东西！当葫芦峪公司危难，需要勇气和毅力的时候，他看到刚猛的九条龙冲出峡谷，大闹龙潭，战胜一切艰难险阻，腾飞而去。当他需要冷静思考，谦虚谨慎，稳定局势，加强管理，携手共进的时候，九龙潭在他面前又是另一种模样，山石如画，碧草青青，涓涓细流，潭潭绿水，是那么平静、可人、友好与和谐。真是境由心造啊！但是你得首先有那个境、那个景。

高树志打造好九龙潭，准备今年十一开园之后，又马不停蹄地转战到瑶池景点。

他也是有个团队的。叫作"葫芦峪河北会口旅游开发有限公司"。瞧瞧口气有多大！说明葫芦峪已经超出了河北省的范围，可以在别的省建立分公司。例如下一步的河南省，投资老板已经向刘海涛交了定金，准备成立葫芦峪河南造地公司了。

当然高树志不是旅游公司的法人，也不是经理，什么也不是，但就是什么事都是他说了算，跟杨向天的角色差不多。

那天是公司的张建军拉我上山的。我正在基地上跟几个农民座谈。基地已经在山上，但那是浅山丘陵区，这回上的是600米以上到1000多米的高山。经过白蛇和黄蛇把守的那个山口，看到了那座用石头垒起的"二仙庙"，树木愈加葱茏起来。这个山口已经被高树志命名为南天门了。这整个山在高树志脑子里已经变成了一个神话。

我在二架梁的最高点上看到了高局长，他正在指挥工人们干活。我一看正是我第一天来时，跟刘海涛、韩保深和水务局李局长待过的那个地方，山风吹来，神清气爽。不过原来那个石头方桌虽在，几块坐着很不得劲的石头没有了，变成了几个形状各异的石凳，坐着很舒服，细一看石凳上还有树叶和花朵。石头上怎么能有这个？原来是水泥制作的。高局长可能是受了九龙潭石画长廊的启发。

看，简单的一个坐凳，就这样出手不凡了。

第一天跟刘海涛上来时，只顾谈论问题了，没有在山上转。放眼一看也好像没有什么了，就掏出笔记本，准备跟老高座谈。老高说，这儿的景都是藏着的，不看不知道，不说也不知道。我就站起来跟他走，跟他看，听他说。同时质问了一下高局，景儿还得说，才能是景儿吗？高局长一笑说，这个问题提得好！好景儿是不用说，一看便知，但次景儿，也不确切，就叫俗景儿吧，俗景儿才需要说，不说不知道，一说就知道了。我说，咱们这儿还有次景儿或俗景儿吗？他说，咱们这儿没有次景儿，但你必须造出次景儿来，才能吸引游客。

我有点听不明白了。

他说，好景儿都是需要感悟的东西，但却不可言传，不能说出来吸引游客。俗景儿就能说出来了，比如王母西瑶池，你一说出来，就能招徕游客。咱们还是一边走，一边说吧！

只下了一个坡，我就惊呼道："啊！好大一片芦苇荡！"

他说，这就是好景儿。不用我说，你就"啊"了。我再说什么也是多余。但他还是抑制不住地说，上山有芦苇荡，你见过吗？反正过去我没见过，我当了这么多年旅游局长也没见过。有愧啊，这景儿就在平山县，我的管辖范围内，却不知道高山上的沙家浜。我说，因为这芦苇荡里没有藏过新四军。他说，新四军肯定没藏过，八路军不见得没藏过，对面王母观山上就有鬼子炮楼，藏在这里准备端炮楼。

他说这要感谢刘海涛啊，不是他修了通向二架梁的路，不是葫芦峪搞出了名堂，发展旅游，我怎能看到这片芦苇荡？

这时我看到，在密密的芦苇缝隙中，有水鸟在擦着水面飞行，有蜻蜓和蝴蝶在灰白色的毛茸茸的芦苇穗上方盘旋飞舞。水是那样的清澈。

转过芦苇荡，看到一片黄色的海洋！我又吃了一惊。他说这是山杏林，那黄色的都是果。你再看脚底下，上面披金，下面铺金。原来地上全是熟透落下来的果。我捡起一颗，他说不能吃，太苦。但杏仁可以入药。

又绕过一个坡，看到了一片桃林，上面结了桃。他说，这要是春天，那就是一片红。一年四季连起来看，你会感到这个山就像一个大舞台，不断变换颜色。桃花红，杏花白，五角枫的叶子也是红的，桑叶是黄，杨树叶也是黄的，松树是绿的……五彩缤纷，祥云缭绕。

又上了一个坡，看到了一片大森林！见我的惊讶之状，他说，有没有长白山的韵味?我毫不犹豫地说,有!松树,柏树,杨树,傲然屹立,遮天蔽日。他说你再看脚下。刚才我只感到脚下很松软,像踩在地毯上,却没顾得上看。现在一看,惊呆了,真是地毯!我说,这不可能吧?他说,什么不可能?这全是落下的松针,有一米多厚,居然不腐烂,这是一个奇迹。为什么?因为我的神话故事里,这就是为王母娘娘铺的地毯嘛,还能腐烂?

但王母娘娘没来,刘海涛来了,在他回忆中来。

高局长的回忆是从九龙潭开始的。刘海涛先去让他考察九龙潭。他那时就产生了一个疑问,为什么刘海涛能发现景点,而他这个旅游局长却发现不了,这真让人心里有点不平衡,他倒要看看九龙潭是个什么地方。一看果不其然,太神奇了。他就问当时在那里做初步勘察的孙栋梁,你们刘总怎么知道有这个地方?

孙栋梁说,开始刘总也不知道,他认识一个叫闫华忠的人知道,不仅知道,自己花钱买下了那个地方,其实也就是流转承包,自己开发。他知道刘海涛也是搞这个的,同行是冤家,就对刘总守口如瓶。后来他得了一种怪病,住院没钱,刘总都给他出了。滴水之恩都得涌泉相报,何况救命之恩?他就把自己的秘密告诉刘总了,看刘总什么态度?刘总没什么态度,他不能夺人之美。闫华忠几次领着刘总去九龙潭看,看后刘总也说好,但好是好,那是你的,我不能羡慕,得让朋友放心。后来闫华忠又旧病复发住进医院,还是刘总给出的住院费,他实在是没钱,钱都投到九龙潭了,九龙潭比他的命重要。刘总尊重这样的人,所以更不敢对九龙潭有丝毫的觊觎之心。但闫华忠忍不住了,再不说就没机会了。他才对刘总说,老刘,我几次领你去看龙凤山(那时叫龙凤山,是刘总改的九龙潭),你还不知道啥意思吗?我是想把龙凤山交给你弄,别人弄我不放心,我已经修了一截栈道了,你还得接着修。住院前我已经跟乡里把龙凤山的经营权转让合同办好了,我已经签了字,你只要签个字就行了。当场从枕头底下拿出合同来,逼着刘总签了字。签了字是签了字,但刘总说,兄弟,你好好养病,山还是你的,我可以帮着你干。没想到闫华忠很快就走了。做手术时因为高血压,血管缝不住,就死了。

听罢孙栋梁的述说,高树志长叹一声,啥也别说了,刘总能发现九龙潭,不是凭的眼睛,而是凭的善心,与人为善的善心。

正是因为有了这个认识,他才很想知道,刘海涛是怎么发现的眼下这个景点的。他不认为是路修到了山上,才看到这片奇景。他总觉得刘海涛把路修得这么高,是不是也是奔着这个景点来的?当然为了三个村老百姓的行路难,也是个原因。为了证实这一点,高树志与刘海涛一起上了山。

高局长说,就是在这个地方,在这片松针上,刘海涛拉我坐下的那个动作,那个熟练程度,那个运用自如,那个如鱼得水,那个仿佛像孩子似的淘气的眼神,我忽然明白了,他是怎样发现的这个景点的。

他拉我坐下,不是体验,而是复习了一下那种感觉之后,立刻就起身来向别处走去。只有复习才有这种速度,如果是体验,起码要坐上一会儿才肯站起来。

我就跟着他去复习别的科目。

刘海涛领着我绕起来,穿过树林,眼前突然开阔起来,看到了下面的浅山和平原。这就是此山的独特之处,处于太行山与华北平原的分界线上,虽然海拔1252米,不如西北面的3000多米的山峰高,但相对高度却显得更高。他领我到东面,说你看!我一看,大为惊讶,平山县、灵寿县的十来座小山尽收眼底,林山、光禄山、马山、柏山、秋山,这些小山像画一样展现在眼前。还有水库,南面有岗南水库,最大,东南有黄壁庄水库,正东还有咱们葫芦峪园区的下观水库,还有灵寿县的横山水库,全都像一面面镜子一样,闪着光亮。

又穿过一片山林,领我到西面,刘总伸开手臂,从南到北点着说,板山,天桂山,瓦岔山,驼梁,像藤椅一样围了个圈儿。尤其是雨过天晴之时,祥云缭绕,彩虹弯曲,那才好看!

这时高树志开始提问题了:"海涛,这么好的景儿,你是什么时候发现的?"

刘海涛说:"早了。我从小到山上拾柴,那是个饥饿的年代,爬这么高的山就是为了找点野果吃。别人饿得爬不上来。我爬上来了,没有别的原因,想吃的欲望比别人更强烈。哪儿有心思欣赏什么景儿。但是吃饱了,躺在松针上睡了一觉,醒来一看,一道道阳光从松枝间照射下来,小鸟在叽叽喳喳地叫,心里觉得很舒服。脱光了跳到芦苇荡里洗澡抓鱼,又跑到山顶上对着东面的山喊一嗓子,又对着西面的山吼一鼻子。高兴!也不知为啥这么高兴。后来也就公社、锁厂、四强地干起来,早把童年的这点高兴忘得一干二净。直到听了北京白云观老道的话，生你的地方最适合你养生，我才想起了这码事，才回想起这是个好地方。"

"所以就让我开发来了。"高树志说。

"对啊！好景儿得跟大家分享。"刘海涛说，"现在的人们心气可高了，野心可大了，都到山上来净化净化。我总觉得这是一个可以净化人心的地方。人站得越高，心智越开。"

高树志说："凭什么让人家来？就凭你那么一说吗？二架梁风景可好了，大家快去看看吧！肯定没有人去。我得替你打造个神话传说出来，把你的好景儿变成俗景儿，以此招徕游客。我查了书，确有记载。昔日这里曾建有王母宫，年代不详。曾有明嘉靖年间重修碑记，翘角飞檐，富丽堂皇云云，但均毁于20世纪40年代之战乱。"

接着他就把给刘海涛讲过的神话，再给我讲一遍。边走，边讲，边指指点点。

他说，这二架梁是王母娘娘的后花园，叫西瑶池，在这里给众仙开蟠桃会。看着不起眼，不就一块空场嘛！也引不起你的惊叹，但我这么一说不就活了嘛！所以俗景儿得靠说。这空场上不是有石头和树吗？这就是众仙。

他又一指别处说，这叫孟良峰，瓦岗寨的故事。但咱们给他改造一下，叫太上老君的炼丹炉，多像！还有，在那边，天蓬元帅调戏嫦娥的地方，那里要塑一尊最好的汉白玉像，嫦娥奔月，受不了调戏，奔月了。

天庭上的事就差不多了，就差四个门了，恰巧我都在东南西北四个方向发现了，都有大体相似的山形，分别为东天门，南天门，西天门，北天门。尤其这北天门，天然形成，鬼斧神工，惟妙惟肖。

从西天门下去，有沙底河，有块巨石特别像猪八戒。恰好下面是高家门村，那不就是原来的高老庄吗？

镜头又拉回到他跟刘海涛的交谈。

刘海涛对这些老生常谈的东西虽然不是特别欣赏，但他感到立意和定位很好，说道："天庭，天堂，好！靠这个把人们吸引上来。都想上天嘛！那就上来看看吧！

"看看是天庭的神话好，还是人间的神话好？你不认为咱们葫芦峪是个人间神话吗？也许跟天上的神话比，咱那人间神话还有很大差距。

"难道不是吗？咱想到的可不只是葫芦峪，不只是河北，咱不是还要开发整个太行山和燕山，给环京津的水质和食品系上一条安全带吗？只要太行山和燕山上新造的地不使用化肥农药，没有任何污染，提高了水质，净化了水源，就能解决华北和京津的用水安全和食品安全。这个我们做到了吗？还没有嘛！

"葫芦峪模式发展的是有机绿色农业，生态农业，每亩纯收益可达4000元到5000元左右，其效益绝对不会比平原地区耕地差，这就等于给太行山和燕山系上了一条既有显著生态效益，又有显著经济效益的金腰带。通过综合治理，太行山、燕山将变成绿水、青山、鸟语、花香的美丽新农村。这个实现了吗？还没有嘛！

"那就继续努力吧！我们已经把上天的梯子给大家搭好了——你看那层层梯田不就是上天梯吗，大家就使劲攀登吧！

"还是把咱们的宝葫芦献给王母吧，让她装满甘露，洒向人间。"

8. 刘海涛其人

讲完了吗？没有。葫芦峪是永远也讲不完的，永远会有续篇。今年再上葫芦峪一看，山的面貌，人的故事，都出新彩——央视不有个出彩中国人的节目吗？葫芦峪却人出彩，山更出彩。

山出彩的主要表现是，绿色在不断地扩大，变浓，在绿色中起点缀作用的白色、红色、黄色、黑色——即蓄水池、塘坝、鸡舍、塑料大棚、各种动物、各种花卉、输水管线等等，更加有神来之笔，这些，我一进山，全都扑面而来了，使我陶醉，令我震撼。

——你烦不烦啊，怎么每次都是震撼？这没办法，我对集体化太有感情了！我总觉得那个大方向是没有错的，只是方法问题。葫芦峪的方法，不，模式，"魔水"，非常神奇，令人向往，为国出彩，让民得富，我怎能不震撼？怎能不多次震撼？说实话，武夷山、九寨沟等绿色的风景区我也去过，没有这种震撼感。彼景与此景的最大不同是，那景是供人观赏的秀美，这景是让人活命的生态，是农民的生财之道，是农业的必由之路。

噢，前山是绿得更浓了，那么后山呢？我是以第一个宝葫芦雕塑为坐标来划分的，西北为后山，东北和东南为前山。后山是一片新造的地，应该是绿的扩大，但现在还是黄色的，黄色挂毯，连绵起伏，层层叠叠！让我们拭目以待吧，看何时能变成绿色的，绿色挂毯？

想到这个"占补平衡"的钱不给，不验收，不能栽核桃，心情就不悦，思想就犹疑，意志就不坚，心想算了吧，这是何苦呢，费力不讨好。而葫芦峪人绝不这样多愁善感，在刘海涛的带领下练出来了，什么大风大浪没经过，他们没有退路，只有在荒山上不断地造地。

一个企业，有多大的硬度和怎样的活力，全看它的带头人。

葫芦峪的故事会永远有续篇，但刘海涛是怎样一个人，我在此却可以给一个定论。知道了刘海涛其人，对葫芦峪的故事，你就会有一个正确的预测了。刚才的心情不悦、思想犹疑和意志不坚，只是从自己本身出发，如果从刘海涛出发，那就什么事也不算了。

这个人的意志是难以撼动的。

以前的事不说了，就说到北京以后，他憋着劲回乡搞农业，一边在北京哗哗地赚钱，一边带着一车人到郊区各县参观，看人家怎么搞农业。当时他的团队成员没有一个认为这是真的，老家伙不过是找个借口，到农村散散心罢了。后来发现他是真的，便以为他疯了，北京赚钱好好的，他看准申办奥运会成功，果然成功了，他们的楼房全都出手了，建材生意也如鱼得水，到了2007年，眼看奥运会就要在北京召开，又是一个大发展的好时机，别人在这个时候挤都挤不进来，他已经在这儿打开了场子，却非要收摊不可。人们反对了好几年，他个人在家里小打小闹地干了好几年，人们想，也罢，当成副业让他干干吧，赔点钱就赔点钱吧，反正主业在北京，赚的还是大头，够他赔的。哪儿知道他已经注册成立了葫芦峪公司，要连窝端地回到农村，丢下黄金般的大好形势，到穷乡僻壤的山沟沟里去艰苦创业，犹如从水肥土美和鱼米之乡的绿洲，走入浩瀚无边的沙漠，从活路走进死路啊！

然而老板的意志是如此坚定，虽然不可理解，却也无法撼动，只有服从，跟老板掰腕？想都不用想。

在家乡这边反对的人就更多了，家庭、亲戚、朋友、党员、干部、群众几乎全都不理解，改造荒山没有成功的啊，过去农业学大寨，那是集体化，现在都承包到户了，谁还听你的？一个一个地上来掰腕，一个一个地败下阵去，他坚持要干，绝不回头，想尽办法，突破阻力，步步为营，啃硬骨头，他成功了。

成功就成功吧，你就在下峪村的山上干吧，把家乡下峪村建设成小康村，模范村吧，好多典型不都是以村为单位。但是人们又错了，刘海涛的眼光可不是一个村，他一下子就把葫芦峪的9个村都划进来了。

但是还不行，他又修了一条26公里长的路，通到了灵寿县，连上了西柏坡。他不断地向外复制"葫芦峪模式"，西柏坡、孟家庄等几大基地，阜平，曲阳，唐县……他还有边儿没有边儿？有边，他要在整个太行山、燕山的浅山丘陵区，打造一个环京津冀的生态带、富裕带、安全带、稳定带。

这就是他的眼光，这就是他的意志，是任何人都无法撼动的。小小的"占补平衡"问题又算得了什么呢？他跟汪洋副总理谈到"占补平衡"，但只字未提给钱的事，讨论的都是大局。

一个人意志如果坚定了，这就是力量，无穷的力量。

刘海涛的这个坚定意志是怎么形成的？在讨论我这部关于葫芦峪的报告文学时，他向河北作家透露了自己的心声。他说，一方水土，养一方人。不能因为下峪穷，就想离开它，去闯关东，你总不能把太行山搬到东北去吧，让它跟着你一起闯关东。山在人在，不能离开它，要开发它，改造它。如果世上的人，都奔着舒服的环境去，那好地方就得爆炸，坏地方倒也不一定更加荒芜。必须守着你那方水土，让它养你，这才符合自然规律。我们这一方水土，难道真的不能养我们这一方人吗？不是的。但实际情况就是养不了。跟我同龄的人有7个，5个没说上媳妇。他们对我说，二海——我的小名叫二海，我哥叫大海，他早就去世了，二海，咱掉到穷窝里了，你能帮咱跳出去不？好说个人呀，老了老了，也得找个伴啊！我说，你们做好找老伴的准备吧，咱这不是穷窝，我能证明太行山能养咱们这一帮人。当时想得很简单，以为自己在外面创业，把我的钱投进去造地，就行了。哪儿知道回来一干，我这点钱还真是不够，那就找亲属、朋友帮忙，把他们的钱也投进去了。我就造了5000亩地，栽上了核桃树。国土部门说，水平高！不错。但林业部门说，有1200亩是林地，我一愣，这是荒山啊，上面没林啊，但地图上显示的是林地，它就是林地。让我把树刨了，给我补偿。我没有刨，总觉得那么干不对。至于符合不符合政策，我就说不清了。但是林业局局长支持我，汇报给县长，县长也支持，让县财政局给了500万。所以归根结底，还是离不开政府的支持。现在汪洋副总理来了，很有感受，说看得见山水，留得住乡愁。中国农业必须加快现代农业产业园区建设，高标准，规模化，攥成拳头，精准发力，那样太行山的开发就不是聚变，而是裂变了。我现在明白了，中央和我们农民是一个心眼儿的。我受了好多苦，为了无数难，说出来不合适，硬着头皮走下来，坚持，坚持，再坚持，最后就是成功。

一席话，掷地有声。他的意志是从穷苦农民中生长起来的，为了让娶不起媳妇的光棍们说上媳妇，为了帮他们从穷窝跳进富窝，为了让太行山这一方水土，养太行山这一方人，这个意志可以说像太行山一样重，他能动摇吗？他的眼界，他的目标，能不远大吗？

伴随意志而来的，就是胆量。责任重如山，胆量大如天。在刘海涛这里全是宏观，很少微观，有时会把地亩、产量记得清清楚楚，那也是为他的宏观论述服务的，他非常大气，而没有一点儿小家子气。这在公司的管理上，在细枝末节上，也许免不了会有些疏漏，但瑕不掩瑜，没有刘海涛的胆儿，就没有公司现在的规模，早就小富即安了。现在这一大片，你就看吧！山山岭岭披绿装，哪个山头小车都能上，领导都能看，过去哪儿见过这么大片的现代农业，现在在葫芦峪见到了，能不感动，能不认同，能不震撼吗？农业的必由之路，不敢说由刘海涛开辟，但起码他做出了一份贡献。没有胆量办得到吗？人们有时候是会有些大胆想法的，但大胆去做的却很少，成功的就更少。而刘海涛有大胆的想法，还敢大胆地去做，而且做成功了，原因就是他的胆子大、意志坚，二者是相辅相成的。

现在他想什么，都不太会有人反对了。因为全公司的人的胆儿也都随着大起来了。下峪村东的小东山上有第一个葫芦雕塑，村西更高的金火山上又有了第二个更高、更大的葫芦雕塑——这有意思吗？这不是白浪费钢筋水泥和大理石吗？绝不。我在山上住了几天，早午晚映着不同的天光，看那葫芦，美不胜收，高高的山顶上，镶着大理石片的宝葫芦，烁烁闪光，神采奕奕。我想到了历史，程咬金"大战葫芦峪"，想到了日寇残留在二架梁上的三个日本炮楼，这个站在山顶上的象征着福禄和丰收的宝葫芦，那意义就更加不一般了。别说刘海涛发展的是观光农业，就是本地村民、公司员工，抬眼就能看到宝葫芦，心里也是个踏实。现代农业的标准提高了，要全方位满足，包括眼、耳、口、鼻、心五个器官的需求，这就不仅需要食物，还需要空气和景观，最终要让人心情愉快。人，在葫芦峪被提升了，不再是温饱型的了。

站在山顶的宝葫芦是一种召唤，召唤着葫芦峪人大胆地往前走，大胆地去攀登。刘海涛的胆略决定着峪的长度和宽度——

文章写到这里，刘海涛进来了。进来，我就问，他就谈。他侧卧在我的床上，显得很随便，很自家人。但我知道，那不是惬意，而是疲倦和劳累。厨娘杜春霞给倒茶。

他说，占位必须高，老百姓得有尊严。在葫芦峪干活不是纯打工，要让农民意识到公司有他们的一份，是自己的公司，从经济上、从精神上把农民与公司绑在一起。你不是说，他们干活都那么自觉嘛，就是因为公司也是他的，像给自己干活一样，甚至胜过给自己干活，只能干好，不能干坏，比给自己干，有更大的责任感。所以我说，个体经营并不是调动积极性的唯一模式。葫芦峪产业园区同样可以调动，而且调动得更好，就是因为比自己干有更大的尊严。自己干能有人给他举办消夏晚会吗？宇航员为什么不惧牺牲？尊严。个体经营给不了这个尊严，葫芦峪却能给。

要把生态放在第一位，建设美丽乡村。葫芦峪全是有机产品，要把北京人、石家庄人的米袋子、菜篮子、油瓶子、果盘子里的东西都换上安全的。这就把城市与乡村的桥搭上了，城乡沟通了，想拆都拆不散。城市人的幸福指数上去，庄稼人的腰包鼓涨了。

习近平总书记讲中国经济的新常态，我们要搞中国农业的新常态，那就是区域化、模块化、标准化、机械化、生态化。我们是种、养、加、储、销、游六产联动。只有把自己做好，做大，做强，才能得道多助，才能达到农民、政府、科技、金融、企业五家互动。

只有从这个高度考虑问题，开发才有力度，有了力度，才能有深度，有了深度，才能有广度，这样企业就有了生命力，有了未来，也才有了你活动的空间。我要打造太行山的经济隆起带、生态保护带、食品安全带、扶贫产业带、农民致富带、城乡幸福带，把这个多功能的金腰带先缠在太行山上，再缠在燕山上，一步一步缠遍全国的浅山丘陵区。

这就是刘海涛的意志和胆量！

噢，峪的长度和宽度——看来还真是不好计算了。

卷 末 言

  细心的读者已经看出来了,六个卷的题目,其实是摘了毛泽东一首词的六个字所组成,那首词叫《十六字令》:"山,快马加鞭未下鞍,惊回首,离天三尺三。"共16个字,我选择了其中6个字:山、马、鞭、鞍、惊、天。

  红军过雪山草地,才有了红色西柏坡;刘海涛过荒山坡地,才有了绿色葫芦峪。这是一次新的长征。

  刘海涛背着一串绿葫芦到处跑,这儿挂一个,那儿挂一个,要把绿葫芦挂满全中国。这绝不是赶什么时髦。8年前赶这个时髦,一般都认为必死无疑。他却认为不见得,值得一试。

  山,他家门前的这座太行山必须改变,人和山的组合不就是仙嘛,他就把自己紧紧地贴在荒山上,于是山不在高,有仙则名了——说的是环境。

  马,他天马行空,全力冲刺——赶的是速度。

  鞭,他挨了科学家重重一鞭——论的是责任。

  鞍,他几乎中箭落马,却死活"未下鞍"——靠的是坚守。

  惊,出名之后他曾飘飘然,真正赶上了时髦,但惊回首,才知道时髦赶不得——要的是自省。

  天,心比天高,就架上了上天梯,真要上天——讲的是追求。

  这就是"魔水"的配方和宝葫芦的秘密。

  经过六次掰腕,刘海涛万里长征迈出了第一步,今后的路还很长。新中国从这里走来,中国农业的新常态也从这里起步了。

2016年5月改定于石家庄